네 아이는 네 아이가 아니다

你的孩子不是你的孩子

우샤오러 지음

조은 옮김

시험의 포로가 된 가족들을 목격한

어느 과외교사의 증언

일러두기

고유명사는 국립국어원 외래어표기법에 따라 표기했으며, 인명과 별명은 의미와 어감을 고려해
뜻풀이, 한자음, 현지 발음을 적절히 섞어 썼다. 그리고 모든 주는 옮긴이의 것이다.

한국어판 서문

이 책을 완성했을 때 나는 스물네다섯 살이었다. 풋내기로 보일 수
도 있겠지만 대학 학비를 감당할 만큼 넉넉한 형편이 아니라서 열
일고여덟 살부터 과외 아르바이트를 했으니 제법 풍부한 경험이 쌓
여 있었다. 낮에는 대학교에서 '정의'의 정신을 공부했는데, 이는
'제도적으로 약자를 더 많이 배려한다'는 뜻이다. 밤에는 과외를 하
면서 성적 때문에 야단맞아 기가 팍 죽은 아이들을 많이 만났다. 이
아이들은 밀크티 한 캔을 사 먹고 싶어도 부모님께 동전을 구걸하다
시피해야 했다. 그런 상황을 보며 나는 가정 안의 '정의'를 탐색하게
되었고, 그 무렵 타이완에서는 '세상에 잘못된 부모는 없다'는 말이
대세라는 사실을 알고 깜짝 놀랐다. 그때 느낀 알 수 없는 분노가 이
책을 쓰게 만들었다.

　돌이켜보면 그때 쓴 글은 하룻강아지처럼 무모한 면이 있었다.
깊은 생각을 거치지 않은 채 마음속에서 들끓는 감정을 마구 토해냈
다. 하지만 이 사실만큼은 분명히 안다. 그때 내가 덜 무모했더라면,
나는 내가 간직한 아이의 마음에서 하루하루 멀어지며 주류에 순응

하고 어른들의 비위를 맞추는 말을 했을 거다.

세상에 나온 이 책은 극과 극의 평가를 받았다. 내가 말하려는 바를 이해하는 이들도 있었지만 대다수가 '왜 효孝를 파괴하려 드느냐'라며 의문을 제기했다. 한동안 수많은 자리에서 '아이가 부모 소유가 아니라면 누구의 소유인가?'라는 질문에 답해야 했다. 상처도 많이 받았고 때로는 흔들리기도 했다. 하지만 아이들이 보내준 편지가 '모든 사람은 독립적인 개인'이라는 내 믿음을 지탱해주었다. 아이들은 이렇게 말했다. 앞으로도 성적 때문에 부모님에게 얻어맞는 일은 계속되겠지만 적어도 가장 큰 잘못을 한 사람은 자신이 아님을 깨달았다고, 그리고 이 깨달음이 미래로 나아갈 자신감을 주었다고. 하지만 내가 아이들에게 무언가를 주었다기보다는 아이들이 나에게 더 많은 것을 가르쳐줬다는 게 맞다.

몇 년 뒤, 영광스럽게도 타이완 공영방송에서 이 이야기를 드라마로 만들었다. 드라마의 파급 효과는 어마어마했다. 이 책은 다시 한 번 여론의 중심에 섰지만 그즈음에는 타이완의 교육관이 좀 달라져 있었다. 많은 부모가 드라마 덕분에 많은 생각을 하게 됐다며 나에게 감사의 뜻을 전했다.

무엇보다도 감독, 극작가, 배우 분들의 노고에 감사드린다. 천후이링陳慧翎 감독은 2023년에 병으로 세상을 떠났다. 후이링이 세상을 떠나기 전, 나는 그녀와 함께 아름답고 평온한 오후를 보냈다. 후이링은 어머니에게서 약간의 관심과 사랑을 얻어내고자 어릴 적부터 얼마나 애써야 했는지 털어놓았다. 그 말에 나는 후이링이 왜 이 드라마를 맡겠다고 자원했는지 퍼뜩 깨달았다. 또 부모에게 사랑받지 못했다는 서운함이 한 사람에게 그토록 사무치는 아픔을 남긴다는 걸 알고 몹시 슬퍼졌다. 우리가 나눈 대화는 마음 깊숙한 곳에 숨겨둔 사적인 부분이라 타이완에서는 공개적으로 이야기한 적이 없다. 그런데 이번에 내 글이 한국어로 번역된다고 생각하니 말할 수 있는 공간이 생긴 듯했다.

나는 서른여섯 살이 되었고, 어느덧 나를 놓고 이러쿵저러쿵하는 사람은 거의 사라졌다. 내 생각도 나도 모르게 '급진적'인 것에서 '기본적'인 것으로 바뀌었다. 이제 사람들은 '교육적 학대'와 '체벌'에 훨씬 더 민감해졌으며 아이를 자기 소유물로 여기며 함부로 때리고 꾸짖는 부모에게는 지지 대신 비난이 쏟아진다. '아이를 위해서'라는 명분으로 아이에게 가하는 갖가지 벌을 정당화할 수 없는 시대가 됐다. 뜻하지 않게 사회적 인식 전환의 목격자가 된 기분이다.

하지만 진정한 평화는 아직 오지 않았다. 최근 타이완에서는 '집중교육'이 유행이다. 나는 학원이 밀집된 동네에 사는데, 주말이면 여덟아홉 살밖에 안 된 아이들이 무거운 책가방을 메고 학원으로 몰려온다. 몇 년 뒤에 명문 사립중학교에 들어가기 위해서 이 아이들은 종일 학원에 앉아 끝도 없이 문제를 푼다.

요즘 나는 한국 드라마 〈이상한 변호사 우영우〉 9화에 나온 대사를 즐겨 인용한다. "한국 아이들의 적은 학교, 학원, 그리고 부모다." 한국을 타이완으로 바꿔도 얼추 맞아떨어지는 말이다. 나와 같은 고민을 하는 창작자가 있다는 사실에 나는 큰 힘을 얻었다. 이 기회를 빌려 언제나 사고의 밑거름이 되어준 한국 문화에, 그리고 내마음을 토로할 기회를 준 마르코폴로 출판사에 감사의 뜻을 전한다.

2025년 봄
우샤오러

머리말

그 얼굴들을 기억한다

우리가 어떤 교육 방식을 신봉하는 이유는 그 방식이 성공한 '한' 아이를 길러냈기 때문이다. 솔직히 말하면 그건 정말 터무니없는 생각이다. 아이의 장단점을 한 덩어리로 싸매버린 채 아이가 거둔 성과를 '부모의 교육과 관리' 덕으로 돌린다? 그건 아이의 특성을 무시할 뿐만 아니라 아이가 처한 환경도 고려하지 않는 것이다.

똑같은 교육법으로 세속적인 성공 사례를 만들 수도 있고, 한 아이의 천재성을 철저히 파괴할 수도 있다. 하지만 후자에는 아무도 관심을 보이지 않는다. 다들 실패 사례는 보려 하지 않고 성공한 신화에만 귀를 쫑긋 세운다.

이건 내 생각이 아니다. 내 절친한 친구이자 이 책에 나오는 어느 주인공이 한 말이다.

이야기를 써나가면서 친구가 남긴 이 말이 머릿속을 하염없이 맴돌았다.

책을 다 읽고 나면 여러분은 이런 의문을 품을 것이다. 상황을 너무 과장하고 왜곡한 거 아냐?

대단히 안타깝게도 내 대답은 '아니요'다. 오히려 나는 이런 유혹에 빠졌다. 내가 목격한 일들을 더 긍정적인 방향으로, 밝고 따뜻하게 쓰면 안될까? 상처를 좀 더 희석하고 완화해도 괜찮지 않을까? 친구 말마따나 실패 사례를 좋아하는 사람은 없으니까 말이다.

하지만 그럴 수가 없었다. 나는 그 얼굴들을 기억한다. 그들의 표정과 그들이 한 말을 기억한다. 사람들이 좋아하는 이야기를 쓴답시고 그들에게 가해진 일과 그들이 감내했던 일을 과소평가한다면, 내가 목격한 일들을 거짓으로 증언하는 셈이다. 그건 그들에게 면목 없고 미안한 일이다. 그들의 상처를 아무도 기억하지 못할 테니까.

친구가 한 말을 빌리면, 내가 쓴 아홉 편의 이야기 가운데 사람들이 반길 만한 교육 신화는 단 한 편도 없다.

즐겁고 산뜻한 이야기도 단 한 편도 없다.

심란하지 않은 이야기도 단 한 편도 없다. 심지어 답답하고 불쾌할 정도다.

하지만, 틀림없이 실제로 일어난 일이다.

실제로 일어났을 뿐만 아니라, 지금도 빈번히 일어나고 있을 가능성이 매우 높다……

사생활 보호를 위해 등장인물의 이름과 별명은 모두 새로 지어냈다.

목차

아이들에 대하여

당신의 아이는 당신의 아이가 아닙니다.
아이는 스스로를 갈망하는 생명의 아들딸이니,
당신을 거쳐 태어났을 뿐 당신으로부터 온 것은 아닙니다.
당신과 함께 있다 해도 당신에게 속해 있지는 않습니다.
아이에게 당신의 사랑을 줄 수는 있지만 당신의 생각을 줄 수는 없습니다.
아이에게는 아이 자신의 생각이 있으니까요.
아이에게 육신이 머물 집을 줄 수는 있어도 영혼이 머물 집까지 줄 수는 없습니다.
아이의 영혼은 당신이 꿈속에서도 닿을 수 없는 내일의 집에 살고 있기 때문입니다.
당신이 아이처럼 되려고 애쓰는 건 좋지만 아이를 당신처럼 만들려고는 하지 마세요.
생명이란 뒷걸음질치지도, 어제에 머물러 있지도 않으니까요.
당신은 활이며, 당신의 아이는 그 활에서 살아 있는 화살처럼 쏘아져 날아갑니다.
궁수인 그분은 무한의 길에서 과녁을 겨누고 화살이 보다 빨리, 보다 멀리
날아가게끔 있는 힘껏 당신을 구부립니다.
그러니 당신은 기쁜 마음으로 궁수의 손길을 따라 구부러지세요.
그분은 날아가는 화살을 사랑하는 만큼 견고한 활도 똑같이 사랑하니까요.

— 칼릴 지브란, 『예언자』 중에서

사람의 아이,
그리고 고양이의 아이

안경이는 겁에 질린 아이일 뿐이었다.

안경이를 떠올린 적은 거의 없다. 그 애는 내가 과외교사가 되고 세 번째로 가르친 학생으로 집은 타이베이 룽싱화원榮星花園* 근처였다.

그 애를 묘사해보자면, 빼빼 말라서 온몸을 쥐어짜도 살이라고는 얼마 안 나올 것 같은 아이다. 그런데 안경은 엄청 두꺼운 걸 쓰고 다닌다. 그 애 말로는 벌써 −8디옵터의 고도근시로, 눈을 잘 관리하지 않으면 나중에 실명할 수도 있다고 의사가 예전부터 경고했다고 한다. 하지만 안경이에게 눈 관리란 불가능한 일이었다. 성적의 포로가 된 그 애는 날마다 눈을 혹사할 수밖에 없었으니까.

나이가 들어가면서, 어쩌면 지난 일이 그리워서인지도 모르겠는데, 초창기에 가르쳤던 몇몇 학생이 자주 생각났다.

안경이만 빼고. 그래, 그 아이만 빼고 말이다.

세월이 한참 흘러, 기나긴 추억의 복도에 서서 내가 가르쳤던 아이들을 하나하나 불러보면서도 안경이는 꼭 빼먹었다. 그 애를 생각하면 늘 불쾌한 기분이 들었기 때문이다. 심지어 '룽싱화원'이라

---

* 타이베이 중정구에 있는 넓은 공원.

는 네 글자조차도 내 기억 속에서는 왠지 모를 부담이 되어 있었다.

나를 불쾌하게 만드는 건 안경이 그 아이가 아니었다. 오히려 나는 안경이를 퍽 좋아했다. 다만 안경이를 떠올리면 그 애의 등 뒤에 있었던, 내가 어찌할 수 없었던 일을 동시에 마주할 수밖에 없기 때문이었다.

안경이의 엄마는 '둥 여사'라고 부르기로 하자. 그녀는 둥글둥글하고 포동포동한 인상이다. 얼굴도 둥글고 손도 둥글고 몸도 둥글다. 첫 만남에서 나는 둥 여사가 드센 성격이라는 걸 대번에 알아차렸다. 말이 무지무지 빨라서 속사포를 쏴대는 것 같았고, 말할 때 손동작도 엄청 컸다.

"선생님, 우리 애는 멍청해서 뭘 하든 아주 느려 터졌어요. 아무리 가르쳐도 알아듣질 못한다니까요. 전에 오시던 선생님들은 다 포기했어요."

고개를 든 둥 여사가 손가락을 꼽으며 헤아려보았다.

"선생님이 열 번째, 아니 열한 번째 과외 선생님이네. 이번에도 효과가 없으면 다시는 과외 안 시키고 망하든 말든 내버려둘 거예요!"

내가 무슨 말을 하기도 전에 둥 여사가 또 부랴부랴 입을 뗐다.

"선생님, 우리 애가 말을 안 듣거나 답을 틀리면 팍팍 때려주세요. 아이가 잘못하면 마땅히 교육을 해야죠. 저는 애가 잘못해서 맞은 걸로 과민반응을 보이는 그런 부모가 아니에요."

그 말을 듣자 나는 더 이상 못 참고 입을 열었다.

"어머님, 저는 학생들을 때리지 않습니다."

둥 여사는 움직임이 느려지더니 나를 위아래로 자세히 훑어보았다.

"선생님 프로필을 봤거든요. 지금 대학교 1학년이죠. 그럼 열여덟 아니면 열아홉 살이겠네요? 그 세대 젊은이들은 체벌이라는 말을 들으면 눈살을 찌푸리죠. 체벌은 너무 잔인해! 그러면서요."

둥 여사는 흥 하고 콧방귀를 뀌더니 입가에 냉소를 머금으며 말을 이었다.

"그렇게 생각할 수도 있죠. 젊은 사람은 애들 가르쳐본 경험이 부족하니까요. 부드럽게 말하고 사랑으로 격려하면 애들이 얌전히 공부하고 실력이 느는 줄 알죠. 생각처럼 간단한 일이 절대 아니에요. 일단 우리 애를 가르쳐보세요. 때릴지 말지는 그러고 나서 다시 얘기하죠."

둥 여사가 이렇게 침을 튀겨가며 다다다 열변을 토할 때, 나는 한 가지 기이한 상황을 알아챘다.

안경이는 시종일관 한쪽에 가만히 앉아만 있었다. 구부정한 자세로 아무 소리도 내지 않고 그저 숨만 쉬면서. 팔다리가 길지도 않은 아이가 그렇게 구부리고 있으니 더더욱 조그맣게 보였다. 안경이는 자기 집 식탁의 나뭇결만 뚫어져라 들여다볼 뿐 한 번도 고개를 들어 우리를 쳐다보지 않았다.

이 대화는 나하고 아무 상관도 없다, 나는 제삼자다, 이런 태도였다.

둥 여사와 첫 만남을 마친 나는 안경이와 함께 그 애 방으로 갔다.

문제집을 펼친 지 5분 만에, 안경이는 내 마음속 가장 연약한 구석을 파고들었다. 내가 실수 하나를 지적했다. 그리 중요하지 않은 아주 사소한 잘못이었는데도 안경이는 너무나도 격한 반응을 보였다. 그 애는 즉시 어깨를 움츠렸고, 그러면서 등도 활 모양으로 살짝 구부러졌으며, 나와 반대 방향으로 얼굴을 돌렸다.

이 모든 동작이 단숨에, 거의 반사적으로 이루어졌다.

그런 모습을 보니 나도 긴장됐다.

"너 왜 그래?"

"절 때리시는 줄 알았어요."

"내가 널 왜 때려?"

안경이의 말에 나는 충격에 휩싸였다.

"엄마가 허락한 거 아니었어요?"

"아까 때리지 않겠다고 어머니께 말씀드렸잖아. 그런데 내가 왜 때려?"

안경이는 가타부타 말이 없이 입술을 오므리고 고개를 수그렸다. 오른손으로는 손톱자국이 날 만큼 문제집을 꽉 쥐고 있었다.

"엄마는 예전부터 모든 과외 선생님한테 그랬거든요. 제가 실수하면 바로 때리고, 또 실수하면 또 때리라고…… 그렇게 자꾸 얻어맞다 보면 똑같은 실수를 다시는 안 할 거라면서요."

자기 자신더러 들으라는 말인 양 안경이의 목소리가 점점 작아졌다.

"그치만…… 전 진짜 멍청한가 봐요. 그렇게 수없이 맞고도 똑같은 실수를 자꾸 하거든요. 지난번 과외 선생님은 남자였는데요, 엄청 세게 때려서 진짜 무서웠어요. 그 선생님은 결국 엄마한테 이렇게 불평하면서 그만두더라고요. '어머님 아들을 때리는 것도 지쳤습니다.'"

안경이는 뭔가 떠올랐는지 부르르 떨고는 말을 이었다.

"그 선생님이 관두고 나서, 엄마가 정말 무지 오랫동안 미친 듯이 화를 냈어요. 어쩌면 그렇게 멍청하고 아무짝에도 쓸모가 없냐고요. 다들 절 못 가르치겠다고 하니까 선생님을 계속 찾아야 돼서 힘들어 죽겠대요."

안경이는 여기까지 말하고 입을 다물었다. 안경이가 두 손을 무릎에 얹자 상체가 조그맣게 움츠러들었다.

"난 안 때릴 거야. 엄청 많이 틀려도 안 때릴게."

"정말이세요?"

안경이는 믿기지 않는 듯 무덤덤한 태도였다.

"예전에 선생님 또래 아니면 선생님보다 조금 나이 많은 여자 선생님이 계셨거든요. 그 선생님도 똑같이 말했어요. '난 안 때릴 거야.' 그치만 결국은…… 역시 도저히 못 참고 폭발하시던데요. 진짜 바보라고, 너처럼 못 알아듣는 학생은 처음 본다면서요. 선생님, 엄마 말이 맞아요. 저는 정말 멍청하고 느려 터졌어요. 선생님도 언젠가는 못 참고 절 때리고 말 거예요."

안경이는 여전히 고개를 떨구고 있었다. 살짝 흐트러진 숨소리가 내 귓가에 들려왔다.

잠깐 망설이던 나는 내 입장을 다시 한번 분명히 밝혔다.

"진짜야. 진짜로 안 때릴 거야."

"왜요?"

"나도 학생 때 체벌을 당하면서 자랐거든."

이 말에 안경이는 살그머니 고개를 들어 나를 힐끗 보았지만, 금세 책상에 놓인 지우개로 눈길을 돌렸다.

"중학교 때 난 우수반이었는데, 물리화학 선생님이 하루종일 퇴직하겠다고 투덜거리는 노인네였어. 수업은 제대로 하지도 않으면서 규칙만 딱 하나 정해놓더라. 80점에서 1점 모자랄 때마다 한 대씩 맞는다는 거야. 정말 이해가 안 되는 단원이 있었는데, 61점을 받는 바람에 아주 죽도록 맞았지. 그 뒤로 난 미친 듯이 공부했고, 기측基測*에서 물리화학은 하나도 안 틀렸어."

"대단하세요."

"아니, 전혀 아니야. 고등학교 가서는 물리화학 성적이 엉망이었

---

* 타이완의 중학교 3학년이 보는 학력평가로 이 시험 성적을 고등학교 진학의 기준으로 삼았다. 정식 이름은 '국민중학생기본학력측정시험國民中學學生基本學力測驗'이며 2001년부터 2013년까지 실시되었다.

거든. 너무 당혹스러웠는데, 한참을 생각하고서야 이유를 알게 됐어. 예전에 난 그 노인네한테 맞는 게 무서워서 공부한 거였지, 물리화학에 재미나 흥미라곤 하나도 없었어. 고등학교에 오니까 아무도 안 때리는데 오히려 어떻게 공부해야 할지 모르겠더라고. 그 노인네 때문에 물리화학에는 정나미가 떨어져서 손도 대기 싫고."

아리송해 보이는 안경이의 표정을 보며 나는 보충설명을 했다.

"나는 성적을 갖고 체벌하는 게 가장 무책임한 방법이라고 생각해. 당장은 괜찮은 결과를 얻을지 몰라도, 나중에 가면 더 많은 문제가 생길 수 있거든."

안경이는 가만히 듣고만 있을 뿐 아무 반응도 없었다.

"그러니까, 만약에 성적이 안 나오면 우리 공부 방법을 바꿔보자. 그러고도 또 성적이 안 나오면 또 방법을 바꿔보고. 나는 학생을 때리고 싶지 않아. 때리는 건 나한테 문제를 해결하겠다는 성의도 인내심도 없다는 뜻이잖아. 나는 문제를 해결하고 싶어."

"정말이세요?"

안경이가 나를 쳐다보았다. 우리의 눈빛이 마주쳤다.

드디어 똑똑히 보게 됐다. 두꺼운 안경알 뒤에 숨어 있는 그 애의 눈은 사실 동그랗고 초롱초롱했다.

체벌하지 않는다는 전제 아래, 나는 한 가지 사실을 직시해야 했다. 안경이를 가르치는 일은 확실히 의욕이 떨어지는 일이었다.

방금 전에 똑같은 문제 유형을 참을성 있게 설명해줬는데도 안경이는 여전히 정확한 대답을 내놓지 못했다. 대부분의 경우에 나는 손가락으로 직접 답을 짚어주지 않았을 뿐 이미 최선을 다해 최대한의 힌트를 주었지만, 안경이의 생각은 갑작스레 설치된 바리케이드에 막히기라도 한 듯 도무지 앞으로 나아가지 못했다. 좀 더 오래 지켜보니 안경이는 '답을 쓰는' 동작에 유난히 집착하고 있었다.

연필을 쥐고 답을 적으려 할 때마다 안경이는 눈동자가 팽글팽글 돌아가기 시작했고, 에어컨 온도가 25도로 맞춰져 있는데도 땀을 주룩주룩 흘렸다. 그 애가 그렇게 괴로워하는 모습을 보며 나도 따라서 숨을 죽였다. 공기마저 희박해지는 듯하여 나도 모르게 손으로 부채질을 하곤 했다.

연필 끝이 종이에 닿을 때면 그 긴장되고 불안한 눈초리가 자꾸만 나에게 와닿았다. 내 마음속 생각을 가만히 읽어내려는 듯한, 또 다음 순간의 내 움직임을 막으려는 듯한 눈빛이었다.

이렇게 심리적인 공방이 몇 차례 이어지자 나는 참다못해 입을 열었다. 안경이 너 자신도 놔주고 나도 좀 놔달라고.

"긴장할 것 없다니까. 답을 잘못 써도 아무 일 없어. 기껏해야 설명을 다시 듣는 거지. 나는 너 안 때린다니까."

안경이가 침을 꿀꺽 삼켰다.

"지난번 선생님은 제가 문제 푸는 걸 하나하나 지켜보다가 틀린 답을 쓰면 바로 머리를 때렸거든요. 제 안경이 몇 번이나 날아가서 책상에 떨어졌어요."

"전에 말했던 그 선생님? 때리는 것도 지쳤다던 사람?"

나는 머릿속으로 의심쩍은 인물을 찾아보았다.

"네."

안경이는 무심한 태도를 유지하며 고개를 끄덕였다.

"그 선생님은 엄마가 구한 과외 선생님 가운데 가장 비싼 분이었어요. 무지 유명한 학원 강사였거든요. 자기가 구제 못 하는 학생은 없다고 장담하기에 보수도 엄청 많이 드렸어요. 시간당 1,200위안▦*이었나? 보충도 자주 해서 일주일에 여섯 시간까지 수업을 했어요. 그래도 제 성적이 계속 들쭉날쭉이니까 엄마가 가끔 못 참고 선생님한테 뭐라고 했죠. 그러니까 선생님도 화가 나서, 제가 문제 푸는 걸 일일이 지켜보다가 틀리면 바로 머리를 때렸어요. 글루스틱으로 손바닥을 때리기도 했고요."

"한 문제 틀릴 때마다?"

"네, 그 선생님은 아주 가까이 앉아 있었어요. 이 정도로……."

안경이가 팔을 벌려 거리를 설명했다.

"시험지에 시선을 딱 고정하고 제가 답을 쓰는 걸 지켜봐요. 틀리게 썼다간 전 그냥 죽는 거예요. 한번은 학교 시험 전날에 선생님이 직접 출제한 문제지를 주고 풀라고 했는데 반 이상 틀렸거든요. 그러니까 진짜 무지막지하게 화를 내면서 글루스틱으로 제 종아리를

---

* 타이완의 화폐 단위 TWD의 현지 명칭. 1위안은 한화 40원가량이다.

죽어라 때리더라고요. 너무 아팠는데 울 수도 없었어요."

"어머니도 아셔? 그 선생님이 그렇게 심하게 때린 거?"

안경이가 고개를 가로저었다.

"왜 얘기 안 했어? 그 선생님이 못 하게 했니?"

"아니요."

"그럼 왜 그랬어?"

"왜냐면요."

안경이는 좀 불편한 기색이었다.

"선생님이 저를 때린 건 제가 잘못해서잖아요. 제가 문제를 제대로 못 풀었으니까요. 엄마한테 말해봤자 엄마는 더 화낼 게 뻔해요. 까딱하면 엄마한테까지 얻어맞는다고요."

＊

안경이는 멍청한 아이가 아니다. 느리지도 않다.

안경이는 겁에 질린 아이일 뿐이었다.

평소에 설명을 해주는 시간에는 문제의 의도를 차근차근 분석하며 추론을 해나간다. 안경이는 이 과정을 아주 차분하게 잘 따라왔으며 이때 말로 문제를 내면 대답도 훌륭하게 잘했다. 하지만 연필로 답을 옮겨 적으려는 순간이 되면 안경이는 돌이 되는 마법에라도 걸린 듯 머리부터 발끝까지 뻣뻣하게 굳어버렸다.

틀리면 주먹과 발이 날아온다고, 과거의 경험이 그 애에게 경고했다. 그래서 안경이는 문제를 풀 때면 눈앞에 보이지 않는 장애물이 있다고 느꼈고, 그걸 뛰어넘을 수가 없었다. 그래서 의심을 거듭하며 망설이고 또 망설였다. 그느르라 시험을 볼 때면 45분 가운데 30분을 허비했을 것이다. 그저 '틀리면 어떡하지'라는 장애물을 넘느라고.

안경이를 보며 나는 이런 결론을 내렸다. 이 아이의 가장 큰 문제는 자신감 부족이다.

안경이는 실수란 대단한 일이 아니라는 걸, 아주 평범한 일이라는 걸 믿지 못했다.

과거에 몇몇 선생님이 그 애에게 실수할 여지를 주지 않았기 때문이었다.

안경이는 전혀 느린 아이가 아니었다. 그저 너무나 무거운 족쇄를 차고 있을 뿐이었다. 그래서 걷는 것이 보통 사람보다 불안해하고 경계심이 많았고, 그러다 보니 멍청하고 느리다는 인상을 풍길수밖에 없었다. 하지만 안경이는 남들 눈에 비친 것처럼 멍청한 아이가 아니었다.

*

모의고사 성적이 나오는 날이었다. 나는 비스듬히 내리는 타이베이의 가랑비 속에서 안경이의 집으로 향했다. 문밖에 서서 우산을 접기도 전에 다급한 발소리가 들려왔다. 둥 여사가 저 위에부터 두세 계단씩 뛰어 내려오는 소리였다. 문을 열어주는 둥 여사의 안색이 심상치 않았다. 내가 안으로 들어서자 둥 여사는 그림자처럼 바싹 붙어 뒤따라오면서 다짜고짜 불평을 쏟아냈다.

"아이고, 선생님, 저 녀석 정말 구제불능이에요. 정말 이해가 안 돼요. 제가 이렇게 좋은 공부 환경을 만들어주잖아요. 그런데 저 애는 왜 좀 더 분발할 생각을 안 할까요?"

"시험을 잘 못 봤어요?"

"애 아빠랑 제가 기대하는 성적은 PR 93인데 그 녀석은 겨우 PR 83이에요. 선생님, 이런 성적으로 어디 타이베이에 있는 명문고에 들어가겠어요?"

PR 83이라는 것은, 간단히 말하면 안경이의 점수가 이번 모의고사에서 전국 학생의 83퍼센트보다 높다는 뜻이다. 사실 아주 괜찮은 성적이다. 하지만 타이베이는 확실히 경쟁이 매우 치열한 곳이다 보니 작은 실수 하나로도 한두 순위 낮은 학교로 가게 될 수 있었다.

"선생님, 저는 아이를 위해서 명문대 과외 선생님을 모셨어요. 그런데 저 녀석은 이딴 점수나 받아 오네요."

둥 여사의 말 속에는 나를 탓하는 뜻도 담겨 있었다. 이런 상황에는 이미 익숙했다. 과외교사란 남들 눈에는 꽤 부러운 보수를 받는 직업이다. 그러니 고용주에게는 당연히 '과외 품질 검사 기준'이 있으며, 가장 전형적인 것이 정기적으로 보는 중간·기말고사와 모의고사 성적이다. 아이의 성적이 확 오르지 않을 때 부모의 가장 솔직한 심정은 다음과 같다. '비싼 선생님을 구했는데 뭐 한 게 없잖아?'

나는 한 걸음 한 걸음 계단을 올라갔다. 거실에 서 있는 안경이가 보였다. 더 정확히 말하면, 안경이는 벌을 서고 있었다.

거실로 들어서자 둥 여사는 잊지 않고 나에게 차를 한 잔 내주고는 본인 찻잔에도 새 차를 따랐다. 아주 잠깐 숨을 돌린 그녀는 안경이의 성적표를 가져오더니 한 과목씩 차례차례 질문을 퍼붓기 시작했다.

"수학에서 왜 여섯 개나 틀렸지? 지난번엔 세 개였는데."

"이번에 사회는 비교적 쉽다고 하지 않았니? 그런데 거의 열 개나 틀렸네? 사회 공부 한 거 맞아?"

"그리고 영어. 유치원 때부터 영어 공부 시켜줬잖아. 그런데 어째 한 번도 만점을 못 받니?"

안경이는 무엇부터 변명해야 할지 모른 채 벌게진 얼굴로 어물어물거렸다.

둥 여사는 말을 하면 할수록 흥분했고, 급기야 안경이에게 성큼 다가가 안경이의 양 볼을 후려갈겼다. 찰진 소리가 거실에 메아리치고, 한층 강도가 높아진 비난이 뒤따랐다.

"아주 싹수가 노랗다! 아버지 동료들이 다 너 입시 준비 잘하고 있느냐고 물어본다는데, 우리 아들은 타이베이 명문고에 못 들어갈 것 같아요, 이렇게 말해야겠니? 창피하게?"

따귀 두 대에 안경이도 나도 큰 충격을 받았다.

고개를 들어 내 쪽을 쓱 쳐다보는 안경이의 눈빛에는 경악과 수치심이 어려 있었다. 하지만 그 애는 금세 평소 하던 대로 돌아갔다. 눈을 내리깔고 주먹을 불끈 쥐고는, 눈길을 땅에 꽂은 채 꼼짝도 하지 않았다.

둥 여사의 포효는 파도처럼 끊임없이 이어졌다. 그녀는 수많은 지난 일을, 열네 살까지 안경이가 겪은 흑역사를 하나하나 끄집어냈다. 유치원 선생님의 좋지 않은 평가, 말도 안 되는 초등학교 입학 성적, 입학 성적과 도긴개긴인 졸업 성적…… 외부인인 내가 있어도 아랑곳없이, 둥 여사는 모든 잘못을 낱낱이 따져보겠다는 듯 쉬지 않고 야단을 쳤다. 나에게 앉으라는 말을 하는 것도 잊었는데 아마 일부러 그랬지 싶다. 나도 안경이와 함께 벌을 서는 거나 매한가지 상황이었다. 그 시간이 한평생처럼 길게 느껴졌지만, 호통이 다 끝나고 시계를 훔쳐보니 30분도 안 지나 있었다.

지친 둥 여사는 소파로 돌아와 털썩 주저앉더니 우리에게 손짓을 했다.

"선생님, 수업하셔도 돼요."

수업은 무슨, 나는 그대로 달아나고 싶을 뿐이었다. 머릿속에 100가지 핑계가 떠올랐지만 나는 그 옵션들을 하나하나 지워버렸다. 나도 사리 분별은 하는 사람이다. 이대로 달아나 버린다면 안경이의 상황은 더더욱 힘들어질 것이다.

폭풍우의 시련을 함께 겪고 나자 우리 사이에는 전우애에 가까운 감정이 싹트며 서로를 옭아맸다. 나는 정말로, 너무너무 떠나고 싶었지만 차마 떠날 수가 없었다.

떠나는 것은 곧 배신이었다.

*

나는 이를 악물고 안경이의 방으로 향했다. 안경이가 발을 질질 끌면서 뒤따라왔다.

책상에 펼치다 만 교재가 놓여 있었다.

우리는 각자 자리에 앉았다. 첫 수업을 하는 것처럼 둘 다 표정도 어색하고 움직임도 딱딱했다.

안경이의 눈가에 눈물이 맺혀 있었지만 떨어지진 않았다. 안경이는 겨우겨우 버티고 있었다. 내 앞에서 눈물을 흘리지 않는 것, 그건 아마 그 애가 자신의 존엄을 지키는 마지막 수단일 것이다.

우리 사이에 생겨난 공백을 메우고자 나는 입을 놀리기 시작했다. 하지만 목소리에 기운이 하나도 없었고, 같은 페이지를 10분 넘게 맴돌면서 도무지 넘어가질 못했다.

안경이는 세심한 아이였다. 낙담한 내 기분을 알아차린 그 애가 내 쪽으로 홱 돌아앉으며 말했다.

"선생님, 죄송해요. 실망시켜드려서 죄송해요. 전 정말 바본가
봐요."

안경알 너머의 두 눈이 벌겋게 부어 있었다.

그런 안경이를 보며 만감이 교차했다. 안경이가 얼마나 당혹스러
웠을까. 그 애는 자신이 얻어맞은 이유를 정확히 알지 못한다. 성적
이란 게 정말 무언가를 증명할 수 있을까? 증명할 수 있다면, 도대
체 무엇을 증명하는 걸까?

나도 당혹감에 빠져들었고, 이런 의문이 생겨났다. 성적이 증명
해주는 결과를 고집스레 믿으면서 우리는 이 아이의 본질 가운데 상
당 부분은 성적이 증명해줄 수 없다는 사실을 외면하고 있진 않나?

나는 안경이가 당혹감을 가라앉히게끔 도울 능력이 없었다. 내
당혹감도 누군가 가라앉혀줬으면 하는 심정이었으니까.

무거운 얘기는 피하고 가볍게 일깨워주는 수밖에 없었다.

"바보 아냐. PR 83이면 아주 잘한 거야."

나는 안경이의 어깨를 토닥여줬지만 울적한 기분에 더는 말을 잇
지 못했다.

그날 수업은 매우 씁쓸하게 끝났다. 우리는 전장에서 함께 싸운
패잔병처럼 기가 팍 죽어 있었다.

둥 여사는 벌써 잠자리에 들었고, 안경이 아버지는 중국으로 출
장을 가서 집에 아무도 없었다. 안경이가 직접 나를 대문까지 배웅
했다. 문을 나선 내가 뒤를 돌아보자 안경이는 주춤주춤 철문 뒤로

숨으며 모기처럼 가느다란 소리로 말했다.

"선생님, 죄송해요. 화내지 마세요, 그만두지도 마시고요. 다음 시험은 더 잘 볼게요."

PR 83, 이만하면 나쁜 성적이 아니다. 중상위권이다.

안경이는 이 점수 때문에 두 번이나 사과했다.

사실 그 애는 누구에게도 미안한 일을 하지 않았는데도.

*

다음번 수업을 하러 안경이네 집에 갔을 때, 생각지도 못한 고양이들을 보게 됐다. 바구니 속에서 아직 눈도 못 뜬 아기 고양이 다섯 마리가 가냘프게 애옹거리며 꼬물꼬물 움직이는데, 빛이 좋아서 그러는지 빛을 피하려고 그러는지 알쏭달쏭했다. 안경이와 둥 여사는 바구니 곁을 지키며 아가냥들의 일거수일투족을 주의 깊게 살폈다.

"어디서 난 고양이예요?"

궁금해진 내가 묻자 둥 여사가 대답했다.

"우리 동네에 어떤 돼먹지 못한 인간이 중성화도 안 시키고 새끼를 낳게 만들었어요. 그건 그렇다 치고, 글쎄 태어난 지 얼마 되지도 않은 아가들을 찢어진 종이상자에 아무렇게나 담아 길가에 버렸지 뭐예요. 며칠 동안 다행히 근처에서 고양이를 키우는 사람들이 번갈아가며 밥을 줘서 아가들이 다 살았어요. 그런데 어제 비가 많이 왔잖아요. 우리 애를 데리고 집에 오는데, 다 젖어 흐물흐물해진 상자 속에서 얘네들이 서로 꼭 붙어서 춥다고 야옹야옹거리는 거예요. 너무 불쌍해서 그냥 다 데려와서 보살피고 있어요."

마음이 따스해졌다. 평소 둥 여사의 인상과는 많이 다른 모습이었다.

초인종이 울리자 둥 여사가 아래층으로 내려가 문을 열었다. 이웃 아주머니였다.

안으로 들어서는 이웃 아주머니의 손에 비닐봉지가 하나 들려 있었다.

"우리 고양이가 예전에 먹다 남은 고양이 분유예요. 보니까 아직 유통기한이 남았더라고요. 이거면 아가냥들 몇 끼는 먹일 수 있을 거예요. 내일 아침 일찍 내가 새 분유 한 봉지 사다 줄게요."

"고마워요, 정말 고마워요. 안 그래도 그런 걸 어디서 구하는지 전혀 몰랐거든요."

이웃 아주머니가 쪼그리고 앉아 고양이 바구니를 자세히 들여다보았다.

"이를 어째, 너무 삐쩍 말랐네."

둥 여사도 옆에 쪼그려 앉았다.

"그러게요, 몇 마리나 살아남으려나 모르겠어요."

이웃 아주머니가 아가냥에게 분유 먹이는 법을 간단히 설명해주었다. 둥 여사는 귀 기울여 들으며 수시로 궁금한 점을 물어보았다.

이웃 아주머니는 밥할 시간이라 금방 가야 한다고 했다. 아주머니가 떠나자 '고양이 분유 먹이기'라는 둥 여사의 대업이 시작되었다. 옆에서 지켜보니 둥 여사는 몹시 긴장해 있었다. 숨을 죽이고 온 신경을 모아 아가냥을 한 마리씩 조심스레 손바닥에 받쳐 들었다. 너무 어린 아가들이라 털이 가늘고 촉촉했다. 둥 여사는 검지에 손수건을 감아 살짝살짝 누르며 고양이 몸에서 물기를 닦아주었다. 둥 여사의 손가락이 미세하게 떨리고 있었다.

그런 다음 탁자에 고양이를 올려놓고 두 손가락으로 상체를 조심스레 받치며 고양이를 앉혔다. 젖병을 대주자마자 아가냥은 본능적으로 앞발로 붙잡고 꼴깍꼴깍 빨아먹었다. 청록색 눈동자에서 나른한 빛이 뿜어져 나왔다. 아가냥들은 둥 여사의 따스한 손바닥 안에서 따뜻한 분유를 먹었다. 모든 고양이에게 분유를 먹이고 나자, 둥 여사는 고양이들의 입가를 부드럽게 닦아주고는 정성껏 마련한 헝겊 보금자리에 고양이들을 조심스레 옮겨놓았다. 헝겊 밑에는 30도로 온도를 맞춘 전기담요가 깔려 있었다.

아가냥들은 거의 종일 잔다. 배불리 먹고 따뜻한 곳에 누우니 다섯 쌍의 눈이 스르르 감겼다. 안경이와 둥 여사는 고개를 기울인 채 고양이들을 흥미롭게 바라보았고, 손가락으로 가리켜가면서 웃는 얼굴로 이야기를 나눴다.

나는 한 발짝 물러서서 둥 여사와 안경이를 지켜보고 있었다. 지금 이 순간 두 사람은 그 어느 때보다도 어머니와 아들다워 보였다.

고양이의 아이는 공부할 필요가 없다. 그저 잘 먹고 잘 자면 된다. 아기 고양이는 자라서도 시험을 안 보고, 백분위로 따져가며 수준을 평가받지도 않는다. 그렇기에 둥 여사는 자신과 피도 안 섞이고 열 달간 뱃속에 품어 낳지도 않은 아가들을 이토록 다정하게 아껴줄 수 있었다.

*

안경이를 가르치는 석 달 동안 안경이 아버지는 몇 번밖에 못 봤지만, 그걸로도 대략 어떤 사람인지 짐작이 갔다. 그는 중간 규모 제조업체에서 일한다. 말단 직원부터 시작해서 20년간 고생하며 성실히 일한 끝에 사장 자리까지 올랐다. 야근이나 접대가 있건 없건 습관적으로 늦게 귀가했으며 일찍 와봐야 밤 9시였다. 7시에 돌아온 적이 한 번 있었지만 불룩한 크라프트지 봉투를 들고 또다시 총총히 집을 나섰다. 남편의 뒷모습을 바라보는 둥 여사의 눈에는 깊은 상실감이 배어 있었다.

평소에는 어떤가 하면, 열쇠가 돌아가는 소리가 나자마자 둥 여사는 로켓처럼 거실에서 뛰쳐나가 웃음 가득한 얼굴로 현관에 서서 남편의 외투를 벗겨주고 서류 가방을 받아 들면서 부드럽게 물었다. "시장하지 않아?" "목욕물 받아줄까?"

참으로 안타깝게도 이런 다정한 광경은 오래가지 않았다. 두 사람이 차례로 침실에 들어가면 분위기가 사뭇 달라졌다. 처음엔 좀 휑하고 싸늘한, 애써 목소리를 낮춘 말소리가 이따금 들려올 뿐이었다. 오래지 않아 목소리는 점점 커지고, 벽이 가로막고 있다 해도 그들이 무슨 이야기를 하는지 안경이도 나도 똑똑히 들을 수 있었다.

"도대체 애를 어떻게 가르치는 거야? 한 달에 나한테 받아가는 돈이 얼마야? 그런데 애 하나도 감당 못 해? 웨이魏 사장 딸은 작년에 베이이여고北一女高*에 합격했고, 천陳 이사 아들은 올해 칭화대淸華大**에 추천으로 입학한다더라. 회의 때마다 애들 얘기가 나오면 아주 골치가 지끈거린다니까. 모의고사 성적이 PR 90도 못 넘는 녀석이 타이베이에 있는 명문고에 들어가겠어? 경고하는데, 이름도 못 들어본 후진 학교에는 절대 안 보내. 성적이 나쁘면 차라리 미국으로 보낼 거야."

조금 뒤에 둥 여사가 날카롭게 소리쳤다.

"미국에 보내? 하나뿐인 아들을 열다섯 살까지 키웠는데, 겨우 고등학교 입시 성적 좀 나쁘다고 애를 미국에 보내겠다고? 그럼 집에 혼자 남는 나는? 내 생각은 해본 적도 없지?"

"그렇게 감정적으로 굴지 말고 상황을 좀 제대로 보란 말이야. 지

---

* 타이베이에 있는 명문 고등학교. 정식 명칭은 '타이베이시립제일여자고등학교臺北市立第一女子高級中學'이다.

** 신주新竹에 있는 연구중심 국립대학으로 이공계가 특히 강하다.

금 타이완이 얼마나 치열한 경쟁사회인지 몰라? 앞으로는 더 치열해질 거라고. 당신이 낳은 아들놈, 남보다 딱히 뛰어난 녀석도 아니잖아. 좀 일찍 내보내서 외국어 실력도 쌓고 국제적인 시각도 키워야 해. 당신이 계속 이렇게 맹목적으로 싸고돌면, 하나뿐인 우리 아들이 나중에 사회생활하면서 어떻게 될 것 같아? 남들하고 확실히 비교당할 텐데, 그 꼴을 봐야 엄마로서 만족하겠어? 그때 가선 아무것도 못 해. 이미 늦었다고."

우리가 수업하는 소리는 의견이 안 맞는 부부의 격앙된 목소리를 덮을 수가 없었다. 나는 안경이를 물끄러미 바라보았다. 그 애 얼굴에서 어떤 실마리를 찾고 싶었다.

안경이는 교재를 보면서 차분히 말할 뿐이었다.

"괜찮아요. 전 벌써 익숙해졌어요."

나는 더 캐묻지 않았다. 그저 몹시 괴로웠다. 나는 안경이의 어깨를 붙든 채 한참 동안 아무 말도 못 했다.

"선생님, 저는 정말 괜찮다니까요. 얼른 다음 문제로 넘어가요."

*

시험 날짜가 하루하루 다가오고 있었다. 몇 차례 모의고사를 거치면서 둥 여사의 기준도 좀 조정되었다. PR 90, PR 88을 거쳐 PR 85까지 내렸는데도 안경이가 한 번도 목표를 이루지 못하자, 둥 여사는 길길이 날뛰며 고래고래 소리쳤다.

"기준을 팍 낮췄는데도 이 모양이면 어쩌란 말이야?"

둥 여사가 내 면전에서 아들과 '끝장'을 보는 상황극이 갈수록 잦아졌다. 따귀를 갈기고, 팔뚝을 꼬집고, 발길질을 하고…… 상황도 점점 격해졌다. 한번은 수업 도중에 둥 여사가 방으로 쳐들어오더니 안경이에게 마구 욕을 퍼부었다. 이유는 단지 담임 선생님과의 통화 내용 때문이었다. 둥 여사가 요즘 안경이의 학습 태도를 묻자 담임이 '산만하다'라고 솔직히 대답했기 때문에.

그럴 때마다 나는 안경이가 얻어맞는 모습을 옆에서 보고만 있을 뿐이었다. 때로는 상황이 금세 종료됐다. 둥 여사는 머리 한 대만 쥐어박고는 안경이를 나에게 넘겼다. 때로는 폭행 과정이 좀 더 길었다. 둥 여사는 안경이 귀를 힘껏 꼬집었고, 안경이 얼굴이 돼지 간처럼 벌겋게 부풀고 나서야 손을 풀고 용서해주었다.

그때마다 나는 용기를 내려 했다. 안경이를 보호하려고 벌떡 일어날 뻔했지만, 끝내는 뒷걸음쳐 물러나는 것을 택했다.

도대체 내가 어떤 신분인지 헷갈렸다. 그냥 일주일에 두 번씩 교육 서비스를 제공하는 과외교사일까? 아니면 이 모든 일을 적극적으로 막아야 하는 더 큰 책임을 지고 있나? 더 나쁜 생각도 들었다. 둥 여사가 일부러 내 앞에서 보란 듯이 안경이를 때리는 거 아냐? 내가 체벌을 거부하니까 일부러 수업하기 직전을 골라서 목이 쉬도록 고함을 지르고 손발을 휘두르며 이런 암시를 하는 건가? '잘 봐, 당

신이라고 잘 가르치는 것도 아니잖아.'

전업주부인 둥 여사는 외출을 즐기지 않고 사교 생활에도 딱히 관심이 없었다. 그녀가 시름을 털어놓을 상대는 두세 명뿐이었다. 그녀의 존재 가치가 긍정이냐 부정이냐, 이는 주로 남편에 의해 결정되었다. 그러나 남편이 거는 기대는 그녀 혼자서는 감당하기 힘든 무게였다. 그래서 그녀는 그걸 갈라 안경이에게, 또 일주일에 다섯 시간씩 나타나는 외부인인 나에게까지 떠넘길 수밖에 없었다. 나는 매주 수업 시간이 되면 어쩔 수 없이 이 집에 나타나야 했고, 나를 본 그녀는 자신의 넘쳐나는 감정을 터뜨릴 출구가 생겼다는 걸 알아차렸다.

나, 안경이, 둥 여사, 우리 셋은 자신도 모르게 먹이사슬에 얽혀들고 말았다. 아이러니한 것은, 이 먹이사슬의 최강자인 안경이 아버지가 아들에게 내주는 시간은 일주일에 몇 시간도 안 된다는 사실이었다.

*

어느 날 둥 여사가 안경이를 때리지 않았다.

그녀는 얼굴을 가린 채 울면서 소파에 쓰러졌다.

"네가 공부를 열심히 안 해서 아빠가 집에 오기 싫단다. 너 같은 구제불능 멍청이한테 너무 실망했대. 너만 보면 짜증이 난대. 그이가 집에 안 오겠다니 이를 어쩌면 좋아."

안경이는 아무 소리 없이 엄마에게 다가가서 곁에 앉았다.

모자가 부둥켜안고 울음을 터뜨렸다. 바구니 속 아기 고양이들은 세 마리는 입양 보내고 두 마리만 남아 있었다. 고양이들이 가냘프게 야옹거렸다.

나는 그저 방관했다. 속으로는 이게 얼마나 터무니없는 상황인지 똑똑히 알고 있었다. 이렇게 따스한 광경은 얼마 못 간다. 언제가 됐든 둥 여사는 또다시 안경이에게 폭력을 휘두를 것이다. 안경이 아버지가 아들의 성적에만 집착하는 한, 둥 여사가 계속 남편을 인생의 1순위에 놓는 한 달라지지 않을 것이다. 오늘 둥 여사는 그냥 피곤한 거다. 내일은 또다시 기운을 차리고 안경이를 독려한답시고 채찍을 휘두르겠지.

나는 이 수업을 그만뒀다. 그러니까, 안경이에게 했던 약속을 저버린 거다.

더는 견딜 수가 없었다. 룽싱화원을 지나 안경이의 집으로 향하던 그 수많은 밤, 내 마음은 잿빛 비관으로 가득했다. 초인종을 누를 때마다 두려움에 몸이 떨렸다. 눈앞에 또 어떤 광경이 펼쳐질까. 나는 꼬리를 내리고 허둥지둥 달아난 거나 다름없었다.

이 또한 내가 안경이를 거의 떠올리지 않는 이유다. 생각만 해도 어딘가가 아파온다. 무거운 안경테 속 그 겁에 질린 눈빛이 떠오르고, 그 애가 나에게 보인 믿음이 떠오르고, 얻어맞은 그 애가 오히려 나를 위로하던 다정한 모습이 떠오른다. 내가 그만둔 뒤로 안경이가 엄마에게 더 심하게 얻어맞진 않았을까? 둥 여사가 아들에게 더더욱 절망한 건 아닐까? 내가 그만둔 이유를 그녀가 제대로 알기는 할까?

마지막에 가서는 상상하는 것조차 너무나 두려웠다. 안경이는 아직 타이완에 있을까? 벌써 완전히 낯선 나라로 보내진 건 아닐까?

*

안경이의 집은 꼭대기층까지 치면 4층짜리 단독주택이었다. 안경이에게는 공부방과 침실이 따로 있었는데 이는 타이베이 아이로서는 매우 사치스러운 생활 공간이었다. 안경이는 엄마가 모는 고급차를 타고 등하교를 하고, 아주 좋은 핸드폰을 갖고 있었다. 책가방도 손잡이가 확장되는 고급 제품이었고, 옷이건 신발이건 죄다 백화점에서 산 것이었다.

안경이 아버지는 사회경제적으로 상당히 높은 지위에 있는 사람으로, 사교성 발언과 비즈니스 처세에 능하고 값비싼 맞춤 양복과 구두를 착용했다. 자식이라고는 안경이 하나뿐이라 안경이의 미래에 도움이 된다면 무엇에든 기꺼이 투자했다. 둥 여사는 겉보기엔 품위 있고 온화하며 남들 앞에서는 말투도 나긋나긋했다. 그녀는 안경이를 돌보는 데 많은 시간을 썼고, 학교 선생님과 정기적으로 통화하며 아들의 근황을 물었다. 선생님은 책임을 다하는 훌륭한 엄마라고 그녀를 칭찬했다.

안경이의 아침 식사에는 닭고기 농축액과 달걀 한 알이 빠지지 않았고, 안경이가 아침을 다 먹으면 둥 여사는 아들에게 비타민, 오메가3, 칼슘 등 각종 영양제를 건넸다. 안경이가 그것까지 다 먹으면 둥 여사는 마음 놓고 아들을 학교에 데려다주었다.

남들이 보면 누구나 안경이는 정말 복 많은 아이라고, 행복한 환경에서 살고 있다고 말할 것이다.

안경이의 부모는 그 애를 사랑한다고, 그들의 사랑은 지극히 정상이라고.

그 아이는
집이 없다

"이 세상에서 가장 큰 상처를 주는 말이 뭐라고 생각하세요?"

이 세상에서 상대방에게 가장 큰 상처를 주는 말을 하나만 골라보자. 단 한 마디로 뼈에 사무치는 아픔을 주는 말, 살갗을 꿰뚫고 폐부까지 찌르는 듯한 말, 더 이상 제대로 대화도 못 하게 만드는 말. 나는 이 말을 고르겠다. "내 알 바 아냐."

내가 한 말은 아니고, 『바람과 함께 사라지다』의 남자 주인공 레트 버틀러가 가르쳐준 말이다.

스칼렛이 자꾸만 주는 상처를 견디다 못한 레트는, 막바지에 이르자 오랫동안 깊이 사랑했던 스칼렛에게 이렇게 말한다. "Frankly, my dear, I don't give a damn.(솔직히 말하면, 여보, 내 알 바 아니야.)" 이 말은 미국영화연구소에서 선정한 100대 명대사 가운데 1위로 꼽히기도 했다.

"그러니까."

나는 일부러 느릿느릿 말했다.

"바로 이 말이야. '내 알 바 아냐.' 테레사 수녀도 그런 말을 했잖아. 사랑의 반대말은 미움이 아니라 무관심이라고 말이야. 이 말보다 심한 말은 없을 것 같은데."

내 말에 맞은편에 앉은 천샤오과이陳小乖*가 입을 삐죽거리며 나에게 살벌한 눈초리를 날렸다. 내 대답이 대단히 못마땅한 기색이었다.

"아니면 뭔데?"

내가 퉁명스레 되물었다.

샤오과이는 나에게서 시선을 떼고 창밖을 바라보았다. 시간은 벌써 밤 10시 3분, 계절은 바야흐로 겨울에 접어들고 있었다. 그 애와 나는 프라푸치노 두 잔을 앞에 두고 스타벅스에 앉아 있었다. 스타벅스는 샤오과이가 정한 수업 장소이며 프라푸치노는 그 애가 가장 좋아하는 음료였다. 하지만 거의 세 시간을 놔뒀더니 크림과 녹은 얼음이 뒤섞여 걸쭉하고 느끼한 액체가 되어버렸다. 나는 일어나서 물을 가지러 갔다.

수업은 원래 9시에 끝나지만 샤오과이가 집에 가고 싶어 하지 않았다. 9시 10분이 되자 그 애는 9시 30분까지 수업을 해달라고 부탁했고, 9시 30분이 되니까 10시에 가겠다고 말을 바꿨다. 나는 이미 지쳐서 집에 가고 싶었다.

"오늘 왜 그래? 무슨 일 있어?"

내가 물었지만 샤오과이는 대답하지 않았다. 표정이 좀 이상했다. 말을 하려다 마는 모양새였다. 9시 35분, 내 가슴속에서 참을 수

---

*   샤오과이는 '말 잘 듣는 귀염둥이'라는 뜻이다.

없는 짜증이 폭발하기 1초 전에 샤오과이가 입을 열었다.

"선생님, 궁금한 게 있는데요. 이 세상에서 가장 큰 상처를 주는 말이 뭐라고 생각하세요?"

"대답하기 싫은데, 나 졸려 죽겠어. 그런 질문에 대답할 의무도 없고."

"대답해주시면 바로 갈게요. 그러면 선생님도 가서 주무실 수 있잖아요."

샤오과이의 눈에는 보기 드문 집념이 서려 있었다. 샤오과이를 알고 나서 이런 눈빛은 처음 보는 거라 좀 당혹스러웠다. 무슨 의도로 하는 질문인지는 몰라도 반드시 이 아이를 진정시켜 만족하게 만들어야 했다. 얘가 완전히 수긍을 해야만 나는 적당히 푹신한 내 침대 속으로 조금이라도 더 일찍 들어갈 수 있으니까. 몇 분 만에 또다시 피로감이 치고 올라왔다.

9시 47분, 나는 답을 내놓았다. 그리고 10분 동안 책임을 다해 스칼렛과 레트 사이의 얽히고설킨 갈등을 간단히 설명해주었다. 샤오과이는 내 대답을 받아들여야 한다. 『바람과 함께 사라지다』 때문에 나는 적지 않은 청춘의 눈물을 쏟았으니까. 샤오과이도 열네 살 청춘이니 당연히 이해할 수 있어야 한다.

하지만 샤오과이는 내 대답을 좋아하지 않았다.

"아니에요, 그걸로는 부족해요. 그건 가장 큰 상처를 주는 말은 아니에요."

마음 밑바닥에서 부정적 감정이 스멀스멀 올라왔다. 한 시간 전에 나는 이 자리를 떠났어야 했다. 수업 시간은 이미 끝났다. 바꿔 말하면, 과외교사로서의 내 의무는 끝났고 나는 퇴근해야 한다.

"그럼 네가 더 괜찮은 답을 생각해보든가……."

거의 도발에 가까운 퉁명스러운 말이 튀어나왔다.

샤오과이는 나를 외면한 채 옆얼굴만 보이고 있었다.

그 애가 그렇게 잠자코 있으니 나는 점점 더 짜증이 났다. 얘가 대체 무슨 꿍꿍이속인지 알 길이 없었다.

샤오과이가 다시 입을 떼자 아주 가느다란 목소리가 흘러나왔다.

"이 질문의 답은 아마 이 말일 거예요. '애초에 난 널 낳고 싶지 않았어.' 어느 날 선생님 엄마가 선생님한테 이렇게 말한다면 기분이 어떨까요…… 선생님의 세상은 바닥부터 무너지기 시작하겠죠. 발 딛고 서 있을 곳도 없을걸요……."

*

샤오과이는 내가 가르친 학생들 가운데 가장 특이한 케이스였다. 평범하기 짝이 없는 어느 날 밤, 전화벨이 울렸다. 내가 전화를 받자마자 상대방은 속사포처럼 자기소개를 늘어놓았다.

"저는 장팡팡張胖胖*이랑 같은 반 학생인데요. 최근에 걔가 모의고사 성적이 많이 올랐더라고요. 장팡팡 말로는 선생님께 과외를 받는다는데, 느낌이 괜찮아서 걔한테 전화번호를 물어봤어요. 저도 선생님이 가르쳐주셨으면 해서요. 아 참, 제 이름은 천딩웨이陳定維인데요, 그냥 샤오과이라고 부르셔도 돼요. 다들 그렇게 부르거든요. 그래서 천딩웨이라고 부르면 오히려 좀 어색할 것 같아요."

나는 얼굴을 찌푸리며 핸드폰을 얼굴에서 멀찍이 떼고 화면에 찍힌 전화번호를 보았다. 낯선 번호였다.

장난 전화 아닌가 하는 의심이 들었지만, 장팡팡은 분명 내가 가르치는 학생이었다.

"장팡팡 옆에 있니? 그 애 좀 바꿔줘."

"걔가 어떻게 옆에 있어요? 이렇게 늦은 시간에."

"그럼 네 부모님은?"

내가 참을성 있게 물었다.

"부모님이요?"

수화기 너머 앳된 목소리의 주인공은 화들짝 놀란 기색이었다.

"과외 선생님 구한다면서. 그럼 부모님하고 얘기하는 게 맞지 않아?"

"부모님은 저한테 아예 신경을 끄고 저 하고 싶은 대로 내버려두

---

* '팡팡'은 토실토실하다는 뜻이다.

세요. 과외 선생님 구하는 게 뭐 나쁜 일도 아닌데, 반대하실 리가 없어요. 게다가……."

잠시 끊어졌던 목소리가 다시 이어졌다.

"우리 부모님은 너무 바빠서 선생님 면접 볼 시간도 없어요."

"면접 볼 시간도 없다고? 그럼 돈 받을 때는 어떻게 해?"

"제가 드릴게요."

살짝 높아지는 목소리를 들으니 수화기 너머의 주인공이 어떤 표정일지 눈앞에 그려졌다.

"네가?"

생각해보니 장팡팡과 같은 반이라면 겨우 열네 살이었다.

"부모님한테 '청구'할 거니까 걱정 마세요. 부모님이 저한테 돈을 주시면 제가 선생님께 드릴게요. 지금 수학 과외도 이런 식으로 하고 있어요. 아, 시급은 선생님 마음대로 정하세요. 너무 비싸지만 않으면 부모님도 따지고 들지 않을 거예요."

잠시 멈췄던 목소리가 대수롭지 않다는 투로 말을 이어갔다.

"우리 부모님 부자예요. 걱정 안 하셔도 돼요. 지금 수학 과외 선생님 시급은 1천 위안이니까 선생님도 적당히 얘기해보세요. 우리 부모님은 이런 푼돈은 안 아끼는 분들이에요."

얼굴이 확 구겨졌다. 통화하는 시간이 길어질수록 얘가 말하는 방식을 참을 수가 없었다.

"그래, 알았어. 그럼 내가 몇 분 뒤에 다시 연락할게."

전화를 끊고 시계를 보니 9시였다. 나는 잠깐 생각하고 나서 나를 팔아넘긴 장팡팡에게 전화를 걸었다.

"아니 너, 내 동의도 없이 내 핸드폰 번호를 딴 사람한테 알려주면 어떡해?"

"샤오콰이가 자꾸 물어보는 바람에……."

팡팡은 자기도 억울하다는 투였다.

"샤오콰이라는 애, 대체 뭐니? 말투가 왜 그렇게 싸가지가 없어? 자기 집 부자라고 동네방네 소문내고 싶어서 안달인 거 같던데?"

수화기 너머에서 팡팡이 깔깔거리는 소리가 들려왔다.

"걔네 집 진짜 엄청 부자예요!"

그러다 뭔가 생각났는지 팡팡은 목소리를 낮추고 이렇게 말했다.

"그런데 선생님, 시간 나시면 걔 좀 가르쳐주시면 안 될까요? 사실 걔 되게 불쌍한 애거든요……."

"불쌍하다니?"

"저도 다른 친구한테 들은 말이라 확실하진 않은데요…… 암튼 걔네 집이 좀 이상한가 봐요. 부모님도 따로 사시는 것 같고요. 걔네 엄마가 학교에 한 번 오신 적이 있는데, 완전 술집 아가씨처럼 하고 오셨어요. 그래서 걔가 술집 아가씨 사생아일지도 모른다는 소문이 은근히 퍼졌거든요. 걔 방금 선생님이랑 통화할 때 입만 열면 돈 자랑을 했죠? 이상하게 생각하지 마세요. 학교에서도 그래요. 하루 종일 자기 옷이랑 신발이 얼마나 비싼 건지 자랑하고 있다니까요. 제 생각인데요, 애가 마음이 허전하니까 이런 식으로 사람들을 붙잡아둘 수밖에 없나 봐요. 우리 반 애들도 걔네 집이 엄청 부자라는 걸 아니까 걔랑 친구 하려고 해요. 뭔가 콩고물이라도 떨어질 수 있잖아요. 샤오과이랑 같이 놀러 나가면, 걔가 기분이 좋을 땐 아주 거하게 쏘거든요."

팡팡의 설명이 내 마음속 깊은 곳에 있는 무언가를 살짝 건드렸다.

9시 30분, 나는 샤오과이에게 문자를 보냈다.

'가르쳐줄게. 시급은 팡팡이랑 똑같이 하면 돼.'

1분도 안 되어 답장이 왔다. 내용은 없고 웃는 이모티콘뿐이었다.

＊

샤오과이는 자기 집에서는 수업을 못 한다고 처음부터 분명히 말했다. 집이 너무 지저분해서 손님을 들이기 민망하다는 이유였다. 그래서 우리는 샤오과이 집에서 1킬로미터쯤 떨어진 스타벅스에서 첫 수업을 하기로 했다.

"어떻게 왔어?"

도착한 샤오과이에게 내가 물었다.

"택시 탔죠."

"요 정도 거리에 택시를 타?"

"그럼요. 이 정도 거리라도 어차피 기사가 태워줘요."

그 애는 딱히 설명할 필요가 없다는 듯 어깨를 으쓱했다.

그 건들건들한 태도를 보며 나는 거의 격노할 뻔했다.

팡팡이 했던 말이 때맞춰 귓가에 울렸다. 나는 성질을 억누르고 자리에 앉았다.

보통 첫 시간에는 학생에게 예전 성적표를 보여달라고 한다. 그러면 학습 상황을 신속하게 점검할 수 있고, 잘하고 못하는 과목을 파악해서 공부 시간을 안배할 수 있다. 샤오과이는 공부를 아주 잘하는 아이였다. 수학은 매우 뛰어나고 국어와 사회가 조금 약했다. 대략 살펴본 바로는 조금만 더 열심히 하면 1지망 고등학교에 충분히 붙을 것 같았다.

하지만 이런 생각은 마음속 깊이 감춰두었다. 샤오과이는 한껏 칭찬해줘야 하는 그런 학생이 아니었다.

그 애는 너무 거만했다.

*

수업을 몇 번 하고 나자 나는 샤오과이가 돈에 상당히 연연한다는 걸 알게 됐다.

서로 안 지 한 달도 안 됐는데 그 애는 매우 진지하게 나에게 물었다.

"선생님, 만약에 제가 1지망 고등학교에 합격하면 무슨 선물 주실 거예요?"

"아무것도 안 줄 건데."

"에엥? 너무 쪼잔하시다…… 우리 할머니는 1지망에 합격하면 5만 위안 주신다고 약속했는데."

애가 어쩌면 이렇게 오만방자한지.

나는 샤오과이를 바라보며 물었다.

"샤오과이, 시험을 잘 보는 게 너 자신을 위해서니, 아니면 다른 사람한테 잘 보이려는 거니?"

바로 대답이 나오지 않았다. 샤오과이는 갈등에 휩싸인 표정으로 머뭇거리다가 입을 열었다.

"저도 모르겠어요. 아무튼 시험을 잘 보면 저는 기분이 무지 좋고, 다른 사람들도 그럴걸요. 선물도 잔뜩 받을 수 있고요. 그럼 되는 거 아니에요?"

"샤오과이, 내 생각은 이래. 이건 네 인생이잖아. 네가 가꾸는 밭이나 마찬가지야. 네가 열심히 노력하면 멋진 열매를 맺을 거고, 그 열매들이 바로 너 자신에게 가장 좋은 선물이 되는 거야. 네가 거둔 열매를 보고 다른 사람들도 기뻐하고 비싼 선물을 줄 수도 있지만, 세상 사람이 다 부자는 아니거든. 그러니까 그냥 축하만 해주는 사람도 있는 거야."

어떻게 하면 샤오과이가 내 뜻을 잘 이해할까? 나는 잠깐 고민하다 말을 이었다.

"너한테 선물을 준다는 건, 아마 그 사람이 너한테 신경을 많이 써준다는 뜻이겠지. 그런데 거꾸로 생각해서 너한테 선물을 안 준다는 건, 설마 그 사람이 너한테 신경을 안 쓴다는 뜻이겠니? 나는 어떨까? 첫 수업부터 기측을 볼 때까지 내가 너한테 시간과 에너지를 얼마나 쏟을 것 같아? 그런데 선물을 안 준다고 그게 다 사라져버리는 거야?

"그래도 저는 선물을 받고 싶은데……."

샤오콰이가 시무룩하게 말했다.

보아하니 물질적인 선물이 그 애가 다른 사람의 감정을 확인하는 방법인 듯했다.

"그래그래, 그럼 내가 밥 사줄게. 그치만 그건 네가 '시험을 잘 봐서' 사주는 게 절대 아냐. 네가 '시험이라는 큰일에 성실히 임해서', 그 과정을 제대로 잘 통과했기 때문이야. 내가 밥을 사주는 건 성적이랑은 상관없어. 가장 중요한 건 네가 인생이라는 단계를 거치는 태도지, 결과가 아니거든."

"그럼 시험 못 봐도 밥 사주실 거예요?"

"그럼."

샤오콰이는 무언가 생각에 잠긴 듯 손으로 턱을 괴고 시선을 딴 데로 돌렸다.

물질적인 집착을 빼면, 부잣집 철부지 아들 같은 샤오콰이의 겉모습 속에는 다른 모습이 숨어 있었다. 나는 그 애가 학습 면에서는 물을 흡수하는 스펀지 같다는 걸 인정하지 않을 수 없었다. 샤오과이는 내가 언급하는 모든 주제를 마음속에 단단히 새겨두었다. 샤오과이는 공부를 좋아하고 지식 흡수에도 진심인 아이라 어떤 분야에든 호기심을 보였다. 가장 잘하는 수학은 늘 즐겁게 공부했고 상대적으로 부족한 국어와 사회 과목에도 열린 마음으로 임했다. 때때로 나는 이번 내용은 고등학교 과정까지 들어가는 거라고 분명히 알려주었다. 그 말을 들으면 다른 아이들을 보통 그만하자고 하는데, 샤오과이는 계속 설명해달라고 손짓하곤 했다. 그 애가 지식을 탐구하는 것은 그저 점수를 따기 위해서만이 아니었다. 그러다 보니 처음에 그 애를 싫어했던 마음은 차츰 사라지고 좋아하는 마음까지 생겨나면서 사이가 퍽 좋아졌다. 이렇게 가르치고 배우며 함께 성장하는 즐거움은 다른 학생들과는 좀처럼 만들어내기 힘든 분위기였다.

한참을 가르치면서 나는 매우 미묘한 부분을 알아챘다. 샤오과이는 부모님 얘기는 좀처럼 꺼내지 않았다. 더 정확히 말하면, 그 애는 지금껏 가족 얘기를 한 적이 없었다. 샤오과이를 안 지 두세 달이 지났는데도 그 애의 배경은 거의 모르고 있었다. 내가 확실히 아는 거라곤 여동생이 있다는 것, 그리고 그 애와 여동생은 지금 어머니와 함께 산다는 것뿐이었다. 유일한 형제 이야기가 나오자 샤오과이의 말투가 조금 부드러워졌다.

"지금 걔는 완전 모지리예요. 자기가 무슨 디즈니 애니메이션 공주인 줄 아나, 레이스가 잔뜩 달린 옷만 입는다니까요."

그 말을 들으며 나는 샤오과이가 여동생을 무척 아낀다는 걸 알아차렸다.

그러나 역시 '가족'이란 그 애에게 매우 민감한 단어 같았다. 그 주제의 가장자리를 살짝 스치기만 해도 그 애는 즉시 당황한 기색을 보이며 부랴부랴 화제를 돌렸다.

*

어느 날, 우리가 미처 마음의 준비가 안 된 상황에서 샤오과이의 어머니가 불쑥 등장했다.

그날은 내 기억에 깊이 새겨져 있다. 밤 9시가 가까워질 즈음이었다. 샤오과이는 풀어진 자세로 테이블에 엎드려 연습문제를 풀고, 나는 팔짱을 끼고 의자에 기대앉아 있었다. 수업 끝 무렵이라 둘 다 마음이 가벼웠다.

어떤 여자가 2층으로 올라오는 모습을 봤지만 딱히 신경 쓰지 않았다. 여기는 스타벅스, 수시로 사람이 오르락내리락하는 곳이었다. 그런데 그 여자가 우리 쪽으로 성큼성큼 걸어왔다. 밝은 오렌지색 그라데이션 상의를 입었는데, 목둘레가 심하게 파여서 발을 뗄 때마다 출렁이는 가슴이 훤히 보였다.

여자가 우리 테이블 앞에 멈춰 "천딩웨이" 하고 부르기에 나는 흠칫했다.

샤오과이도 화들짝 놀라 얼굴을 들었다. 순간 그 애의 표정이 딱딱하게 굳었다.

"엄마, 여긴 웬일이에요?"

그 호칭에 나는 번개같이 일어나 공손히 인사를 건넸다. 샤오과이 어머니는 웃으며 손짓으로 내 인사를 받고는 앉으라고 말했다.

"죄송해요, 저 때문에 놀라셨나 봐요. 지나가는 길에 오늘이 금요일인 게 생각나서요. 우리 아들이 스타벅스에서 공부하는 날이니까 집에 같이 가면 되겠다 싶어서 들렀어요."

그러고는 샤오과이를 돌아보며 다정하게 어깨를 툭 쳤다.

"엄마 전화 왜 안 받아? 찾느라 무지 힘들었잖아."

샤오과이가 나를 돌아보았다. 난감함, 불안함, 그 밖에도 알 수 없는 수많은 감정이 그 애 얼굴에 번갈아 나타났다 사라졌다. 샤오과이는 테이블에 어질러진 자료와 시험지를 부리나케 정리했다. 이어 나에게 고개를 숙여 작별을 고하고는 총총히 계단을 내려갔다. 아들을 지켜보던 샤오과이 어머니도 웃으며 인사하고는 그 애를 따라갔다.

나는 두 모자가 가는 방향을 눈으로 좇았다. 길 건너편에 번쩍번쩍한 BMW가 세워져 있고, 한 남자가 차에 비스듬히 기대어 담배를 피우고 있었다. 남자는 계단을 내려오는 두 사람을 보자 아무 말 없이 꽁초를 땅바닥에 팽개치고 구두코로 몇 번 밟은 다음 운전석에 들어가 앉았다. 샤오과이 어머니는 조수석에 타고, 샤오과이는 뒷자리 차문을 열고 가방부터 내던지더니 그대로 서 있었다. 그 애는 그렇게 손끝을 손잡이에 댄 채 잠시 서 있다가 차에 올랐다.

세 사람이 탄 차가 모퉁이를 돌아 시야에서 완전히 벗어나고 나서야 나도 돌아갈 채비를 했다.

*

다음 수업 때였다. 내가 말을 꺼내기 전에 샤오과이가 서둘러 해명했다.

"선생님, 지난번 일은 신경 쓰지 마세요. 우리 엄마 평소 옷 입는 스타일이 그래요. 아무도 못 말린다니까요. 외할머니도 잔소리하다 포기하셨어요."

표정이 편치 않아 보였다.

나는 고개를 끄덕이며 무심코 물었다.

"그날 데리러 오신 분이 아버지셔?"

뜻밖에도 샤오과이는 낯빛이 확 바뀌며 격한 반응을 보였다.

"무슨 말씀이세요! 우리 아빠 아니에요!"

과민반응을 보였다 싶었는지 샤오과이는 심호흡을 몇 번 하고 나서 차분하게 말했다.

"삼촌이라고 해야 되나? 엄마 친구예요, 아빠가 아니라."

나는 눈치껏 대답하고는 들고 있던 교재를 펼쳤다. 수업을 시작하자는 뜻이었다.

샤오과이는 흐려진 얼굴로 허리를 숙여 가방에서 문제집을 꺼냈다.

'샤오과이의 가족'이 건드려서는 안 되는 화제였다면, 이번에 나는 처음으로 그 언저리를 건드리고 말았다. 그 뒤로 샤오과이 어머니는 다시 만나지 못했다. 매월 말경 정해진 날짜에 샤오과이가 나에게 보수를 주었고, 샤오과이도 매우 안정되어 보여서 나는 그 애 가족과 연락할 필요성을 느끼지 않았다.

내 마음속에서 이 문제는 마치 땅 밑에 칩거한 괴수 같은 것이었다. 어쩌다 한 번씩 호흡이나 맥박이 어렴풋이 느껴졌다. 하지만 샤오과이는 억누르는 데에 매우 능한 아이였다. 그 애는 가족으로 이어질 가능성이 있는 모든 화제를 피해 일부러 다른 데로 슬며시 주의를 돌렸다. 때때로 내가 자신의 사생활을 탐색하고 있다는 걸 알아차리면 히죽거리며 옷과 액세서리를 가리켰다. 그리고 그게 어디서 났는지, 얼마짜리인지, 어느 나라 수입품 또는 한정판인지, 그 보물을 구하느라 얼마나 힘들었는지 과장스레 설명했다.

*

장팡팡이 해준 얘기가 맞았다.

자기가 부자라고 강조할수록 그 애의 마음속 결핍도 더 잘 들여다보였다.

　그와 동시에 샤오과이의 성적은 안정적으로 향상되었다. 샤오과이는 튀는 차림새를 좋아하면서도 공부는 절대 소홀히 하지 않았다. 각 과목 선생님이 내준 숙제를 제때 잘 마쳤을 뿐 아니라 이따금 나에게 더 어렵고 수준 높은 문제를 찾아달라고 부탁하기도 했다. 그 애는 타이완의 시험 생태계에 아주 잘 적응하는 학생이었다. 양으로 승부하는 문제풀이도 즐겼고, 출제자의 의도가 뭔지 토론하는 것도 좋아했다.

　샤오과이의 총명함에는 일종의 '재치'도 깃들어 있었다. 그 애는 모든 걸 게임처럼 생각하며 문제를 낸 선생님이 어떤 속임수를 썼는지, 어떤 함정을 파놨는지 찾아내려 했다. 심지어 출제자의 의중을 헤아려보고 그에 맞춰 답을 내놓기도 했다.

　나중에 나에게 학부모 지인이 생긴다면, 나는 그들에게 이런 생각을 애써 전할 것이다. "성적이 아이를 평가하는 유일한 기준이 되어선 안 돼."

　품행이 단정한데도 공부를 좋아하지 않고 성적이 나쁜 아이들이 있다. 교사는 이런 아이들에게 부정적인 꼬리표를 붙이기 쉽다. 반대로 어떤 아이들은 심신에 문제가 있다는 정황이 뚜렷한데도 성적은 늘 최상위권이다. 그렇다면 교사는 단면만 보고 이 아이의 발달 상태가 정상 궤도에 있다고 잘못 믿게 된다.

　이는 샤오과이를 가르치며 깨달은 바였다.

샤오과이의 성적이 매우 좋았기 때문에 나는 나 자신을 이렇게 설득했다. 샤오과이는 자기 나름대로 잘해나가고 있어. 어느 집이나 복잡하고 어려운 문제 한두 가지씩은 있는 법이잖아. 그 애 고민은 내가 신경 쓸 필요 없는 사소한 문제일 거야. 스스로에게 이렇게 말하면서 나는 그 애 얼굴에서 갈수록 옅어지는 애티, 나날이 줄어드는 미소를 알아차리지 못했다. 단지 그 애의 성적이 아주 좋았기 때문이었다. 내 눈에 그 애는 힘 좋고 빠른 배였다. 바람을 잘 만나고 날씨가 맑다면, 이 배는 풍요로운 신대륙에 다다를 것이다. 샤오과이의 뛰어난 성적 때문에 나는 배 밑바닥에 뚫린 커다란 구멍을 보지 못했다.

내가 무작정 배를 몰아 쉬지 않고 앞으로 나아가게끔 하는 동안, 그 구멍은 자꾸자꾸 커지고 있었다.

*

큰 파도 한 번에 이 배는 그대로 산산조각 나고 말았다.

기측 카운트다운 200일에 들어서자 샤오과이의 감정은 겨울 기온만큼이나 심하게 널을 뛰었다. 수업 들을 때도 신경질적인 상태였고 나를 보며 몇 번이나 입을 씰룩거렸다. 하고 싶은 말이 있는 게 분명했지만, 샤오과이는 말을 삼킨 채 짜증스러운 기색을 내비칠 뿐이었다.

내가 상냥하게 물어보면 그 애는 괜찮다고만 했다.

어느 날 샤오과이가 내게 전화로 이렇게 알렸다.

"수업 장소를 바꿔야겠어요. 저 이제 아빠 집에서 살아야 되거
든요."

그러더니 무슨무슨 동네 이름을 대며 아는 곳이냐고 물었다.

"알아. 전에 거기 사는 아이를 가르쳤거든."

"우리 학교에서 멀어요?"

"별로 안 멀어. 지하철에서 버스로 갈아타면 한 20분 거리?"

이건 괜한 설명이었다. 샤오과이는 지하철이나 버스를 타는 아
이가 아니니까.

그 순간 이런 생각이 머릿속을 스쳐갔다. 샤오과이 어머니와 아
버지, 서로 멀리 떨어져 사는 게 아니잖아?

"그럼 다음 수업은 거기서 해요."

내가 더 캐물을 여지를 주지 않고 샤오과이는 전화를 툭 끊어버
렸다.

수업 장소를 다른 스타벅스로 바꾸니까 나는 좀 신선한 기분이 들
었다. 하지만 샤오과이는 변함없이 그곳에서 수업해온 것처럼 익숙
한 얼굴이었다. 괜스레 민망해진 나는 프린트물을 가지런히 정리하
고 스테이플러를 찍어 그 애에게 건넸다.

그날 수업은 아주 순조롭게 진행됐다. 샤오과이는 집중해서 필기
를 했고, 태도도 차분했다.

그날은 그 애가 아무것도 내비치지 않을 것 같았다.

9시 10분이 되자 샤오과이는 수업을 20분만 더 하자고, 9시 30분에 택시를 타고 아버지 집으로 가겠다고 했다. 그런데 9시 30분이 되니까 좀 더 같이 있어달라고 애원하다시피 부탁했다. 그리고 9시 35분이 되자 나에게 뜬금없는 질문을 던졌다.

"이 세상에서 가장 큰 상처를 주는 말이 뭐라고 생각하세요?"

내가 답을 내놓았지만 샤오과이는 내 대답에 만족하지 못했다. 그러니까 나도 성질이 나서 목소리를 높이며 그 애에게 짜증을 냈다.

"그럼 네가 더 좋은 답을 생각해보든가."

샤오과이는 입을 다물었다. 그 애의 실루엣이 단숨에 팍 쪼그라들면서 표정이 어두워졌다.

그 애가 다시 입을 열었을 때는 그새 용기가 다 말라붙은 것처럼 목소리에 기운이 하나도 없었다.

"이 질문의 답은 아마 이 말일 거예요. '애초에 난 널 낳고 싶지 않았어.' 어느 날 선생님 엄마가 선생님한테 이렇게 말한다면……."

말을 마치자 그 애 눈에서 눈물이 방울방울 떨어져 내렸다.

나는 한참 동안 아무 말도 할 수가 없었다. 샤오과이가 그토록 오랫동안 숨겨왔던 비밀이 마침내 동굴을 빠져나온 것이었다.

늦은 시간이었다. 종업원이 다가와 문 닫을 시간이라고 알려주었다. 밖으로 나오니 바람이 차가웠다. 나는 옷깃을 여미고 엄마에게 전화를 걸어 좀 늦겠다고 알렸다. 전화를 끊고 샤오과이를 돌아보며 아버지 집 근처까지 함께 가주겠다고 하자, 샤오과이는 마음이 한결 놓인 듯 눈시울을 붉힌 채 고맙다고 말했다.

"그날 선생님이 본 남자는 아빠가 아니라 엄마 남자친구였어요."

나는 의아한 마음을 억누른 채 이렇게 물었다.

"부모님이 이혼하셨어?"

"우리 부모님은 결혼한 적이 없어요."

나는 눈이 휘둥그레져서 우뚝 멈췄다.

"그러니까 네 말은, 부모님이 십여 년 동안 함께 두 아이를 키우셨어. 그런데 그렇게 오랫동안 결혼은 안 하셨다는 거야?"

샤오과이는 들릴락 말락 하게 "네"라고 대답하고는 혼자 뚜벅뚜벅 걸어갔다. 나는 얼른 그 애를 뒤쫓아갔다.

내가 따라잡자 샤오과이는 입술을 꼭 깨물더니 처음으로 나에게 가족을 정식으로 소개했다.

"우리 엄마는 열여섯 살에 처음 결혼했는데요, 시어머니가 하도 구박해서 반년 만에 이혼하기로 했대요. 우리 외할아버지는 엄청 부자라서 펑위안豊原에 가게가 여러 개 있고 다달이 월세를 받으며 아주 편히 사시거든요. 외할아버지 외할머니는 자식이 넷인데요, 우리 엄마가 막내에다 유일한 딸이라서 외할아버지가 엄마를 엄청 귀여워하셨대요. 엄마가 이혼한다고 하니까 외할아버지는 아무런 반대도 안 하고 오히려 어서 돌아오라고 했고, 집에 온 엄마한테 예전처럼 계속 용돈을 주셨어요."

나는 이야기를 계속하라는 뜻으로 고개를 끄덕였다.

"엄마는 스물 몇 살에 여행하다가 아빠를 알게 됐대요. 아빠 집안도 그런대로 잘살아요. 타이베이에 아파트가 두 채 있고, 세 주는 가게도 있고요. 그런데 아빠가 엄마랑 결혼하고 싶다고 하니까 할머니가 엄청 화를 내셨대요. 이혼한 여자는 안 된다면서, 아빠가 고집을 부리면 모자 관계를 끊고 유산도 안 주겠다고 하셨대요. 고민하던 아빠는 어처구니없는 생각을 하게 됐어요. 차라리 엄마를 임신시키자. 그러면 할머니 마음이 바뀔지도 모르니까."

샤오과이가 말을 멈추더니 고개를 들어 가로등을 올려다보았다.

"그렇게 태어난 아이가 바로 저예요……."

내가 힐끗 훔쳐보니 샤오과이는 굳은 얼굴로 앞만 뚫어져라 바라보고 있었다.

그러다가 아무렇지 않다는 듯이 말을 이었다.

"저는 곧 만 15세가 되는데도 여태 엄마 성을 따르고 있어요. 이것만 봐도 그때 우리 부모님이 얼마나 순진했는지 알 만하죠."

"할머니가 아직도 부모님 결혼을 반대하셔?"

"네. 제가 한 달 됐을 때 할머니가 저를 보러 오셨고요, 설에는 아빠가 저를 안고 할머니를 만나러 갔어요. 할머니는 절 싫어하진 않으면서도 엄마는 받아들일 생각이 없으세요. 아빠, 엄마, 저, 셋이 같이 살고 겉으로는 평범한 가정처럼 보였지만, 두 분은 결혼한 사이가 아니었어요."

"그러고, 또 네 여동생이 태어난 거야?"

"아니요. 제 동생 사연도 좀 특이한데…… 어떻게 말해야 되지? 제가 서너 살쯤 됐을 때 할머니가 아빠한테 다른 여자를 소개시켜 줬대요. 출신도 좋고 할머니하고도 잘 맞는다면서, 아빠한테 그 아줌마랑 결혼하라고 했다는 거예요. 아빠는 그때 도대체 무슨 생각이 있는지, 아마 좀 평화로워지고 싶었나 본데요, 진짜로 그 아줌마랑 결혼해서 딸을 하나 낳았어요. 그 딸이 제 여동생이죠. 선생님이 보시기엔 많이 이상해요?"

"그러니까, 너랑 여동생은 이복 남매라는 거지?"

"네."

나는 머리가 터질 것 같았다. 이 집의 가족 관계는 정말이지 심하게 복잡했다.

"그 아줌마는?"

"동생이 유치원에 들어가기 전에 아줌마랑 아빠랑 이혼했어요. 아줌마는 아빠가 일주일에 사흘씩 저랑 엄마를 보러 가는 걸 참을 수 없었대요. 이혼하면서 동생을 아빠한테 줘버린 거죠. 동생까지 달고 가면 재혼도 못 할 거라면서요. 아빠는 아이를 키울 줄 몰라서 동생을 엄마한테 맡겼고요. 희한한 건, 둘 다 여자라 그런지 엄마랑 여동생은 남남인데도 사이가 참 좋아요. 둘이 진짜 모녀가 아니라고 의심할 사람은 아무도 없을걸요."

"어머니가 참 좋은 분이시네. 모든 여자가 그런 상황을 받아들일 수 있는 건 아니거든."

"엄마가 그때 아빠를 많이 사랑했거든요."

샤오과이가 한숨을 내쉬었다. 그 애 옆얼굴에는 열네 살이라고는 할 수 없는 성숙함이 어려 있었다.

"4~5년 전에 엄마가 심각한 병에 걸렸어요. 암세포가 퍼져서 화학요법을 해야 하는 상황이었죠. 엄마는 너무 힘들어하면서 아빠가 많이 챙겨주길 바랐는데, 아빠가 이상하게 차가운 거예요. 엄마가 느낌이 쎄서 아빠 핸드폰을 훔쳐봤는데, 글쎄 아빠한테 다른 집이 또 있지 뭐예요……."

샤오과이는 고개를 돌리며 있는 힘껏 눈을 깜빡였다. 내가 주머니에서 휴지를 꺼내 두 장을 뽑아 건네자, 그 애는 순순히 받아 눈가를 닦고는 힘껏 코를 풀었다.

"재밌는 얘기 하나 해드릴게요. 저는 그때 엄마가 너무 힘들어하니까 용기 내서 말했거든요. 아빠랑 이혼하라고요. 그런데 말하고 나니까 두 분이 결혼하지 않은 게 생각난 거 있죠. 결혼도 안 했는데 어떻게 이혼을 해요? 너무 웃기죠?"

나는 웃을 수가 없었다. 웃긴 일이 전혀 아니었다.

"엄마는 엄청 속상해하면서 아빠한테 집으로 돌아오라고 줄기차게 애원했어요. 몇 달 동안 학교에서 돌아오기만 하면 문 앞에서 엄마 울음소리가 들렸어요. 아빠가 와 있으면 두 분이 싸우고 있었고요. 그런데 어느 날 집에 왔는데 엄마가 안 울고 소파에 누워서 TV

를 보고 있는 거예요. 식탁에는 맥도날드 햄버거 두 개가 있고⋯⋯ 동생이랑 저는 너무 기뻤어요. 엄마가 우리한테 저녁을 안 사준 지 한참이었거든요. 둘이서 기분 좋게 감자튀김도 먹고 치킨너겟도 먹었죠. 그런데 반쯤 먹었을 때 엄마가 우리를 돌아보면서 이러는 거예요. '아빠가 그 여자한테 가서 살겠대. 우리가 필요 없대.' 우리는 먹던 걸 내려놓고 울음을 터뜨렸어요."

"아빠가 동생도 안 데려가셨어?"

"네, 아빠 여자친구가 싫어해서요."

"그다음엔?"

내가 인상을 쓰면서 묻자 또 새로운 국면이 펼쳐졌다.

"그다음이요? 한동안 셋이 지냈는데, 외할머니가 너무 걱정돼서 우리 집에 오셨어요. 그렇게 반년쯤 같이 살았어요, 외할머니가 엄마 말상대를 해주니까 엄마 상태도 점점 좋아졌고요. 저는 그때가 참 좋았어요. 아빠는 집에 없고 외할머니는 잔소리가 심했지만, 외할머니가 우리를 정말 열심히 보살펴주셨거든요. 또 하나의 '집'이 있는 것 같았어요. 그러고⋯⋯."

샤오과이가 또 말을 멈췄다.

"그러고?"

"그러고 나서 삼촌이 나타났어요."

"그날 내가 봤던 사람?"

"네, 삼촌은 엄마 전남친인데요, 몇 달 사귀다가 삼촌이 배 타러

가는 바람에 헤어졌대요. 그러다 마트에서 우연히 만났는데, 삼촌이 얼마 전에 이혼해서 두 아이랑 같이 살 집을 구하고 있었나 봐요. 그러니까 엄마가 맘이 약해져서 우리 집 창고를 비우면 제법 넓다고, 삼촌한테 애들 데리고 우리 집에 와서 지내고 집은 천천히 구해보라고 했어요."

"그럼 그렇게 여섯 명이 외할머니랑 같이 산다고?"

"아니죠, 외할머니는 남부로 돌아가셨어요. 나중에 엄마가 삼촌을 사랑하게 돼서 삼촌한테 나가지 말고 쭉 같이 살자고 했거든요. 그러니까 외할머니가 엄청 화가 나서 엄마한테 막 산다고 혼을 냈어요. 더 이상은 뒤치다꺼리 못해준다고요."

"그럼 지금은 원래 세 식구 말고 삼촌하고 삼촌 애들 둘도 같이 살아?"

"네."

샤오과이가 이를 악물며 대답했다.

나는 경악을 감추기 힘들었다. 샤오과이의 집은 '다양한 가정 형태' 중에서도 대단히 독특한 모습이었다.

"그럼 넌 왜 아빠 집으로 옮긴 거야?"

"왜냐면요."

샤오과이가 주먹을 불끈 움켜쥐었다. 순간 그 애의 가슴에 꽉 들어찬 분노가 느껴졌다.

"저는 삼촌하고 그 바보 꼬맹이 둘이 싫거든요. 그래서 엄마한테 삼촌을 빨리 쫓아내라고 했죠. 엄마는 이해할 수 없다면서 저더러 둘 중 하나를 택하라는 거예요. 첫 번째는 삼촌과 '새로운 동생' 두 명의 존재를 기쁘게 받아들이고 다 같이 즐겁게 지내는 것. 그러면 엄마도 예전처럼 절 예뻐할 거래요. 두 번째는 아빠랑 사는 거였고요."

"두 번째를 택했구나."

"네, 제가 엄마한테 물어봤어요. 왜 나한테 선택을 강요하냐고요. 난 이제 엄마 아들도 아니냐고, 삼촌은 그냥 남이지 않느냐고 하니까 엄마가 저를 외면하면서 이러는 거예요. '사실…… 애초에 널 낳은 건 내 뜻이 아니었어.' 그 순간 이해했어요. 모든 걸요. 저는 엄마의 짐이었어요. 제가 말을 안 들으면 엄마는 언제든 마음대로 절 버릴 셈이었던 거죠."

샤오과이 아버지가 사는 동네에 다다르자 우리는 걸음을 멈췄다. 손목시계를 보니 거의 11시였다.

"얼른 들어가. 아버지 걱정하시겠다."

"조금만 더 같이 있어주시면 안 돼요?"

샤오과이는 나보다 키가 10센티미터는 더 컸다. 그런 아이가 고개를 떨군 채 내 소매를 잡아당기는 모습은, 덩치는 큰데 겁 많은 동물 같았다.

"그렇게 겁나?"

"솔직히 말하면 엄청 겁나요. 아빠랑 안 친하거든요. 단둘이 지

내본 적이 없어요."

"그치만 샤오과이, 난 너무 피곤해서 집에 가고 싶어."

애처로운 눈빛으로 나를 보던 샤오과이는 결국 돌아서서 발을 질질 끌며 관리실로 향했다. 나는 그 애가 정원으로 들어가 우회전을 하고 10미터쯤 되는 오솔길을 걸어가는 모습을 눈으로 좇았다. 어깨를 축 늘어뜨린 채 터덜터덜 걸어가는 그 애를 보며, 차라리 가방이 너무 무거워서 그런 것이었으면 했다.

샤오과이의 모습이 사라지자마자 나는 무거운 짐을 벗은 듯 돌아서서 자리를 떴다.

*

한 달 뒤, 나는 예전의 스타벅스로 돌아갔다.

샤오과이가 엄마에게로 돌아왔기 때문에.

물어보지 않아도 이유는 뻔했다. 아버지와 충돌이 심했겠지. 아버지 얘기를 할 때 샤오과이가 쓰는 말이 많이 바뀌었다. 그 애는 아버지를 이기적이고 무책임한 인간이라고 표현하기 시작했다. 어머니에 관해서는 양 극단을 오가는 태도를 보였다. 때때로 샤오과이는 매우 따뜻한 시각으로 어머니를 묘사했다.

"우리 엄마는 겉보기엔 무지 화려해 보이죠. 근데 사실은 그렇게 놀기 좋아하는 여자는 아니에요. 그렇게 꾸미면 남자 마음을 붙잡을 수 있다고 생각하는 것뿐이에요. 누군가가 자기를 사랑해주길 원하는 거죠."

때로는 매우 날카로운 발언을 하기도 했다.

"저는 엄마가 정말 싫어요. 매사에 삼촌만 위하는 그런 표정을 보면 정말이지 구역질이 나요."

대부분은 사랑하거나 미워하는 감정 없이 몹시 괴로워할 뿐이었다.

"엄마가 한 그 말은 일시적인 분노였을까요, 아니면 진심이었을까요? 저를 낳는 게 그렇게 싫었을까요?"

*

배에 뚫린 커다란 구멍으로 계속 물이 들어왔다. 샤오콰이도 더 이상은 표면의 허상을 유지할 방법이 없었다.

공부는 안 하고 정신줄을 놓고 있는 상태가 나날이 심해졌다. 나는 수업을 절반쯤 진행하고서야 이 아이의 생각이 알 수 없는 곳을 떠다니고 있다는 걸 알아차리곤 했다. 샤오콰이도 자기가 요즘 핸드폰 게임에 빠져 있다고 털어놓았다.

"서너 시간을 하고 있을 때도 있어요. 공부할 시간을 뺏긴다는 건 알지만 그렇게라도 긴장을 풀어야 돼요. 안 그러면 잠을 못 자요."

딱 봐도 그 애는 자기방임 상태였다.

나는 몹시 곤혹스러웠다. 한편으로는 샤오콰이가 '정상 궤도'로 돌아오길 바랐지만, 그게 너무 무정한 요구라는 걸 나도 잘 알았다.

최근에 본 모의고사 성적이 나왔다. 샤오콰이는 전교 등수만 해도 80등 넘게 떨어졌고 지역 등수는 더욱 처참히 밀려났다. 성적표를 본 나는 화를 억누르지 못하고 한바탕 야단을 쳤다.

"내가 말했잖아, 네 인생은 네 거라고. 부모님이 아무리 원망스러워도 네 미래까지 덩달아 망치면 되겠어? 3년 동안 열심히 했잖아. 마지막 100일을 버티기가 그렇게 힘드니?"

샤오콰이는 대드는 대신 나에게 싸늘한 눈길을 보냈다.

"선생님, 예전엔 저도 공부가 참 좋았어요. 그때는 엄마가 맨날 저한테 이런 말을 했거든요. 제가 우리 식구 중에서 공부를 제일 잘하니까, 꾸준히 열심히 하다 보면 할머니도 언젠가는 우리를 받아들여 줄 거라고요. 그런데, 전에는 저를 이렇게 격려하던 사람이……이젠 제가 필요없다잖아요."

내가 아무 말도 하지 않자 샤오콰이는 무심히 고개를 돌리고 가늘어진 목소리로 말했다.

"선생님도 한번 생각해보세요. 집에 돌아오면 언제나 낯선 사람 세 명이 있어요. 저는 그중 가장 나이 많은 낯선 사람을 '아빠'라고 불러야 돼요. 공부하고 싶어도 낯선 꼬맹이 둘이 심심해 죽겠다면서 들러붙어요. 엄마를 쳐다보면, 제 핏줄인 그 사람은 삼촌 말 잘 듣고 동생들하고 놀아주라고 해요. 선생님, 제가 어떻게 해야 돼요? 선생님이라면 어떻게 하시겠어요? 공부가 되겠어요?"

나는 마른침만 삼킬 뿐이었다. 심문을 받는 범인이 된 기분이었다.

샤오과이는 정말로 똑똑한 아이였다.

내가 공감은 전혀 안 해주고 야단만 쳤다는 사실을 그렇게 일깨워주었다.

"미안하다. 내가 너무 아집에 빠져 있었구나. 네 말이 맞아. 확실히 지금 너한테는 공부가 중요한 게 아냐. 넌 이미 잘 지내려고 엄청 애쓰고 있어."

나는 몹시 부끄러웠다.

상대하기도 싫은지 샤오과이는 나를 돌아보지 않았다. 덜덜 떨리는 어깨를 보고서야 나는 그 애가 울고 있다는 걸 알아챘다.

내가 놀랄까 봐 꽉꽉 억누른 채 울고 있었다.

"며칠 전에 엄마가 미국 공홈에서 옷을 샀는데 어제 왔거든요. 엄마가 무슨 옷을 골랐을까, 저는 기분 좋게 택배 상자를 뜯었어요. 계절이 바뀔 때마다 저한테 새옷을 사주거든요. 옷을 꺼내보니 남자 옷은 맞는데 제 사이즈가 아닌 거예요. 어떤 건 너무 크고, 어떤 건 너무 작고…… 바닥에 주저앉아 생각하다가 뒤늦게 알아챘죠. 그건 삼촌하고 그 바보 꼬맹이들 옷이었어요."

샤오과이는 두 눈이 벌게진 채 코를 훌쩍이며 덧붙였다.

"저는요? 왜 저는 빼놓은 거죠?"

그 자리에서 나는 해줄 수 있는 게 없었다. 샤오과이의 고통을 보고만 있을 뿐 아무것도 할 수 없었다.

무언가를 할 수 있고 해야 하는 그 사람들은 아무도 오지 않았다.

우리는 흔히 자식을 열 달 동안 뱃속에 품은 엄마의 사랑은 당연할 뿐만 아니라 영원히 지속되는 줄로 안다. 그러나 샤오과이의 인생에서 엄마의 사랑은 자꾸만 갈라졌다. 여동생에게로, 삼촌에게로, 삼촌의 두 아이에게로.

몇 분 뒤 샤오과이가 울음을 그쳤다. 축 늘어진 두 손, 벌게진 눈가와 부어오른 코…… 버림받은 강아지처럼 온통 슬픔에 잠긴 모습이었다. 그 애의 팔뚝에서 뱀이 꿈틀거리듯 울끈불끈 움직이는 파란 핏줄이 눈에 들어왔다. 얘가 밥은 먹고 다니나? 몸무게가 얼마나 빠진 거지? 나는 차마 묻지 못했다. 묻기가 두려웠다. 그랬다간 샤오과이가 잃어버린 그 몸무게가 진짜로, 제대로 내 어깨를 짓누를 테니까. 때때로 이런 의심마저 들었다. 샤오과이 부모는 나만큼도 이 아이를 사랑하지 않는 건 아닐까.

설마 시간제 과외교사의 사랑이 친부모보다 크다고? 하지만 아무리 생각해도 불안했다.

*

입시를 두 달 앞두고 우리의 수업이 중단됐다.

샤오과이는 삼촌 가족 때문에 어머니와 심하게 다퉜고, 인내심을 잃은 어머니는 샤오과이를 고무공처럼 아버지에게 뻥 차버렸으며, 아버지는 그 공을 두 손으로 할머니에게 패스해버렸다. 할머니 댁은 톈무天母*였다. 나는 샤오과이에게 미안하지만 톈무는 너무 멀다고, 내가 자전거를 타고 가기엔 너무 위험한 곳이라고, 우리 수업은 여기까지만 하자고 했다.

"샤오과이, 내가 계속 가르쳐주진 못해도 열심히 공부하기야."

마지막 수업에서 나는 양심의 가책을 덜고자 가식적인 말을 했다.

"글쎄요, 공부가 무슨 의미가 있는데요?"

"샤오과이, 내가 전에 했던 말 기억 안 나? 공부는 남에게 잘 보이려고 하는 게 아니라고 했잖아."

"선생님, 말은 그렇게 해도 선생님은 학창 시절에 촉망받는 학생이었죠? 부모님도 신경을 많이 써주셨을 테고요. 공부만 열심히 하면, 집에 오면 장팡팡처럼 부모님이 과일이랑 야식을 챙겨주셨겠죠? 돌아보면 우리 부모님은 도대체 저를 왜 낳았는지 알 수가 없어요. 낳아놓고도 제대로 키울 생각도 없었고요. 이젠 자기들 연애 문제만 생각하느라 저를 이리저리 밀어내더니, 더 이상 밀어낼 수 없게 되니까 할머니한테 넘겨버렸어요. 저랑 할머니는 1년에 몇 번 보지도 않는단 말이에요. 할머니는 어떤가 하면, 제 성적보다 엄마랑 삼촌 관계에 더 신경 쓰세요. 제가 학교에서 어떻게 지내는지는 관

---

* 타이베이 북쪽에 있는 지역으로 외국인과 부유층이 많이 거주한다.

심도 없고, 엄마한테 몰래 연락하는지, 얼마나 자주 하는지만 궁금
해하세요."

샤오과이는 이런 결론을 내렸다.

"저는 집이 없어요. 진짜로 집이 없어요. 소속할 곳도 못 찾은 사
람한테 공부가 무슨 의미가 있죠? 지금 저한테 열심히 공부하라고
하는 건 너무 바보 같은 말 아니에요?"

마지막 수업에서 샤오과이가 던진 말에 나는 또다시 말문이 막
히고 말았다.

*

60일 뒤, 시험이 끝났다. 샤오과이는 높지도 낮지도 않은 평범한
성적을 거뒀다. 시험 결과에 신경 쓰는 사람도 거의 없었다.

그 애한테 듣기로는, 어머니는 그저 이렇게 물었다고. "갈 수 있
는 학교는 있지?"

아버지는 비웃으며 한 마디 던졌다고 한다. "내 그럴 줄 알았다."

통화하면서 샤오과이가 나에게 물었다.

"도대체 우리 아빠는 아는 게 뭘까요?"

나는 조심스레 대답했다.

"어쩌면 아버지는, 사실 아무것도 모른다는 걸 숨기려고 그러시
는지도 몰라."

학생 앞에서 부모님 잘못을 지적할 때면 나는 여전히 심장에 개미 떼가 기어다니는 것처럼 가려운 느낌이다.

"아 참, 선생님, 저 이름 바꿨어요. 할머니가 싫어해서요. 엄마가 지은 이름이라 싫대요."

"부모님이 뭐라고 안 하셔?"

"네. 엄마한테 전화했더니 할머니가 시키는 대로 하래요. 정말 어이없지 않아요? 자기가 지어준 이름이면서 할머니가 바꾸라면 그냥 바꾸래요. 나중에 틈을 내서 아빠랑 상의해보겠다나 뭐라나."

"진짜로 어이가 없네."

"더 화가 난 건요, 엄마랑 통화할 때 여동생 목소리가 들렸는데요, 걔가 글쎄 삼촌을 '아빠'라고 부르는 거예요! 이게 얼마나 심각한 문제인지 아시겠어요? 걔는 예전에 분명 저랑 같은 편이었어요. 그 바보 세 명한테 맞서기로 약속했단 말이에요. 그런데 제 꼴을 보니 겁이 났나 봐요. 자기도 할머니한테 가게 될까 봐 어쩔 수 없이 절 배신한 것 같아요…… 아주 제대로 배신 때렸죠."

"샤오과이, 말이 너무 심하다."

내가 자기편을 안 들어주자 샤오과이는 성질을 내며 전화를 끊어버렸다.

며칠 뒤 나는 약속대로 샤오과이에게 밥을 사주었다. 식당을 예약하며 만감이 교차했다. 처음엔 이 길이 평탄하리라 생각했다. 그런데 막상 걸어보니 이렇게나 울퉁불퉁하고 험난할 줄이야.

샤오과이는 현란한 차림새로 내 눈앞에 나타났다. 백화점 쇼윈도에서 걸어 나온 모델 같았다. 사연을 물어보니, 할머니가 개명해서 착하다면서 2만 위안을 주셨다고 했다.

샤오과이는 그 돈으로 새 옷과 새 신발에다 새 이름까지 덧붙였고, 그렇게 스스로를 샤오과이2.0으로 업그레이드했다.

"이제 저는 리촉씨가 됐어요. 그래도 선생님은 예전처럼 샤오과이라고 부르셔도 돼요."

샤오과이는 그 애 어머니가 붙여준 별명이었다. 듣기로는 예전에는 성격이 하도 나빠서 샤오바왕小霸王*이었는데, 외할머니가 그러면 안 된다고, 사람은 이름대로 가는 거라고 해서 샤오과이라고 부르게 됐다고.

이름은 바뀌고 별명만 남은 셈이었다.

식당에 들어가면서 샤오과이는 기분이 무척 좋아 보였다. 자리에 앉자마자 그 애는 대뜸 자신의 새로운 생활을 나에게 들려주었다.

"지금 제 용돈은 일주일에 2천 위안이에요. 지난주엔 제 생일이라서 할머니뿐 아니라 고모랑 삼촌도 용돈을 듬뿍 주셨고요…… '원래 부모한테 돌아가야지' 그런 말은 아무도 안 했고, 다들 기분이 참 좋았어요."

샤오과이가 입술을 삐죽거리며 말했다.

---

* '작은 폭군'이라는 뜻이다.

"너무 웃기죠? 이름 하나 바꿨을 뿐인데 대우가 싹 달라지니 말이에요."

나는 샤오과이를 물끄러미 바라보았다. 그 과장된 표정 속에서 내가 잘 아는 기색을 읽어내려 했다.

"샤오과이, 이제 잘 지내는 거야?"

"그럼요. 왜 못 지내겠어요?"

샤오과이는 여전히 싱글벙글 웃고 있었다.

"진짜로 잘 지내?"

"진짜로 잘 지내요."

샤오과이는 몸을 젖혀 푹신한 등받이에 등을 기댔다.

"할머니 집에서 처음 한 달은 적응이 안 됐어요. 밤마다 잠을 못자고 불면증이 엄청 심했어요. 이 세상에 절 원하는 사람, 저한테 신경 써주는 사람이 아무도 없는 것 같았거든요. 그런 생각을 하면 울음이 터져 나와서 지칠 때까지 울었어요. 그러다 어느 날 마음을 고쳐먹었죠. 이제부터 자책하지 말고 하루하루 기분 좋게 살기로요. 어차피 부모님이나 할머니나 저한테 관심이 없어요. 돈으로만 구슬리는 거죠. 기왕 이렇게 된 거, 저는 부지런히 돈을 쓰면서 즐겁게 지내는 게 낫잖아요?"

나를 바라보는 그 애의 두 눈은 맑고 초롱초롱했다.

"선생님, 저도 알아요. 저는 전보다 허세가 더 심해졌어요. 선생님은 허세 부리는 사람 싫어하시죠. 그런데 돈 말고 저한테 남은 게 뭐가 있어요? 선생님은 물질이 주는 즐거움은 공허한 거라고 하셨죠. 그치만 돈이 없으면 제 인생은 더더욱 공허할걸요. 이해되세요? 이게 지금 저에겐 가장 안정된 생활방식이에요."

*

모든 이에게는 자신만의 생존 방식이 있다.

샤오과이네 가족처럼 복잡한 가족 구성은 지금껏 본 적이 없고, 앞으로도 비슷한 상황은 보기 힘들지 싶다. 샤오과이 여동생은 혈연 관계가 전혀 없는 사람들과 함께 살고 있는데 그 애에게 심경을 물어본 사람은 아무도 없다. 샤오과이 어머니는 가족 구성원을 취사선택하면서 샤오과이를 쏙 빼버렸다. 하지만 그전에 적어도 10년은 엄마의 책임을 다했다. 샤오과이가 떠날 때, 말은 안 했어도 퍽 괴롭지 않았을까. 삼촌이 데려온 두 아이는, 그 아이들 얘기는 누가 들려줄 수 있을까? 그 애들도 그런 특이한 가정에 적응하느라 매우 두렵고 힘들었을 것이다.

*

친애하는 나의 학생 샤오과이, 그 애는 나에게 학문은 결코 인생의 난제를 해결할 수 없다는 사실을 똑똑히 가르쳐주었다. 샤오과이는 내가 가르치면서 오히려 성적이 떨어진 유일한 학생이었고, 처음엔 그 사실이 마음에 걸렸다. 몇 달이 지나 마음이 가라앉자 나는 샤오과이가 했던 말을 다시금 떠올려보았다. 그 애 말이 맞다. 어른들이 그 애를 깃발처럼 이리저리 주고받던 시간에 열심히 공부하라고 다그치다니, 정말 어리석은 행동이었다.

성적이 훅 떨어지고 허세가 더 심해졌지만, 그 애는 여전히 자기 길을 걸어가고 있었다.

순간 나는 그 애에게 탄복했다. 고작 열다섯 살밖에 안 됐지만, 그 애의 태도는 곁에 있는 어른보다 훨씬 성숙했다.

필수 ADHD

'과잉행동장애'는 꼬리표가 될 수도 있지만,
하늘에서 내려준 동아줄이 될 수도 있다.

뤄와娃娃*는 정말 예쁜 아이다.

뤄와를 처음 봤을 때, 그 애의 미모에 정말 깜짝 놀랐다. 속으로 헉 소리가 나올 만큼 너무너무 예쁜 아이였다. 뽀얗고 깨끗한 피부, 오똑한 코, 앵두 같은 입술, 어깨에 드리워진 매끄러운 머리카락, 가늘고 길쭉한 팔다리, 건강하게 균형 잡힌 몸매…… 그렇지만 어떤 것도 뤄와의 두 눈망울에는 견줄 수 없었다. 서툰 솜씨로 힘겹게 묘사하느니 『라오찬 여행기老殘遊記』**의 묘사를 베끼는 게 낫겠다. "두 눈망울은 마치 가을 물과 같고 차가운 별과 같으며, 백수은 속에 흑수은 두 알을 품고 있는 것과 같았다."

소소한 고백을 해도 될까. 뤄와를 본 순간 나는 그 애를 가르치는 스승이 될 사람이면서도 치밀어 오르는 질투와 선망을 누를 수가 없었다.

반면에 뤄와 어머니는 딸과 달라도 너무 달랐다. 타이완 여성의

---

*   인형 같다는 뜻.

**   청나라 말기에 유악劉鶚이 지은 장편 풍자소설.

평균 몸매에 비추어보면 키가 큰 편인데 매우 뚱뚱해서 팔뚝의 군살이 옷소매 밑에서 출렁거렸다. 뤄와 어머니는 남편이 양(楊)씨라면서 자신을 양 부인이라고 불러달라고 했다.

간단히 자기소개를 하고 나서 양 부인이 말했다.

"제 기준은 아주 간단해요."

아주 간단하다, 이는 매우 신선한 표현이었다. 대부분 학부모는 이렇게 말한다. "제 기준은 그리 높지 않아요."(그 말을 쉽게 믿을 수는 없지만 말이다.) 그런데 양 부인은 "제 기준은 아주 간단해요"라고 말했다.

나는 계속 말하라는 뜻으로 고개를 끄덕였다.

양 부인은 차분한 태도로 이야기를 이어갔다.

"작년에 제 절친 딸아이가 대학 입시를 치렀거든요. 그런데 도대체 공부를 어떻게 한 건지 모르겠더라고요. 성적이 나왔는데, 맙소사! 전 과목 점수가 처참했어요. 그러니까 친구는 또 돈을 왕창 써가며 지원 가능성 분석인가 뭔가를 하러 부랴부랴 달려갔죠. 분석 결과는, 딸아이가 타이완 전역에서 들어갈 수 있는 대학은 고작 몇 개뿐이며 전부 아주 외진 곳에 있다는 거였어요."

그러면서 소리 내 웃지는 않았지만 양 부인의 입꼬리가 살짝 올라갔다.

"식겁한 친구는 이것저것 잔뜩 싸 들고 유력 인사들까지 대동해 가까운 대학에 찾아갔어요. 딸을 입학시켜달라고 부탁하니까, 학장이 뭐라고 했을까요? 한번 알아맞혀보세요. 친구 딸아이 성적표를 보더니 대뜸 웃음을 터뜨리며 이랬다지 뭐예요. '몽땅 2번으로 찍어도 이런 형편없는 점수는 안 나올 텐데요.'"

양 부인은 더는 참지 못하고 입을 가리며 웃고 말았고, 옆에 있던 뤄와도 그런 엄마를 보며 살그머니 웃음을 지었다.

편안한 분위기에 내 입꼬리도 따라 올라갔다.

"선생님!"

양 부인이 갑자기 웃음을 거두고 정색하며 말했다.

"저를 그런 상황에 빠뜨리지만 말아주세요. 제 기준은 이렇게 간단해요. 딸아이 성적표를 들고 여기저기 다니면서 받아달라고 애걸하고 싶진 않거든요. 우리 애가 중학생이 되고서 받은 최고 성적은 반에서 33등인데, 학급 인원이 총 39명이에요. 이런 학생도 가르칠 방법이 있으신지요?"

"최선을 다하겠습니다."

이것은 한결같은 나의 공식 답변이다.

물에 들어가보기도 전에 차갑다거나 따뜻하다고 말해봤자 아무의미도 없으니 말이다.

양 부인은 고개를 끄덕였다. 나를 보는 눈빛이 한순간 반짝였고 말투가 살짝 달라졌다.

"저기, 선생님, 한 가지만 주의해주셨으면 해요. 그러니까 그게…… 수업 시간은 30분, 최대 40분을 넘기지 말고 우리 애를 좀 쉬게 해주세요. 왜냐하면…… 얘가 집중력이 부족하거든요. 수업을 너무 오래 들으면 힘들어해요.”

“집중력이 부족하다고요?”

앞으로 수업하면서 공감대를 이루려면 이 문제를 상세히 알아야 했다.

“네. 후우, 말씀드려도 이해하실까 모르겠네요. 우리 애가 ADHD 거든요. 주의력 결핍 과잉행동장애 말이에요! 들어보셨어요? 이런 아이도 가르쳐보셨나요?”

놀란 나는 의아한 눈으로 뤄와를 돌아보았다. 뤄와는 나를 보며 엷은 미소를 지었다. 꼿꼿하게 앉아서 두 손으로 무릎을 살짝 잡고 있는 단정한 모습이 마치 아름다운 인형 같았다.

이런 반응을 보인 사람이 내가 처음은 아니었는지, 뤄와는 어느 정도 익숙해진 눈빛이었다.

내 대답을 기다리지도 않고 양 부인은 자기 할 말을 이어갔다.

“전혀 못 알아채셨죠? 뤄와를 본 사람들은 다 이런 반응이에요. 이렇게 예쁘게 태어난 애가, 눈망울이 이렇게 초롱초롱한 걸 보니 분명 똑똑한 아이일 텐데, ADHD라니 말도 안 되는 소리라고요. 그런데…… 얘가 글쎄 ADHD지 뭐예요.”

양 부인은 한숨을 내쉬며 딸에게 안타까운 시선을 보냈다. 눈빛이 마주친 모녀가 빙긋 웃었다. 양 부인이 또 말했다.

“이런 특수한 아이를 낳았는데, 부모 된 입장에서 어쩌겠어요? 더 열심히 보살필 수밖에요."

나는 고개를 끄덕였지만 어딘지 거북했다. 양 부인의 말투는 매우 기묘했다. 원망과 불만뿐 아니라 어떤 옅은 위안이 깃들어 있었다. 특히 양 부인과 뤄와가 마주 보며 웃은 것은 뭐라 표현하기 힘든, 더더욱 괴이쩍은 행동이었다.

마음속에 의심이 맴돌았지만 나는 이내 억눌렀다. 이 일은 매우 끌리는 일이었다. 양 부인이 원하는 수업 시간은 일주일에 이틀, 밤 8시부터 10시까지인데 내 스케줄에 아주 잘 들어맞았다. 나는 6시 30분까지 수업하는 날이 며칠 있어서 7시 과외는 시간이 너무 촉박했다. 무엇보다도 양 부인이 주겠다는 보수가 시세보다 훨씬 높다는 점이 맘에 들었다.

수업 시간을 확정하자 나는 가방에서 교재와 생수를 꺼내 탁자에 올려놓았다. 기숙사 냉장고에서 막 꺼내 온 거라 생수병에 물방울이 살짝 맺혀 있었다. 그걸 본 양 부인은 낯빛이 확 바뀌더니 벌떡 일어나 이쪽으로 총총히 걸어왔다. 그리고 컵받침을 집어 물병 밑에 깔면서 이렇게 말했다.

"선생님, 이 탁자는 원목인데 30만 위안짜리예요. 이런 통나무 원목은 이제 구할 수도 없거든요. 그러니까 제 얘기는, 이런 탁자는 물기에 취약하니까 앞으로 물병을 꺼내놓을 때는 꼭 받침을 깔아주셨으면 해요."

"아앗, 정말 죄송합니다. 앞으로 주의하겠습니다!"

양 부인은 방금 전에 물병이 놓여 있던 자리를 화장지로 조심스레 눌렀다. 나는 난감한 표정으로 옆에 서 있다가 양 부인이 처리를 마치자 가방에서 다른 교재를 꺼냈다. 뤄와도 탁자에 필통과 문구류를 늘어놓았다. 나는 머릿속으로 오늘의 진도를 미리 그려보았다. 첫 수업은 주로 앞으로의 큰 방향을 계획하는 거라서, 학생에게 평소 생활, 공부 습관, 필기 방식 등을 물어보곤 했다.

내가 수업을 시작하겠다는 표시를 했는데도 양 부인은 여전히 뤄와 옆자리에 앉아 있었다.

"수업 시작할 거예요."

"네, 시작하시면 돼요."

양 부인이 어서 시작하라는 손짓을 했다.

"어머님도 옆에 앉아서 수업을 들으시게요?"

"네, 전에 과외할 때도 옆에 앉아서 같이 들었는데요."

"그게……."

내 눈으로 직접 볼 수는 없었지만 그때 내 낯빛은 그리 좋지 않았을 것이다.

"뭐가 잘못됐나요?"

양 부인이 물었다.

"어떻게 말씀드리면 좋을지……"

나는 머리를 움켜쥐고 비교적 완곡한 표현을 열심히 생각해보았다.

"어머님께서 제 수업 방식을 궁금해하시는 건 이해합니다. 하지만 제 경험상, 부모님이 옆에 계시면 아이들은 부모님 눈치를 안 볼 수가 없어요. 그래서 실제 본인의 학습 상태에 안 맞는 대답을 하곤 해요. 대개는 자기 생각을 솔직히 못 꺼내고, 최악의 상황은 '모르면서 아는 척'을 하게 되죠. 분명 모르는데도 어머님이 화낼까 봐 다 아는 척을 하거든요. 어머님께서 비싼 과외교사를 붙인 건 따님에게 더 좋은 교육을 제공하려는 거잖아요? 그러니까 죄송하지만…… 일단은 자리를 비켜주시고, 조금 떨어진 곳에서 수업하는 소리를 들으시는 게 어때요?"

그럴싸한 말을 늘어놓긴 했지만, 온몸에 식은땀이 쫙 흘렀다.

"그런가요……?"

양 부인은 얼굴을 찌푸리며 나를 위아래로 훑어보았다.

뤄와는 흥미진진한 얼굴로 우리를 번갈아 쳐다보고 있었다.

이 아이는 '대치 국면'이라 할 수 있는 눈앞의 상황을 알아차리지 못한 눈치였다.

조금 뒤, 양 부인은 떨떠름하게 일어나 의자를 밀어젖히고는 문쪽으로 느릿느릿 발을 뗐다.

"그럼 저는 옆방에 가서 잡지나 보고 있어야겠네요. 아 참, 문은 닫지 말고 쭉 열어놔주세요. 제가 좀 자세히 듣고 싶거든요. 그러니까 제 말은, 우리 딸은 특수한 아이잖아요. 돌발 상황이라도 일어나면 얼른 와서 해결해야죠."

"네, 어머님. 감사합니다."

이만하면 양 부인이 크게 양보한 셈이었다.

한바탕 우여곡절을 겪고 나서 드디어 수업이 시작되었다.

*

나는 이들 모녀가 매우 이상하다는 걸 금세 알아차렸다.

일반적인 상황에서 내가 학생에게 핸드폰 번호와 메신저 계정을 알려주는 건 모르는 부분을 편하게 물어보라는 뜻이다. 그래야 문제가 자꾸만 쌓이는 걸 피할 수 있다. 문제가 계속 쌓이다 보면 그 과목에 대한 학습 의지도 떨어지고 만다.

이 방법의 장점은 학생의 의문에 즉각 반응할 수 있다는 점이지만, '즉각'에는 당연히 위험이 따랐다. 예전에 다른 과외교사에게 듣기로는, 저녁 내내 학생이 질문을 20개 넘게 하는 바람에 손가락이 너덜너덜해질 때까지 핸드폰을 두드려야 했다고. 그래서 나는 학생과 묵계를 맺었다. 핸드폰으로 하는 질문은 질문이 많지 않을 때만 받기로.

"내 핸드폰 번호랑 메신저 계정이야. 모르는 문제가 있으면 사진 찍어서 나한테 보내면 돼."

나는 손에 잡히는 대로 포스트잇을 한 장 떼어 연락처를 적어서 뤼와에게 건넸다.

뭐와는 쪽지에 적힌 영문과 숫자의 조합을 보며 고개를 갸웃거렸다. 그러더니 생각에 잠긴 얼굴로 입을 열었다.

"그치만 저는 핸드폰을 거의 안 하는데……."

나는 고개를 홱 들었다. 이건 너무나도 강렬한 발언이었다.

*

최근 청소년의 스마트폰 중독이 심각한 수준에 이르렀음을 인식하는 사람이 점점 늘고 있다.

예전에 어느 학부모가 나에게 이렇게 털어놓았다.

"선생님, 우리 애가 수업할 때는 어떤지 모르겠는데요, 선생님이 안 계실 때는 핸드폰에서 1초도 눈을 못 떼요. 계속 고개를 숙이고 스크롤을 하고 있어요. 밥 먹으면서도 그러고, 숙제하면서도 그래요. 도대체 뭘 보는지는 몰라도 내내 손가락을 핸드폰에 대고 히죽거리고 있다니까요. 지난번 시험 성적이 왕창 떨어졌기에 제가 너무 화가 나서 핸드폰을 압수했거든요. 그랬더니 세상에, 애가 울음을 터뜨리더니 바닥에서 막 뒹굴면서 핸드폰을 돌려달라고 애걸복걸하는 거예요. 열다섯 살짜리가 핸드폰 하나 때문에 그렇게 울고 불고하다니, 보기만 해도 숨이 막히더라고요…… 선생님이 그 애 좀 설득해주실 수 있을까요?"

그분의 딸은 토토라고 부르겠다.

수업할 때 토토는 손만 뻗으면 닿는 자리에 핸드폰을 놓았다. 중간에 5분간 쉴 때면 그 애가 가장 먼저 하는 일은 핸드폰을 들고 빛나는 화면을 정신없이 들여다보는 것이었다. 나는 지금까지는 이런 행동에 간섭하지 않았다. 적어도 토토는 수업 시간에는 매우 집중했기 때문이다.

다음번 수업 때 나는 농담처럼 토토에게 물었다.

"이것 봐라, 내가 아무리 열심히 가르쳐도 소용이 없네. 내가 가고 나면 복습도 안 하는구나. 성적이 왕창 떨어졌잖아. 어머님이 그러시는데, 나 없을 땐 계속 핸드폰만 만지작거린다면서? 핸드폰이 그렇게 중요하니?"

"당연하죠, 핸드폰은 제 목숨이나 마찬가지라고요!"

토토가 단호하게 말했다.

"이유가 뭐야? 핸드폰에 재밌는 게임이 많아서?"

나는 어떤 선입견도 없이 토토와 이야기를 나눠보고 싶었다.

이는 내가 다년간 경험으로 체득한 태도였다. 아이들은 '악의'를 탐지하는 데에 대단히 민감하다. 일단 상대방이 내보이는 호의에서 의심쩍은 부분을 감지하면 단박에 자신의 껍데기 속으로 움츠러든다.

"아니에요, 핸드폰 게임은 금방 질려요."

토토가 대답했다.

"그럼 핸드폰은 어디가 그렇게 매력적인 거니?"

"그거야, 핸드폰이 있으면 라인이든 페이스북이든 뭐든 접속해서 다른 애들이 뭘 하는지 알 수 있잖아요. 좋아요를 누르고 댓글을 쓰면서 내 생활도 공유할 수 있고요. 친구들도 다 그렇게 해요. 엄마는 온라인에서 보는 건 다 진실이 아니라지만, 그게 그렇지가 않거든요. 온라인 세계도 현실 세계와 관련이 있어요. 현실에서 친구가 많으면 온라인 세계도 외롭지 않아요. 다들 좋아요를 누르고 댓글을 남겨주니까요."

나는 고개를 끄덕였다. 토토의 표현이 아주 멋지게 느껴졌다.

이 또한 이 직업에 따르는 부가가치다. 나보다 훨씬 어린 사람이 무슨 생각을 하는지 알 수 있다.

토토는 미심쩍은 눈초리로 나를 힐끗 보며 더 깊은 이야기를 나누어도 될지 가늠해보았다. 조금 뒤 그 애는 입술을 한번 깨물고 입을 열었다.

"핸드폰이 없어지면, 이 모든 게 중단돼요. 저는 남들을 못 보고 남들도 저를 못 봐요. 새는 알을 못 낳고 개는 똥을 못 누는 곳에 갇힌 거나 마찬가지예요. 고립된 느낌이 얼마나 끔찍하다고요."

토토의 말이 풋풋하면서도 어른스럽게 들렸다.

"맞는 말이야, 그건 나도 이해해. 네 나이 땐 나도 고립되는 게 가장 겁났거든."

토토의 대답에 내 청소년기가 떠올랐다. 중고등학생 시절, 다른 아이들은 다 아는데 나는 모르는 일이 단 하나만 있어도 초조해서 견딜 수가 없었고 어떻게든 정보를 얻으려고 안달복달했더랬다. 순간 나는 토토의 마음에 제대로 공감했다.

"선생님, 제 느낌 아시죠?"

내 공감을 얻자 토토는 눈을 동그랗게 뜨면서 조잘조잘 말했다.

"다른 애들한테는 차라리 핸드폰 수리 보냈다고 거짓말을 하지, 압수당했다는 말은 절대 못 해요. 세상에, 우리 엄마는 핸드폰 압수가 '너를 위해서'래요. 천만에요. 그런 생각 때문에 제가 얼마나 비참해지는지는 알지도 못하면서."

토토는 어깨를 으쓱하고 이렇게 덧붙였다.

"엄마랑 논쟁할 생각은 없어요. 어른들은 자기들만 옳다고 생각하니까요!"

"그런데 말이야, 인터넷이 남의 생활방식을 알 수 있는 유일한 매개체일까?"

"그건 아닌데요, 아무튼 인터넷은 아주아주 중요한 매개체라고요. 아이 참."

토토는 양손으로 턱을 괴더니 자못 어른스럽게 말했다.

"선생님은 이해 못 하세요. 예전에는 스마트폰이 없었잖아요. 끽해야 편지를 쓰거나 쪽지를 돌리거나 전화 통화를 했죠. 집에 오면 자기가 하고 싶은 일을 하면 되고요. 그런데 요즘 아이들은 엄청 힘들거든요. 집에 와서도 계속 친구들과 소통을 해야 되니까……."

이런 상황에서 뤄와 입에서 "저는 핸드폰을 거의 안 하는데"라는 말이 나온 거다. 호기심이 뭉게뭉게 피어올랐다.

무슨 특이한 생명체를 만난 것처럼 뤄와를 자세히 관찰하고 싶어졌다.

"뤄와, 네 핸드폰은 스마트폰이야?"

"네, A폰이요. 작년에 생일 선물로 받았어요!"

"그렇게 좋은 핸드폰이 있으면 더더욱 손에서 못 떼지 않나?"

나는 더더욱 의아해졌다.

"전에 K팝 뮤직비디오를 다운받아 봤는데요, 핸드폰 화면이 너무 작아서 보기 힘들더라고요. 차라리 컴퓨터로 보는 게 나아요. 제 컴퓨터 모니터는 엄청 크거든요. 눈 나빠진다고 엄마가 큰 걸 사주셨어요."

"뮤직비디오 보는 것 말고 다른 용도도 많잖아. 친구랑 연락한다든지."

"저도 핸드폰으로 친구들이랑 연락하고 싶긴 한데요……."

말을 멈춘 뤄와는 입술을 오므리고 커다란 눈망울로 나를 말똥말똥 쳐다보았다. 어딘지 난감한 기색이었다.

"말하기 싫으면 안 해도 돼."

"아이, 말하기 싫은 게 아니라, 그냥…… 네, 솔직히 말할게요. 엄마가 제 폰을 훔쳐보거든요."

뤄와는 양손으로 얼굴을 받쳐들며 심통 난 표정을 지었다.

그런 얼굴을 해도 그 애는 그저 귀엽기만 했다.

"저는 중학교에 가서야 핸드폰이 생겼는데요, 첫 폰으로 엄마가 스마트폰을 사주셨어요. 처음엔 엄청 들떠서 SNS 앱을 잔뜩 깔았죠. 친구들도 신나서 줄줄이 제 계정을 팔로우하고 소식을 잔뜩 전해줬고요. 저도 친구들도 무지 재밌었어요. 이런 식으로 연락하면 아주 빠르고 편리한 데다가 돈도 안 들잖아요! 그런데 나중에 좀 신경 쓰이는 일이 생겨서……."

말을 멈춘 뤄와가 나를 빤히 보며 물었다.

"엄마한테 얘기 안 하실 거죠?"

"그럼."

이렇게 장담하면서도 마음속으로는 망설여졌다. 뤄와가 말해준 일이 아주 심각한 거라면?

"어느 날 갑자기 엄마가 한 친구랑 놀지 말라는 거예요. 말투가 너무 경박하다면서요. 저는 영문을 몰랐죠. 엄마는 그 애를 실제로 본 적이 한 번도 없었으니까요. 엄마가 제 핸드폰을 훔쳐보나 싶긴 했는데, 그냥 추측일 뿐 확실하진 않았어요. 그러고 며칠 뒤에 핸드폰을 방에 놔두고 욕실에서 샤워를 했거든요. 그런데 엄마가 제 동의도 없이 제 핸드폰으로 그 친구한테 전화해서는 저한테 메시지를 보낼 때 그렇게 저속한 말을 섞지 말라고 했어요. 친구가 얼마나 놀랐겠어요. 다음 날 학교에 가니까 그 친구가 엄청 긴 편지를 주면서 이제부터 저랑 거리를 둬야 한다는 거예요. 그러고는 다른 애들한테 달려가 울면서 하소연을 했죠. 우리 엄마 너무 무섭다고요. 메시지를 훔쳐보는 데다가 전화를 걸어 경고까지 한다고…… 저는 반에서 아주 난처한 입장이 돼버렸죠. '엄마가 심하게 간섭하는 애'랑 누가 친하게 지내려 하겠어요."

뤄와 이야기를 듣고 있자니 토토가 떠올랐다. 두 아이의 이야기에는 들어맞는 부분이 많았다.

"비밀번호를 설정할 수 있는데. SNS에는 거의 다 이런 기능이 있잖아."

"당연히 설정해봤죠……."

뤄와가 부루퉁하게 말했다.

"친구가 준 편지를 읽고 너무 속상해서 바로 비밀번호를 설정했어요. 그런데 엄마가 그걸 알고는 부들부들하는 거예요. '네가 양심에 거리끼는 일을 안 했으면 엄마가 채팅 메시지를 보든 말든 무슨 걱정이야?' 그러니까 할 말이 없더라고요. 괜히 내가 양심에 찔리는 일을 했다고 생각하게 만들기도 싫고요. 아무튼 많이 이상하긴 해요……."

뤄와가 두 손을 깍지 끼더니 살짝 주눅 든 말투로 덧붙였다.

"전 그냥 친구들이랑 수다 좀 떨고 싶었을 뿐인데, 그게 그렇게 큰 잘못인가요?"

눈앞에 펼쳐진 크나큰 혼란 속에서, 때마침 작고 짤막한 실밥 하나가 나타났다.

나는 딜레마에 빠졌다. 학부모는 나에게 보수를 지급하는 사람이다. 이런 각도에서 문제를 파고든다면, 가장 현명한 방법은 뤄와가 한 얘기는 머릿속에서 싹 지워버리고 가르치는 일에만 전념하는 것이다. 하지만 갈팡질팡하는 뤄와의 표정을 본 이상, 나는 내가 그럴 수 없다는 걸 알고 있었다. 거듭 생각한 끝에 나는 아주 조심스레 입을 열었다.

"이런 생각은 안 해봤어? 엄마랑 잘 얘기해서 핸드폰을 다시는 검사하지 말아달라고 부탁하면 어때? 잘 말하면 엄마가 이해해주실지도 모르잖아."

"택도 없어요."

뤄와는 생각할 필요도 없다는 듯 고개를 절레절레 흔들었다.

"엄마는요, 엄마랑 나는 가장 친한 친구니까 우리 사이엔 비밀이 없어야 된대요…… 엄마도 엄마 일을 나한테 다 말해주니까요."

"그럼 너는 이제 핸드폰으로 친구들이랑 연락 안 해?"

"네. 저도 피곤하고 친구들도 피곤해서요. 채팅하면서 단어 하나하나에 신경 써야 하니까 친구들이 불만이 많았죠. 어느 날 갑자기 엄마한테 전화가 와서 한바탕 혼날 수도 있잖아요. 그러다 보니까 친구들이 점점 저랑 채팅하는 걸 꺼리게 됐어요. 이제 저한테 메시지 보내는 애도 거의 없고, 있어 봤자 수업이나 시험 얘기만 해요. 더 이상 저랑 수다는 안 떨어요."

그러고는 전체 이야기에 주석을 달았다.

"저도 가끔은 참 어이가 없어요. 엄마는 신발을 사면 아빠한테

안 들키려고 영수증을 없애버리거든요. 그러면서 제 기분은 상관
도 안 하고 제 핸드폰을 마음대로 봐요. 이거 너무 모순되는 행동
아니에요?"

이렇게 말하는 뤄와에게서는 뜻밖의 어른스러움이 은은히 풍겨
나왔다. 세상사를 다 꿰뚫고 있는 표정이었다.

그런 뤄와를 보면서 나도 모르게 몸서리를 쳤다.

*

아시아에서는 여전히 적지 않은 학부모가 권위적인 교육 방식을
신봉한다. 부모와 자식 사이가 안정되려면 수직 관계가 유용하며,
아이의 사생활에 개입하는 것도 아이를 보호하는 효과적인 수단이
라고 믿는다. 이런 분위기에서 아이의 프라이버시를 강조하는 목소
리는 억눌리기 쉽고, 심지어는 비판과 비난에 시달린다.

예전에 어느 학부모가 나에게 이런 말을 했다.

"아이는 자기 행위에 100퍼센트 책임을 질 수가 없잖아요. 아이
가 범죄를 저지르면 부모가 책임을 져야 하니, 감독할 의무도 있는
거죠. 아이의 일기, 편지, 메시지 같은 걸 보는 건 아주 합리적인 행
동이에요. 성년이 되기 전에는 독립적인 개인이 아닌걸요. 당연히
프라이버시를 주장할 권리도 없죠."

이는 '과잉금지의 원칙'*이라고는 도무지 찾아볼 수 없는 견해였다. 뤄와가 바로 이런 상황을 몸소 겪은 아이였다.

*

수업이 안정을 찾자 나는 한 가지 사실을 직시해야 했다. 뤄와는 기초가 아예 없다시피 했다.

초등학교 3학년 때 배웠을 텐데도 '곱셈과 나눗셈부터 한 다음에 덧셈과 뺄셈을 한다'는 개념을 거듭 일깨워줘야 했고, 분수를 소수로 바꾸는 문제는 전혀 몰라서 1과 ½을 1.2라고 답하는 지경이었다. 낙타 허리를 부러뜨리는 마지막 지푸라기는 뤄와의 기억력이었다. 뤄와의 뇌는 모래사막과 같아서, 내가 거기다 아무리 힘주어 글씨를 새기고 아무리 깊은 도랑을 파도 헛일이었다. 이삼일 뒤면 뤄와는 미안한 빛을 가득 띠고 나에게 용서를 구했고, 그러고 나서는 또 하나도 남김없이 깡그리 잊었다.

주간평가든 정기고사든 모의고사든, 뤄와가 가져온 시험지에는 늘 선홍색 꽃이 만발했다. 보고 있으면 눈이 부실 지경이었다.

이상하게도 이런 상황에서도 양 부인은 한결같이 차분했다. 딸의

---

* 기본권을 제한하려면 목적의 정당성, 수단의 적합성, 침해의 최소성, 법익의 균형성이라는 4가지 요건을 모두 갖춰야 한다는 원칙.

이런 점수에 이미 익숙해진 모양이었다. 양 부인은 변함없이 무심한 태도로 나에게 인사를 건네고, 변함없이 탁자에 다과를 준비해놓고, 변함없이 웃는 얼굴로 딸아이를 주시하다가, 옆방으로 가면서 담담히 한마디 던질 뿐이었다.

"선생님, 수고스럽겠지만 좀 더 애써주세요."

한결같이 무덤덤한 양 부인과 달리 내 열정은 나날이 시들어갔다. 시험지를 받아보고 똑같은 문제 유형을 되풀이해 가르치려니 너무 지겨웠다. 하루는 뤄와가 또 36점짜리 시험지를 가져왔다. 시험지를 살펴보니 거의 80퍼센트가 이미 비슷한 유형을 연습했던 문제였다. 나는 시험지를 한쪽으로 밀어놓았다. 방법을 좀 바꿔볼 셈이었다.

"평소에 학교 수업 시간에는 뭘 하니?"

"멍때리면서 종 치길 기다리죠."

스스로 생각해도 우스운지 뤄와가 살그머니 웃음을 지었다.

"매 수업 시간마다?"

"네."

뤄와가 말라붙은 입술에 침을 바르면서 말했다.

"초등학교 때부터 그랬어요. 수업이 다 너무 지루해요. 교실에 앉아 있는 건 진짜 인생을 허비하는 거라고요. 다들 꾹 참고 끝나기를 기다리는데, 그걸 표현을 하느냐 안 하느냐가 다를 뿐이죠. 오늘 공부한 걸 내일 또 반복하고, 똑같은 걸 서너 번씩 복습해요. 그런 거

배우는 게 그렇게 중요한가요? 1차 함수, 2차 함수가 그렇게 중요한 거예요? 엄마가 수학은 너무 깊이 공부할 필요도 없대요. 물건 살 때 가격 계산해서 거스름돈 받을 줄 알면 그걸로 충분하대요."

나는 마음이 차갑게 식어버렸다. 더는 할 말이 없었다.

뤄와가 공부할 마음이 없는 것도 당연했다. 이건 그 애 어머니가 빚어낸 결과였다.

"그럼 좋아하는 게 뭐야?"

뤄와가 커다란 눈망울을 굴리며 대답했다.

"당연히 엄마랑 쇼핑하는 거죠. 엄마랑 백화점 가는 게 제일 좋아요. 시즌마다 신상이 나오고 유행도 바뀌잖아요. 엄마는 신발하고 화장품 쇼핑을 제일 좋아해요. 판매원 언니들도 엄마를 다 알아요. VIP거든요. 한 번에 몇만 위안씩 카드를 긁고 증정품도 많이 받아요!"

"그렇구나. 쇼핑 말고는 또 뭘 좋아해?"

"맛집 가서 맛있는 거 먹는 거요!"

뤄와의 입이 벌어지며 가지런한 이가 드러나 보였다.

"엄마는 올빼미족이에요. 밤늦게까지 TV를 보느라 일어나면 거의 열두 시, 한 시래요. 점심은 혼자 먹으니까 엄마 마음대로 먹고, 그러고 나면 쇼핑을 하거나 머리 하거나 스파 하러 가고요. 그러면서 제가 집에 올 때까지 기다려요. 저녁밥에는 엄청 신경을 쓰는데요, 저랑 같이 먹으면서 수다를 떨죠. 엄마는 몇 가지 요리를 주문해놓고 오래 앉아 있어도 되는 식당을 좋아해요. 얘기하면서 먹으니까요."

뤄와의 도움 덕에 내 머릿속에는 양 부인의 하루가 아주 쉽게 그려졌다. 양 부인은 부족한 것 하나 없으면서도 외롭고 쓸쓸한 사람임이 틀림없었다. 딸이 학교에 가 있는 몇 시간 동안, 너무도 심심한 그녀는 여기저기 돌아다니며 자신의 시간을 죽여야 했다.

곧이어 뤄와는 알 수 없는 웃음을 지었다.

"전에 선생님한테 살짝 얘기했잖아요. 예전엔 엄마가 무지 말라서 웨딩 사진 찍을 때 50킬로그램도 안 됐다고요. 지금은 적어도 20킬로그램은 쪘으니 엄마가 저녁을 얼마나 거하게 먹는지 아시겠죠. 선생님, 우리가 왜 걸핏하면 선생님께 30분만 늦게 와달라고 하는지 모르고 계셨어요? 선생님이 곧 오실 시간인데 엄마가 여태 디저트를 먹고 있어서 그런 거예요."

말을 마친 뤄와가 웃음을 터뜨렸다.

엄마가 저녁 몇 입 더 먹겠다고 과외 선생님한테 전화를 걸어 수업 시간을 늦추자고 하는 것이, 그 애에게는 너무 재미난 일이었던 것이다.

상황을 알고서 내가 얼마나 기가 막힌지 뤄와는 전혀 눈치채지 못했다.

양 부인은 늘 수업 시작 30분 전에 급히 전화를 걸어 왔다.

"선생님, 죄송한데요. 아직 일이 안 끝나서요. 조금만 늦게 와주시면 안 될까요?"

그러면서 짧게는 10분, 길게는 30분씩 기다리게 만들곤 했다. 예전에 나는 이 모녀에게 정말 중요한 일이 있어서 그러는 거라고 믿으려 했다. 그런데 뤄와는 내 생각과는 완전히 다른 상황이라는 걸 곧이곧대로 알려주었다. 기분이 언짢았지만, 뤄와 잘못이 아니니 그 애한테 화풀이를 할 수도 없는 노릇이었다.

"그래, 쇼핑이랑 푸짐하게 먹는 거 말고 또 뭘 좋아해?"

"음……."

뤄와는 고개를 갸우뚱하며 진지하게 생각해보았다.

"한국 드라마요! 저녁마다 엄마랑 한국 드라마를 보는데요, 오늘은 선생님하고 수업해야 되니까, 엄마는 일단 여덟 시에는 다른 프로그램을 보다가 열한 시가 되면 저랑 같이 재방송을 봐요."

"열한 시? 그럼 다 보고 나면 몇 시야?"

"한 회가 한 시간 반이니까 다 보면 열두 시 반쯤 되죠. 가끔가다 한 회가 두 시간까지 연장되는데, 그럼 새벽 한 시고요."

뤄와는 한국 드라마를 정말 좋아하는 모양이었다. 5분 안에 뤄와는 나에게 적어도 일고여덟 가지 한국 드라마를 알려주었다. 각 드라마의 분위기, 주연배우, 주제곡과 배경음악에 이르기까지 어느 것 하나 막히는 게 없었다. 유난히 좋아하는 몇몇 드라마 중에서도 최애는 『시크릿 가든』이라면서, 엄마와 자기가 그 드라마에 어느 정도로 미쳐 있는지도 말해주었다.

"한번은 엄마가 『시크릿 가든』 세트를 어렵사리 빌려왔거든요. 엄마랑 둘이서 첫 회부터 시작해서 새벽 서너 시까지 보다 잤어요. 그렇게 이틀 만에 12부를 정주행했다니까요! 아빠가 우리더러 정말 대단한 모녀래요. 전생에 한국인이었던 거 아니냐고 하더라고요."

그 말에 또다시 거북한 기분이 스멀스멀 올라왔다. 사슬의 어딘가가 끊어져 있었다.

"한국 드라마 볼 때도 30분 보고 10분 쉬어야 해?"

아직도 신이 난 뤄와가 속사포처럼 말을 쏟아냈다.

"아니요, 당연히 아니죠! DVD를 빌려온 거라서 광고가 없거든요. 질리도록 봐도 돼요. 화장실 가고 싶을 때만 정지하고요. 첫날밤엔 여덟 시간을 내리 봤어요."

그 말을 듣자 공기 중에서 작은 이빨이 돋아나 내 온몸을 살짝살짝 깨무는 느낌이 들었다.

내가 양 부인에게 내내 말하지 않은 일이 하나 있었다. 뤄와를 가르치기 전에 나는 비교적 '전형적인' ADHD 아이를 몇 번 가르쳐봤다는 사실이었다.

그 애들의 태도는 뤄와하고는 딴판이었다.

*

그때부터 나는 뤄와의 일거수일투족을 관찰하기 시작했다. 뤄와의 상태를 관찰하는 것이 찜찜하긴 했지만 멈출 수가 없었다. 너무 이상했다. 뤼와는 소설을 읽거나 팔찌를 만들거나 엄마와 함께 식사를 할 때는 인내심이 단숨에 길어지는지 몇 시간을 가만히 앉아 있어도 짜증을 내지 않았다. 기억력도 아주 좋아서 일상의 소소한 일을 이야기하면 몇 달 뒤에도 잊지 않고 똑똑히 기억하고 있었다. 그런데 엊그제 설명해준 공식은 비슷한 문제를 열 번 넘게 풀어봐도 돌아서자마자 까맣게 잊곤 했다. 학교에서 선생님이 내준 숙제는 교묘한 수를 써서 완성했다. 다음 날 학교에 가서 남의 숙제를 베끼는 것이었다.

뤼와를 볼 때마다 머릿속에 오만가지 생각이 스쳐 지나갔다. 좋은 것도 있고 나쁜 것도 있었다.

어느 날 뤼와가 약을 먹고 있을 때 나는 호기심을 누르지 못하고 물어보았다.

"그 약이 네 몸이나 머리에 어떤 영향을 미치는 거야?"

"저도 뭣 때문에 먹는지는 모르겠는데요. 엄마 말로는 안정시켜주는 약이래요."

뤼와는 입속의 물을 꿀꺽 삼키고는 웅얼웅얼 말을 이었다.

"엄마가 먹으라니까 먹는 거죠, 뭐."

"뤼와, 궁금한 게 있는데……."

이 말을 해야 하나 말아야 하나, 고민끝에 나는 결국 입을 뗐다.

"너는 네가 ADHD라고 생각해?"

그 말에 뤄와가 나를 돌아보았다. 우리는 오랫동안 눈빛을 주고받았다. 입을 앙다문 뤄와는 잔뜩 긴장한 눈빛이었다.

간간이 손톱을 물어뜯으면서도 뤄와는 자기 행동을 의식하지 못했다.

내가 뤄와에게 상처를 준 것이다.

"괜찮아, 대답 안 해도……"

서둘러 화제를 돌리는데 뜻밖에도 뤄와가 말을 가로챘다.

"선생님, 선생님한테만 얘기하는 건데요. 저는 제가 ADHD가 아니라고 생각해요. 누가 저더러 '과잉행동장애아'라고 하는 것도 싫고요. 전 제대로 약을 먹은 적이 없어요. 변기에 던져버렸죠."

이번에는 내가 할 말을 잃었다. 입술이 달싹거렸지만 한 마디도 꺼낼 수가 없었다.

뤄와는 얼굴을 찌푸리며 치약을 쥐어짜듯 조금씩 진상을 털어놓았다.

"초등학교 때 수업 시간에 계속 멍때리고 있었거든요. 그랬더니 선생님이 저한테 주의력 부족 문제가 있을 수 있다면서 엄마한테 병원에 데려가보는 게 어떻겠냐고 했어요. 한 달 동안 병원을 여러 군데 돌아다녔어요. 의사 선생님들이 거의 다 제가 정상이라고 했거든요. 주의력이 부족한 '경향'은 있지만 그렇다고 ADHD라는 뜻은 아니라고요. 그러니까…… 의사 선생님들은 대부분 제가 치료받을 필요가 없다고 생각한 거죠."

좋아해야 할 일이었지만 뤄와는 좀 침울해 보였다. 뤄와가 또 말했다.

"근데 그 말을 듣고 엄마는 되레 기분이 안 좋아 보였어요. 계속 저를 다른 병원으로 끌고 다니면서 다른 의사 선생님을 만나서 다른 질문에 대답하게 하는 거예요. 짜증 나 죽는 줄 알았다니까요. 그러다 마침내 훙洪 선생님이 약을 처방해준다고 했고, 엄마는 그제야 마음이 놓이는지 한숨을 푹 쉬더라고요. 저도 병원을 여기저기 돌아다닐 필요가 없게 됐죠."

"그러니까, 그렇게 의사를 많이 만났는데 네가 확실히 ADHD라는 의사는 아무도 없었다는 거지?"

"네."

뤄와가 좀 의기소침하게 말했다.

"저도 무슨 기준인지는 당최 모르겠어요. ADHD라는 사람도 있고 아니라는 사람도 있고요. 아무튼…… 하아, 요즘 엄마한테 또 새로운 고민이 생겼는데요, 지금 자료 찾느라 정신없어요. 저 같은 상황에서 기측을 보면 가산점을 받을 방법이 있는지 알아보는 중인데, 그게 된다면 훙 선생님한테 가서 상의해볼 거래요. 가산점이 있으면 저한테 많이 유리해지니까요."

나는 고개를 끄덕이고는 고개를 숙여 태블릿 메모장에 이렇게 적었다. 'ADHD 가산점에 대해 알아볼 것.'

내가 잠깐 생각에 잠겨 있는데, 뤄와가 폭탄을 또 하나 투척했다.

"예전엔 엄마도 이렇지 않았어요. 오빠가 없으니까 지금처럼 변한 거예요."

"오빠?"

"네, 저한테 오빠가 하나 있었거든요. 그런데 아주 어렸을 때 죽었어요."

뤄와가 나를 힐끗 보더니 또 말했다.

"선생님 표정이 너무 웃겨요. 이게 그렇게 심각한 얘기예요?"

나는 정신을 차리고 어리바리하게 고개를 끄덕였다.

"그래, 좀 갑작스럽네. 그동안 어머님도 너도 그런 기색은 전혀 안 보여서."

"맞아요. 오빠 얘기는 우리 집에서 금기거든요. 누가 오빠 얘기를 꺼내면 엄마가 펑펑 우는데 도저히 달랠 수가 없어요. 저는 그냥…… 엄마가 예전엔 지금하고 달랐다는 걸 강조하려고 꺼낸 얘기였어요. 엄청 날씬하고 예쁘고 회사에서 일도 잘했대요. 회사에서 쫓아다니는 남자가 많았는데 아빠도 그중 한 사람이었어요. 결혼하고 나서도 엄마는 계속 일을 할 생각이었는데, 할머니가 몸이 안 좋으셔서 우리 중 하나밖에 봐주실 수가 없었어요. 오빠가 그래도 좀 크니까 일단 보모한테 맡기는 수밖에 없었죠. 그런데 어느 날 보모한테 전화가 왔어요. 오빠가 창문 너머로 떨어졌다고…… 병원으로 옮겼다고요."

뤄와는 여전히 나를 바라보면서 흔들림 없이 말을 이었다.

"솔직히 말해서, 저는 오빠 기억이 거의 없어요. 오빠가 죽었을 때 저는 겨우 한 살이었고, 엄마도 저랑 오빠 얘기하는 걸 안 좋아해요. 제가 아는 얘기는 거의 다 친척들한테 들은 거예요. 그 보모는 오빠를 재워놓고 옆방에 가서 일을 하고 있었대요. 오빠는 자다 깨서 비몽사몽인데 사람이 없으니까 많이 불안했고, 하필 그때 창문이 열려 있었던 거죠. 오빠는 침대에서 창문으로 기어갔는데 그러다 그만 떨어져버렸다고⋯⋯ 일주일 동안 병원에 누워 있었지만 결국 못 깨어났대요."

그때 문득 발소리가 들려왔다. 긴장해서 방문 밖을 내다보니 양 부인이 뭔가 찾는 것처럼 이리저리 두리번거리며 서성이고 있었다.

뤄와도 내 눈길을 좇아 밖을 보더니 신경 쓸 것 없다고 했다. 양 부인은 지금 외출 준비를 하는 거라고, 친구와 저녁 약속이 있다는 것이었다.

나는 뤄와를 바라보며 한참 동안 입을 떼지 못했다.

내 비밀을 안고 있는 것도 힘겹지만, 타인의 비밀을 알고 있는 것도 참 힘든 일이다.

양 부인과 나 사이에 있었던 상호작용이 슬라이드처럼 한 장 한 장 머릿속에 띄워졌다. 그녀의 무심함과 건성, 그녀의 적막과 고독⋯⋯ 그녀를 해석하는 방향이 갑자기 완전히 달라졌다.

그녀는 아들 하나를 잃었다.

양 부인은 아들 하나를 잃었던 것이다.

이 일을 알고 나자 나는 양 부인에게 미안한 마음이 들었다. 나는 그동안 그녀를 아주 나쁘게 생각했다. 말 한마디 한마디, 행동 하나하나를 좋지 않은 쪽으로만 속단했다.

"오빠가 죽은 뒤에 엄마는 일을 그만두고 저를 할머니 집에서 데리고 왔어요. 저한테 일편단심이 됐죠. 엄마는 저를 아주 연약한 아가처럼 돌봐줬어요. 제가 함부로 뛰어다닐까 봐 외출할 때는 최대한 저를 안고 다녔고요. 유치원에 간 첫날, 제가 엄마랑 헤어지는 게 무서워서 계속 울고 밥도 안 먹으니까 엄마가 저를 집으로 도로 데려왔어요. 그 뒤로 다시는 유치원에 안 갔죠. 근데 초등학교는 의무교육이니까 그럴 수가 없잖아요. 하루는 사복 입는 날이었는데, 예쁜 체크무늬 셔츠를 입고서 단추 하나를 제대로 못 채우고 갔어요. 저는 채울 줄을 몰라서 옆자리 친구한테 도와달라고 했죠. 그랬더니 걔가 글쎄 반 아이들 앞에서 저를 막 놀리는 거예요. 다 큰 애가 단추 하나 못 채운다면서요. 집에 와서 아빠한테 이 얘기를 하니까 아빠랑 엄마가 대판 싸웠어요. 아빠는 엄마가 절 너무 응석받이로 키웠다고, 혼자 아무것도 못 하는 바보로 만들었다고 했어요."

"아버지가 그렇게 생각하시는 것도 당연해."

"저도 알죠. 아빠 말이 무슨 뜻인지 다 알아요."

뤄와는 좀 불쾌한 기색으로 탁자에서 지우개를 밀쳤다. 바닥으로 데구르르 떨어진 지우개를 보니 신광미쓰코시 백화점에서 산 것으로 껍데기에 30위안이라고 적혀 있었다.

양 부인이 나가는지 밖에서 철문이 요란하게 여닫히는 소리가 났다.

"그치만 전 엄마를 내버려둘 수가 없어요. 엄마한테는 제가 필요해요. 엄마가 저를 돌봐주고 싶어 하니까요!"

조금 화가 나는지 뤄와가 목청을 높였다.

"엄마가 하라는 대로 안 하면 엄마는 무지 힘들어할 거예요. 그러니까 선생님, 이해하시겠죠. 저는 ADHD가 아니면 안 된다고요. 농담 아니에요! 선생님은 우리 아빠가 예전에 어땠는지 모르시죠. 제가 초등학교에 들어가서 바로 전 과목 꼴찌를 했거든요. 제 성적표를 보고 아빠는 처음으로 저를 때리고 싶을 만큼 화가 났대요. 평생 이런 점수는 본 적이 없다나요. 그런데 이걸 다 엄마 탓으로 모는 거예요. 하루 종일 저랑 쇼핑하러 가고 맛집이나 다니고, 선행학습도 제대로 안 시키고 유치원도 안 보냈으니 다른 아이들보다 한참 뒤처지는 게 당연하다면서요. 그러니까 엄마는 너무 속상해서 방에 틀어박혀버렸어요. 나오지도 않고, 저도 못 들어가게 했어요. 엄마를 돕고 싶지만…… 전 공부가 싫은데 어떡해요."

"그래서 그다음엔?"

여기까지 들으니 이야기 속에서 어렴풋이 실이 꿰이기 시작했다.

"며칠 뒤에 엄마가 저한테 왜 공부를 열심히 안 하냐고 묻더라고요. 저는 교실에 있는 게 싫다고 했어요. 수업할 때 너무 조용한데 저는 그렇게 조용한 곳이 너무 무섭다고요. 선생님도 제가 멍때리는 시간이 너무 기니까 주의력에 문제가 있을지도 모른다고 하셨고요. 엄마는 ADHD일지도 모른다면서 저를 데리고 병원을 엄청 돌아다녔고, 홍 선생님을 만나고야 멈췄어요. 엄마가 아빠한테 약을 보여주면서 설명했죠. 저 같은 아이는 공부가 많이 힘들다고, 보통 아이들과 다르니 일반적인 기준을 저한테 요구하면 안 된다고요."

"아버지도 그런 생각에 동의하셨어?"

"처음엔 심하게 거부했죠. 제가 ADHD라는 걸 믿을 수 없다면서 엄마한테 약을 먹이지 말아보라고 했어요. 그치만 아빠는 너무 바빠서 저한테 신경 쓸 시간이 별로 없잖아요. 몇 년 지나면서 아빠도 서서히 받아들이게 됐죠, 뭐. 지금 아빠는 제 성적에 전혀 상관을 안 하세요. 너무 무리하지 말고 그냥 즐겁게 지내래요. 집에 돈이 없는 것도 아니라서, 저는 커서도 일 안 해도 되거든요. 이렇게 된 이상 학력은 저한테 별 의미 없어요."

여기서 뭐와는 말을 멈추고 또 손톱을 물어뜯다가 말다가 했다.

"아빠가 며칠 전에는요, 저는 엄청 예쁘니까 미래 걱정은 안 해도 된대요. 그냥 외모 관리 잘하면서 경제적 조건이 괜찮은 남자친구나 찾아보라네요. 못 찾아도 아빠가 평생 뒷바라지해줄 테니 걱정 말래요."

"네 생각은 어떤데? 그렇게 살고 싶어?"

내가 입을 열었다. 사포질을 하는 것처럼 거친 목소리였다.

"모르겠어요."

뤄와가 내 쪽으로 돌아앉았다. 뤄와의 두 눈에는 당혹감이 가득했다.

"선생님, 저는 진짜 모르겠어요. 뭐가 옳은 건지, 뭐가 저를 위한 일인지요."

*

'과잉행동장애'는 꼬리표가 될 수도 있지만, 하늘에서 내려준 동아줄이 될 수도 있다.

옳고 그른 건 없다. 저마다 하루하루를 더욱 편안하게, 스스로 만족하며 지내는 것이 중요하다.

내일이 오는 것을 두려워하는 하루가 되어선 안 된다.

많은 사람이 묻는다. 그 애 최종 성적은? 어느 학교에 갔어?

결과에 집착하는 사람들에게, 나는 뤄와 어머니의 기준을 저버리진 않았다고만 대답하겠다. 그러나 그건 떠벌릴 만한 일이 아니다. 어차피 그건 아주 낮고 아주 무성의한 기준이었다. 심지어 '기준'이라는 단어의 뜻에도 못 미쳤으니까.

아무튼 내가 하려는 말은, 뤄와가 어느 학교에 들어갔든 그건 조금도 중요하지 않다는 것이다. 뤄와 아버지는 증권회사 고위직이고, 그들 부부에게 남은 아이는 이제 하나뿐인데 그가 그 유일한 자식을 고생하게 놔둘 리는 없으니 말이다.

그들 부부는 이미 자산 계획을 다 세워두었을 것이다. 부모가 차례로 세상을 떠난다 해도 뤄와는 평생 동안 풍족하게 살 만한 재산을 물려받을 것이다.

뤄와가 좋은 학교에 갔든 형편없는 학교에 갔든, 그건 뤄와의 인생에 영향을 미치지 않을 것이다. 뤄와의 인생은 이미 틀이 짜여 있다. 뤄와는 그저 시간과 공간만 바뀐 채 멍때리며 수업 끝나기를 기다리고, 저녁마다 쓸쓸한 엄마와 함께 새로운 맛집을 찾아다니며 고급 요리를 맛볼 것이다. 3년 뒤에 뤄와가 대학 입시를 치를 때가 오면, 양 부인은 아마 인터넷에 데이터를 업데이트할 수 있을 것이다.

그들 모녀는 새로운 얼굴이 나타나 초인종을 누르기를 기다리겠지. 아주 젊은 사람이 올 수도, 나이가 좀 있는 사람이 올 수도 있다. 어쨌든 양 부인은 새로 온 사람에게 이렇게 말할 것이다.

"제 기준은 아주 간단해요……."

30만 위안짜리라는 그 네모진 통나무 탁자는 그때도 아마 그 자리에 있을 테고, 양 부인은 그 탁자에 기대어 풍부한 감정이 담긴 얼굴로 이야기를 꺼낼 것이다. 나에게 했던 것처럼 그녀는 또 한 번 '과잉행동장애아'의 증상과 그에 대응하는 법을 되풀이해 설명할 것이다.

이 장면이 떠오를 때마다 나는 실의에 빠져 말문이 막히고 만다.

개인적인 오해

"그치만 아무도 모를 거예요……
이 교복 때문에 내가 얼마나 스트레스 받는지."

지금껏 나는 저렇게 피곤에 절어 있는 두 눈을 본 적이 없다.

눈으로는 나를 보고 있지만, 사실 그의 생각은 이미 아득히 머나 먼 곳으로, 아무도 모르는 땅으로 날아간 지 오래다.

어쩌다가 그가 입을 열어 이렇게 물을 때도 있다.

"우리 딸이 요즘 어떤가요?"

하지만 대부분은 무슨 말을 해야 할지 몰라 머리를 긁적거리며 어색한 미소를 띤 채 나를 바라볼 뿐이다. 그는 늘 퇴근이 늦다. 집에 돌아온 그는 고개를 들이밀고 핏발 선 두 눈으로 우리의 수업 상황을 확인하고는, 진지한 목소리로 나에게 양해를 구한다.

"선생님, 죄송합니다, 저는 먼저 자러 가야겠네요."

그리고 나서 차오이巧藝*를 돌아보며 엄하게 당부한다.

"차오이, 이따가 선생님 가실 때 인사 잘 드리고."

욕실로 향하며 그는 자꾸만 뒤통수를 부여잡는다. 비틀거리는 뒷모습을 보고서야 나는 차오이 아버지가 심각한 탈모라는 걸 알아차

---

* 손재주가 매우 뛰어나다는 뜻이다.

린다. 뒤에서 보니까 한 부분의 머리카락이 다 빠져 두피가 허옇게 드러나 있다. 그는 무겁게 발을 놀리며 손톱으로 두피를 힘껏 움켜쥔다. 그러면서 흘러나오는 소리에 나까지 불안해진다.

돌이켜보면 그건 어떤 신호가 분명했다. 차오이 아버지는 이미 과부하 상태였다. 그에게는 자신만의 휴가가 필요했다. 비행기나 요트를 타고 열대 지방 섬에 갈 필요도 없이, 침대에서 열두 시간 넘게 푹 자는 것만으로도 그는 충분히 행복했을 것이다. 하지만 그는 쉴 수가 없었다. 이 집에는 그가 필요했다.

점점 더 엄혹해지는 타이완의 고용 환경 속에서 이제 나이가 들어버린 그였다. 이 가혹한 사회에서 도태되지 않으려면 긴 노동 시간으로 자신의 필요성을 입증하는 수밖에 없었다. 언젠가 '실업인구' 숫자에 들어갈 자신을 그는 상상할 수 없었다.

*

차오이는 내가 두 번째로 가르친 학생이다. 원래 차오이를 가르치려던 선배가 너무 바빠서 방금 새로 들어온 일을 나한테 넘겨준 것이었다. 지금 생각해보면 차오이 부모님이 제시한 보수는 성에 안 찼지만, 선배가 진지하게 부탁하는 바람에 나도 진지한 자세로 이 일을 넘겨받았다. 그 전에는 중학생 여자아이를 가르쳤는데 기간이 너무 짧아서 그 애에 대한 기억은 별로 없다.

그래서 나는 차오이를 내 첫 번째 학생으로 기억하곤 한다.

차오이네 집에 들어서자마자 평소에 차오이가 집에 혼자 있다는 사실을 대번에 알아차렸다.

차오이 어머니는 지금 친정집 차밭에서 일하느라 친정에서 지내고, 격주 토요일마다 아들을 데리고 집으로 돌아와 남편과 딸과 재회한다고 했다. 농번기에는 6주에 한 번밖에 못 올 때도 있다고.

"그렇게 떨어져 살면 너무 힘들겠네."

"어쩔 수 없어요. 저랑 동생 둘 다 사립학교에 다니려면 돈이 많이 들거든요. 그래서 아빠가 엄마도 일하러 나가야 한다고 했어요. 근데 엄마는 학벌도 없고 사회생활 안 한 지도 한참이라 할 수 있는 일이 다 이상한 것밖에 없었어요. 그러니까 외할머니가 차라리 찻잎을 따러 오라고 했죠. 타이베이에서 일하는 것보다 돈도 훨씬 많이 주겠다면서요."

"동생은?"

내가 물었다.

"엄마랑 같이 있어요. 아빠 혼자 둘을 돌보려면 너무 힘들 거라고 엄마가 데려갔어요."

차오이의 말투가 차가워졌다.

남동생 상황이 부러운 모양이었다.

그때 나는 차오이보다 겨우 두세 살 많아서, 수업에 활기를 불어넣으려고 차오이에게 나를 '언니'라고 부르라고 했다. 이런 친밀한 호칭은 우리의 상호작용에도 영향을 미쳤다. 나는 공부를 가르쳐주면서 내 학습 경험을 공유했고, 차오이도 나에게 사생활 얘기를 털어놓았다.

차오이는 외로웠다.

이 집의 안주인은 오랫동안 자리를 비웠고 바깥주인은 일하는 시간이 길었다. 그러다 보니 집안 분위기도 어수선하고 어두칙칙해졌다.

수업할 때마다 나는 차오이를 따라다니며 그 애가 현관과 거실 불을 하나하나 켜는 모습을 지켜보았다. 불빛이 켜지면 책상에 쌓인 갖가지 서신과 청구서, 광고지 따위가 어쩔 수 없이 눈에 들어왔다. 차오이는 정리 정돈을 하지 않았고, 차오이에게 정리하고 분류하는 법을 가르쳐준 사람도 없었다. 차오이는 그냥 우편함에서 우편물을 통째로 뽑아다가 책상에 던져놓을 뿐이었다.

"저녁은 뭐 먹어?"

내가 묻자 차오이는 책상에 놓인 플라스틱 도시락을 가리켰다.

"편의점에서 파는 간편식이요."

"매일 저녁을?"

"거의 그렇죠."

차오이는 잠깐 생각하다 덧붙였다.

"맥도날드 먹을 때도 가끔 있고요."

"친구들하고 같이 먹지 그래?"

"아빠가 안 된대요."

그러면서 차오이는 눈을 부릅떴다.

"아빠는 TV 뉴스를 너무 많이 봐서 마음을 못 놔요. 젊은 애들이 몰려다니면 위험하다는 편견이 있다니까요. 그래서 학교 끝나면 바로 집에 와야 된다는 규칙을 정하고, 일주일에 한두 번씩 전화로 제가 집에 있나 확인해요."

차오이 아버지의 그 피곤에 절어 있는 두 눈이 떠오르는 바람에 아버지의 방법이 어딘지 부당하다는 얘기는 꺼낼 수가 없었다. 그는 8~9시까지 일을 해야 퇴근할 수 있는데 집에는 딸과 본인뿐이었다. 아버지로서 그는 딸을 잘 관리해야 했다.

*

차오이는 디자인이 아주 세련된 예쁜 교복을 입고 다녔다.

차오이의 학교는 버스로 열 정거장을 가야 하는 사립고등학교로 평판이 매우 좋았다. 해마다 대학 입시 결과가 나오면 학교 외벽에 붉은 플래카드를 높이 걸어 결과를 널리 알렸다. 명문대 합격자 명단은 지나가는 사람들의 눈길을 사로잡았다.

나는 차오이를 행복한 아이라고 여겼다. 내가 보기에 사립학교에 다닌다는 건 '남들과 다르다'는 은근한 선포였다.

이런 생각은 내 배경과 관련이 있었다. 내 어머니는 사립학교는 학비가 너무 비싸서 못 보낸다고 대놓고 말했으니까.

첫 수업을 하는 날이었다.

차오이의 방에 들어가자 침대, 책상, 바닥에 스티커와 잘게 오린 색종이 조각이 잔뜩 흩어져 있었다.

"조금만 기다려주세요. 거의 다 됐어요."

차오이는 침대로 뛰어올라 책상다리를 하고 앉더니 가위와 복숭아색 종이 한 장을 들고 잽싸게 종이를 오렸다.

자리에 앉은 나는 손 가는 대로 종잇조각을 집어 들었다. 아주 매끄럽게 오려낸 하트 모양이었다.

"뭐 만들어?"

"생일 카드요."

차오이가 자기 어깨를 두드리며 말했다.

"어젯밤에 세 시간 동안 만들었는데 장식이 좀 남았거든요. 그리고 축하 메시지만 쓰면 완성이에요."

책상에 반쯤 만든 카드가 놓여 있었다. 살펴보니 표지도 있고 안쪽에 페이지도 여럿 있어서 카드라기보다는 작은 수첩에 가까웠고, 주로 어떤 여학생의 사진으로 채워져 있었다. 독사진도 있고 차오이와 함께 찍은 사진도 있는데 각 사진마다 차오이가 제목을 달아놓았다. '백화점 구경하며 셀카 찍는 우리', '중간고사 끝나고 책상에 엎드려 쿨쿨 자는 너, 너무너무 귀여워' 등등. 수첩 뒷면은 겨자색 종이테이프로 테두리를 두르고, 한복판에는 금색 매직펜으로 '평생 좋은 친구가 되자'라는 글귀를 적고 글자 옆에는 작은 큐빅을 자잘하게 붙여놓았다.

아무리 봐도 정말 놀라운 손재주였다.

"누구 생일인데 이렇게 정성을 들여?"

차오이는 색종이 오리는 데 집중하느라 고개도 들지 않은 채 누군가의 이름을 말했다.

"누구야? 절친이니?"

"뭐 그럭저럭 친한 편이죠. 적당한 사이예요."

차오이는 의외의 대답을 했다.

"적당히 친한 친구한테 이렇게 멋진 카드를 만들어준다고?"

내 말에 차오이는 대답 없이 벌떡 일어나더니 옷장을 열고 시빙喜餠*상자를 하나 꺼냈다. 차오이가 상자를 여는 순간 내 눈이 번쩍 뜨였다. 그건 틀림없는 소녀의 보물 상자였다. 상자 안에는 안나수이 향수병, S브랜드 크리스털 목걸이, 아이돌 포토카드, 작은 액세서리 등등이 들어 있었다.

상자 속을 바라보는 차오이의 눈빛이 매우 부드러웠다. 그 애는 이 작은 상자에 소중한 물건들을 간직하고 있었다.

차오이는 그중에서 남색 바탕에 하얀 물방울무늬가 있는 손수

---

* 타이완 결혼식에서 신부 측 하객들에게 답례품으로 주는 과자. 붉은색과 금색으로 화려하게 꾸민 상자에 담는다.

건을 집어 들더니 코에 대고 냄새를 맡으며 흐뭇한 미소를 지었다.

"제 생일에 그 친구가 준 선물이에요. 얼마짜리게요?"

"500위안?"

마음속에 떠오른 숫자는 300이었지만 나는 이렇게 대답했다.

차오이의 기대 가득 찬 눈빛을 보니 200을 보탤 수밖에 없었다.

흥분한 차오이는 고개를 세차게 흔들며 내 대답을 바로잡았다.

"아니, 아니에요. 1,200위안이에요!"

말투에서 우쭐한 기색이 느껴졌다.

나는 차오이의 손에서 손수건을 받아 들고 하얗게 빛나는 스탠드 불빛 아래서 자세히 들여다보았다.

"난 잘 모르겠어. 그냥 평범한 손수건 같은데……."

차오이는 손수건을 더 가까이 들이대며 수놓인 글자 한 줄을 가리켰다.

"언니, 이거 안 보여요? K브랜드 거잖아요."

"아는 브랜드가 별로 없어서."

"그래요?"

내 반응에 실망했는지 차오이의 표정이 어두워졌다.

차오이는 손수건을 조심스레 접어 상자에 넣고 뚜껑을 닫았다. 그러고는 상자를 품에 안고 한숨을 푹 쉬었다.

"언니, 우리 집은 진짜 너무 가난한 것 같아요."

나는 얼굴을 찡그렸다. 갑작스레 방향을 확 틀어버린 차오이의 생각을 따라갈 수가 없었다.

차오이가 원망이 깃든 투로 말했다.

"절친이 있는데…… 걔네 엄마가 이번 학기에 학교에 30만 위안을 기부했거든요. 선생님이 엄청 좋아하면서 모두 앞에서 걔를 칭찬했어요. 집에 와서 제가 아빠한테 10만 위안만 기부하면 안 되냐고 물어보니까 안 된다고 하더라고요. 그래서 한발 물러나 5만 위안은 할 수 있냐고 했거든요? 그랬더니 아빠가 막 화를 내면서 절 혼내는 거예요. 고마운 줄도 모른다고……."

차오이의 이야기에 귀 기울이다 보니 마음속에 묘한 감정이 솟구쳤다.

차오이가 나를 힐끗 보면서 물었다.

"언니도 사립학교 다녔어요?"

"유치원은 사립이었던 거 같은데, 너무 오래돼서 기억이 잘 안 나. 아무튼 초등학교부터 대학교까지는 다 공립이었어."

차오이가 가냘프게 말했다.

"언니, 그거 알아요? 저는 언니가 정말 부러워요……."

"내가 부럽다고? 너 제정신이니?"

나는 실소를 터뜨리며 고개를 절레절레 흔들었다.

"널 부러워하는 사람이 얼마나 많은데 그래."

나는 책상 옆에 놓인 그 세련된 교복을 가리키며 또 말했다.

"다른 거 말고 네가 입고 다니는 교복만 해도, 그걸 입고 싶어 하는 사람이 얼마나 많은데."

"그치만 아무도 모를 거예요…… 이 교복 때문에 내가 얼마나 스트레스 받는지."

차오이가 일그러진 얼굴로 말했다.

"스트레스라니, 공부 스트레스 말이야?"

차오이의 학교는 대학 입시에서는 눈부신 성과를 거두지만, 학생들의 학업 스트레스가 엄청나기로도 유명했다.

"공부 스트레스가 아니고요. 어울리지 않는다는 스트레스예요."

차오이의 표정은 매우 진지했다. 이 아이는 농담하는 게 아니었다. 나도 웃음을 거두고 그만큼 진지한 반응을 보였다.

"어울리지 않는다는 스트레스?"

"네."

살그머니 고개를 끄덕인 차오이는 잔뜩 찌푸린 얼굴로 입을 벌렸다 도로 다물었다. 그 모습이 마치 어항 속에서 뻐끔거리는 금붕어 같았다.

조금 뒤, 차오이는 좀 꺼림칙한 얼굴로 말을 꺼냈다.

"언니, 저는 중학교 때부터 사립학교에 다녔거든요. 그러니까 초등학교는 공립을 다녔다는 거죠. 그때는 진짜 행복했어요. 친구들도 다 저를 부러워했어요. 엄마 아빠가 통이 커서 저랑 해외여행도 갔으니까요. 그런데 사립학교에 가니까 모든 게 달라졌어요. 거기선 해외여행이 그냥 일상이더라고요. 그런데 엄마 아빠는 사립학교 등록금이 너무 비싸서 이제 다 같이 해외여행도 못 간다잖아요. 그 말에 완전 좌절했어요. 우리 집이 넉넉하지 않다는 걸 처음 알게 된 거죠. 사립학교 친구들하고 비교하면, 우리 집은 가난한 거였어요."

"차오이, 그게 무슨 바보 같은 소리야."

나는 차오이의 뺨을 톡톡 쳤다. 나로서는 도무지 받아들이기 힘든 생각이었다.

"아니에요, 언니. 복에 겨워 투정 부리는 게 아니라고요……."

차오이는 얼굴은 물론 귀까지 새빨개진 채 급히 나를 설득하려 했다.

"그거 알아요? 우리 학교 애들은 다들 집안이 엄청 빵빵해요. 큰 사업을 하는 집도 있고, 부모님이 의사, 교수, 변호사인 애들도 많아요. 고위 공무원 딸도 우리 학교에 다니고요. 걔네들한테 우리 아빠는 보험 영업을 하고 엄마는 차밭에서 찻잎을 딴다고 하면, 절대 안 믿을걸요!"

나는 뭐라 할 말이 없었다. 차오이는 감정이 북받쳤는지 눈에 눈물이 핑 돌았지만 눈물방울을 떨어뜨리지 않으려 안간힘을 썼다.

"직업엔 귀천이 없어. 부모님도 귀천이 없고."

한참을 망설인 끝에 내가 부드럽게 말했지만, 설득력이 전혀 없다는 걸 알고 있었다.

"부모님을 탓하는 게 아니에요. 사립학교 다니는 게 짜증 난다는 얘기죠. 다른 애들은 저랑 완전히 다른 세상에 산다는 생각을 안 할 수가 없다고요. 걔네들은 수백 위안, 심지어 천 위안이 넘는 선물을 주면서도 아무렇지도 않아요. 저는 아니거든요. 저는 그렇게 용돈을 못 받으니까 걔네들처럼 선물을 못 줘요. 그래서 어쩔 수 없이 열심히 카드를 만드는 거예요. 친구들은 제가 카드 만드는 걸 좋아하는 줄 아는데, 천만에요! 이거 하나 만드느라 사진 인화하고, 스티커 고르고, 축하 메시지 쓰고, 생각만 해도 지긋지긋해요."

"걔네들한테 이렇게 비싼 선물 필요 없다고 하면 되잖아."

"아이고, 언니는 진짜 우리 학교 생태를 하나도 모르네요. 차라리 카드 만들다 죽고 말지, 제가 애들이랑 다르다는 걸 알릴 순 없어요. 하아, 아빠는 제가 너무 이기적이래요. 나중에는 동생도 타이베이로 돌아와서 학교에 다녀야 되는데, 어쩌면 엄마도 차밭 일을 그만두고 같이 돌아올 수도 있거든요. 그러면 수입은 줄고 지출은 많아지고, 돈 나갈 일뿐인데 기부 타령이나 하고 있다고요."

처음에 나는 차오이가 했던 말을 그리 대수롭지 않게 여겼다. 그런데 차오이의 속마음을 듣고 나서 다시금 이 방을 둘러보니 그게 아니었다. 침대에 잔뜩 널린 형형색색 종잇조각, 오려낸 사진 가장자리, 널브러진 미술용품, 그리고 그 사이에 앉아 힘없는 표정을 짓고 있는 차오이. 이 아이가 얼마나 힘겨울지 조금은 알 수 있었다.

*

한번은 차오이가 일요일 보충수업을 부탁해서 나는 처음으로 주말에 차오이네 집을 방문했다.

수업이 끝나고 거실을 지나가는데, 웬일인지 거실에 중년 여성과 남자아이가 앉아 있었다. 아이는 TV에 정신이 팔려 있고 여성은 나를 쳐다보았다. 나는 3초쯤 생각하고 나서야 그녀가 차오이 어머니라는 걸 알아챘다.

차오이 어머니는 상냥한 미소를 지으며 소파에서 일어나더니 차오이를 불러 500위안짜리 지폐를 건넸다.

"그 모퉁이 가게에 가서 슈크림 좀 사다 줄래? 선생님께 대접해 드리자."

차오이가 순순히 고개를 끄덕이고 현관으로 가려는데, 어머니가 차오이의 팔을 잡아끌며 또 말했다.

"동생도 데리고 가."

그러자 TV 앞에 있던 남자아이가 투덜거렸다.

"누나 혼자 가도 되잖아요."

"얼른, TV 끄고 누나 따라가라."

어머니의 목소리는 부드러웠지만 따를 수밖에 없는 위엄이 서려 있었다.

TV 소리가 사라지고 남매도 나가자 거실은 순식간에 고요해졌다.

"선생님, 좀 앉으세요. 그 디저트 가게는 줄 서서 사야 해요. 애들이 오려면 적어도 40분은 걸릴 거예요."

차오이 어머니는 나에게 물 한 잔을 따라 건네고 내 왼쪽에 있는 작은 소파에 앉았다. 그러고는 두 손을 맞잡고 걱정스러운 표정으로 나를 바라보았다.

나에게 뭔가 하고 싶은 말이 있는 게 틀림없었다.

나는 온몸이 굳어 있어 입이 떨어지지 않았다. 차오이 어머니의 등장은 너무 갑작스러웠다. 전혀 예상하지 못한 일이었다.

불편해하는 나를 보자 차오이 어머니가 먼저 상냥하게 입을 열었다.

"선생님, 감사하다는 말부터 드릴게요. 학벌도 좋으신 분이 우리 딸이 하는 얘기도 기꺼이 들어주시니…… 선생님과 공부한 뒤로 차오이가 통화할 때마다 선생님 얘기를 해요. 그 애한테는 속마음을 털어놓을 상대가 꼭 필요했거든요. 이제 선생님이 계시니 집에 혼자 있어도 그렇게 외롭지 않겠어요."

나는 고개를 끄덕이며 곤혹스러운 표정으로 그녀를 바라보았다. 그녀가 그런 말을 하려고 일부러 아이들을 내보냈을 리는 없으니까.

내 의문을 알아챈 차오이 어머니는 뭔가 결심한 것처럼 잠깐 동안 침묵을 지켰다. 그러다 다시 입을 열면서는 곧장 본론을 꺼냈다.

"선생님, 요새 차오이가 집에 대해 무슨 얘기 안 했어요?"

"구체적으로 어떤 거요?"

'집에 대해'라는 네 글자가 포괄하는 범위는 너무 넓었다.

차오이 어머니는 목소리를 가다듬고 더 자세히 설명했다.

"그 아이가 집에 무슨 불만이 있는 걸까요? 요즘 어찌 된 일인지 저를 상대도 안 하려고 해요. 뭘 물어봐도 대답도 잘 안 하고요. 그럴 수도 있어요. 평소에 제가 딸아이와 떨어져 지내니까 불만이 없을 순 없겠죠. 그런데 그저께 밤에 통화하는데 저한테 막 뭐라고 하는 거예요. 바보 같다고, 집에 관심도 없다면서요. 그 말에 너무 놀라서 일도 손에 안 잡히더라고요. 그래서 주말이 되자마자 작은애를 데리고 부랴부랴 달려온 거예요. 오늘 아침에 차오이에게 무슨 일 있냐고 물었더니, 아주 싸늘하게 쳐다보고는 알아서 생각해보라지 뭐예요."

차오이 어머니는 자조 섞인 웃음을 지었다.

"차오이 아빠는 웃을 줄 모르는 재미없는 사람이에요. 뉴스를 하도 많이 봐서 종일 쓸데없는 생각만 하고요. 장기적으로 보면 차오이도 자기 일을 아빠한테 말하고 싶진 않겠죠. 저한테도 속으로 원망이 있긴 있을 거고요. 이번에도 저랑 얘기하기 싫은 눈치더라고요. 선생님, 차오이가 최근에 무슨 얘길 했는지 기억나세요? 저는 오늘 저녁에 다시 친정으로 가야 해요. 요즘 친정 일도 너무 바쁘거든요. 부모님께 일을 잔뜩 미뤄놓고 겨우겨우 집에 온 거예요. 차오이 때문에 걱정이 많지만, 그래도 저는 마음 굳게 먹고 돌아가는 차를 타야 해요."

그녀의 얼굴에서 나는 차오이 아버지에게서 본 것과 매우 흡사한 감정을 읽어냈다. 그건 바로 피로감이었다.

차오이 어머니 역시 산전수전 다 겪은 얼굴이었다. 차오이에게 들기로는, 아버지는 올해 마흔여섯 살이고 어머니는 아버지보다 네 살 아래였다. 그러니까 지금 눈앞에 있는 이 여성은 겨우 40대 초반이다. 하지만 벌써 머릿결은 푸석푸석하고 피부는 수분과 탄력이 부족해 보였다. 원래 있던 건지, 일하느라 바빠서 자외선 차단을 제대로 못 한 건지, 광대에 희끄무레한 반점이 있었다. 그녀가 고개를 수그리자 희끗희끗한 머리카락 몇 올이 이마에 드리워져 실제 나이보다 열 살은 더 많아 보였다. 차오이 어머니는 손깍지를 끼고 붉어진 손가락 마디를 힘주어 비볐다.

그 순간 그 장면이 떠올랐다. 차오이 아버지가 뒤통수에 손을 얹고 손끝으로 두피를 움켜쥐던 장면. 손톱이 두피를 긁는 소리가 또다시 들려오는 듯했다.

이들 부부는 가정을 지탱하기 위해 온 힘을 다해 발버둥 치고 있었다.

나는 무슨 일인지 알고 있었다.

*

몇 주 전부터 차오이의 태도가 많이 이상했다. 말을 할 때 흥이 사라져 예전 같은 활기가 없었다. 무슨 일 있느냐고 물었지만 차오이는 입술을 몇 번 깨물더니 더 캐묻지 말고 수업이나 하자는 손짓을 했다.

이후 서너 번의 수업에서도 차오이의 이상한 태도는 계속되었고, 급기야 숙제까지 게을리하게 됐다.

어느 날 차오이 집에 들어섰을 때였다. 차오이는 나를 보자마자 눈에 눈물이 그렁그렁 차올랐다.

"언니, 아무래도 아빠가요…… 회사에서 잘릴 것 같아요."

"그걸 어떻게 알았어?"

나는 가방을 내려놓고 얼른 차오이에게 다가갔다.

"지지난주에 학교에서 무작위로 과제 검사를 할 때 제 번호가 뽑혔거든요. 근데 수학 숙제를 깜빡하고 안 가져온 거예요. 그래서 점심시간에 몰래 나와서 택시를 타고 집에 왔는데요, 집에 들어와보니까 아빠가 잠옷 바람으로 소파에 누워 TV를 보고 있지 뭐예요. 탁자엔 고량주 한 병이 놓여 있고요. 절 보고 아빠도 깜짝 놀라더니, 몸이 안 좋아서 휴가 내고 쉬고 있다고 했어요."

차오이는 코를 훌쩍이며 말을 이었다.

"제가 나가려고 하니까 아빠가 절 불러 세우더니 엄마한테 절대 말하지 말라고, 약속하라는 거예요. 좀 이상하긴 한데 아빠가 몸이 안 좋다고 했으니까 그냥 그런가 보다 했죠. 그런데 방금 전에 집에 와서 관리실을 지나는데. 경비 아저씨가 아빠 요즘 괜찮으시냐고 물어보시잖아요. 차가 계속 지하주차장에 있다고요. 아저씨께 아빠가 그동안 내내 출근 안 했냐고 여쭤보니까, 아마 안 했을 거래요. 한동안 오후가 되어야 집을 나섰는데, 셔츠는 입었지만 서류가방은 안 들고 나갔대요."

"엄마한테는 얘기했어?"

"못 했죠. 그런 말을 어떻게 해요."

차오이의 눈에서 끝내 눈물방울이 또르륵 떨어졌다.

"경비 아저씨께는 엄마한테 얘기하지 말아달라고 했어요. 엄마가 얼마나 할 일이 많은데요…… 언니, 내가 사립학교 다니면 안 되는 거 아닐까요? 나 때문에 집안이 거덜 나면…….'

그러나 차오이로서도 어쩔 수가 없었다.

"쓸데없는 생각 마."

차오이가 끝없는 비관에 빠지지 않게끔 나는 다급하게 말을 끊었다.

사립학교에 다니는 것 때문에 차오이의 죄책감이 날로 심해지고 있었다. 게다가 친구들을 부러워하는 마음도 점점 더 강해졌다. 친구들의 풍족한 생활뿐만 아니라 아무 걱정 없는 상태가 차오이는 너무나 부러웠다.

결국 그 많은 죄책감을 감당하지 못한 차오이가 어머니를 감정의 쓰레기통으로 삼았던 것이다.

*

차오이 어머니는 촉촉해진 눈으로 나를 바라보고 있었다.

그녀는 내가 이 모든 혼돈을 몰아내고 광명을 찾아주기를 기대하고 있었다. 차오이가 말하지 않는다면 나도 침묵을 지킬 수밖에 없고, 그녀는 애타는 마음을 안고 친정으로 돌아가야 한다.

그런데 정신을 차리고 보니, 이미 입 밖으로 말이 나와버렸다. 다만 자세한 것은 차오이가 보충하게끔 남겨두고 차오이 어머니에게는 아주 완곡하게 이야기했다. 그들은 가족이고, 가족은 가족끼리 나눌 얘기가 있는 법이다. 이야기를 다 듣자 차오이 어머니는 인상을 풀더니 웃음을 터뜨렸다.

"우리 딸이 저를 너무 과소평가하네요. 애 아빠 상황은 저도 어느 정도 대비하고 있어요. 남편한테 스트레스 안 주려고 입 다물고 있는 거죠. 요즘 경기가 전반적으로 안 좋은데 어떤 업종이 영향을 안 받겠어요? 게다가 차오이가 생각하는 것만큼 우리 형편이 어렵지도 않아요. 제가 친정에서 일한 지 거진 6년째인데, 이제 돈을 꽤 모았죠. 그 애가 좀 과한 걱정을 하고 있네요."

그 말에 나도 안도의 한숨을 내쉬었다.

차오이 말은 과장이 아니었다. 차오이 어머니는 확실히 강인한 사람이었고, 이 집을 지탱하는 버팀목이었다.

"어머님, 질문 하나 해도 될까요?"

"그럼요, 편히 물어보세요."

"왜 그렇게 고집스럽게 아이들을 사립학교에 보내세요?"

질문의 뒷부분은 마음속 깊이 숨겨두었다.

사실 나는 이렇게 묻고 싶었다. 아이를 사립학교에 보내는 이유가, 사실 어머님 허영심을 충족시키기 위한 건 아닐까요?

차오이가 필사적으로 종이를 오리는 뒷모습, 그 애의 억눌린 마음과 열등감, 그 애의 눈물을 모두 눈앞에서 본 나는 이런 교만한 마음을 가질 수밖에 없었다. 차오이 어머니를 '교정'하고 싶었고, 사립학교에 보낸 것이 딸에게 얼마나 큰 고통과 불안감을 안겨주었는지 알려주고 싶었다.

날카로운 질문에 당황한 차오이 어머니는 머뭇거리며 얼굴을 어루만지다가 천천히 입을 열었다.

"그러게, 선생님 눈에는 저희가 주제넘게 보일지도 모르겠네요. 돈도 없으면서 자식들을 억지로 사립학교에 보내고 있으니까요. 그런데 저희도 어쩔 수 없이 이러는 거예요. 선생님, 차오이가 얘기했죠? 저랑 남편은 가방끈이 아주 짧아요."

나는 고개를 가로저었다. 차오이는 이 부분에 대해서는 깊이 얘기하지 않았다.

"젊었을 때 저희가 생각이 짧았어요. 공부가 재미없으니 그냥 포기했죠. 남편은 직업고등학교를 나왔고 저는 중졸이에요. 좀 더 나이가 들고서야 학력이 중요하다는 걸 깨달았죠. 제 남편 얘기부터 하자면, 최근 몇 년 새에 보험업계도 경쟁이 엄청 치열해졌거든요. 영업사원들이 점점 젊어지고 학벌도 좋아져서 석사까지 마친 동료도 있어요. 그런데 우리 남편은 나이도 있고 학벌도 딸리니 고객을 만나도 설득력이 떨어지죠. 더 비참한 건 중졸인 저예요. 차오이 동생이 초등학교 들어가니까 나가서 돈을 벌고 싶었거든요. 어쨌든 자식 키우려면 돈이 많이 드니까요. 나중 일은 아마 차오이가 선생님께 얘기했을 텐데요, 이력서를 엄청 뿌렸지만 면접 보러 오라는 데는 형편없는 일자리뿐이었어요. 친정 부모님이 보다 못해 차라리 친정에 와서 찻잎을 따라고 한 거죠."

내 찻잔이 비자, 차오이 어머니는 냉장고로 가서 포도주스 한 병을 꺼내 왔다.

그녀도 오렌지주스에 빨대를 꽂아 한 모금 마시고는 또 자연스레 이야기를 이어갔다.

"제가 남편하고 예전부터 약속한 게 있어요. 애들을 우리처럼 살게 할 순 없다는 거였죠. 그렇지만 우리 자신도 공부를 못하는데 어떻게 애들을 가르치겠어요? 차오이가 6학년 때 영어 시험지를 들고 와서 물어보는데, 시험지를 보니까 제가 아는 글자가 몇 개 없는 거예요. 그래서 엄마는 모르니까 선생님께 가서 물어보라고 했죠. 그랬더니 차오이 말이, 그런 식으로 시간을 뺏으면 선생님이 싫어한다는 거예요. 실망한 그 얼굴을 보니까 엄마로서 정말 가슴이 찢어지더라고요⋯⋯."

"가정통신 같은 걸 이용해서 선생님께 말씀드릴 수 있지 않아요?"

"아이고, 그건 너무 위험한 방법이에요. 그랬다가 차오이가 선생님한테 찍힐 수도 있잖아요. '까탈스러운' 학부모로 여겨지긴 싫었어요. 게다가 그렇게 간단한 영어도 못하는 건 제 잘못이죠."

"그래서 차오이를 사립학교에 보내기로 마음먹으신 거예요?"

"네, 사립학교 선생님들은 그래도 적극적이고, 교육 방식도 비교적 활기차다고 들었거든요. 중요한 건, 사립학교에서는 학부모한테 신경을 많이 쓴다는 점이었어요. 어떤 선생님에게서 우려되는 면이 보이면 바로 의견을 전달할 수 있고 학교 측에서도 매우 진지하게 대처한다고 하더라고요. 공립학교 분위기하고는 딴판이라고요. 그런 걸 알고 나니까 제가 아무리 힘들어도 제 아이는 좋은 환경에서 공부하게 해줘야겠다는 생각이 들었어요. 그래서 차오이가 초등학교 졸업하자마자 사립학교에 보냈고, 동생도 보낼 거예요."

차오이 어머니가 한숨을 푹 쉬었다.

"이런 지출이 적지 않은 부담이라는 건 제가 누구보다 잘 알죠. 그런데 차오이가 저나 아빠를 어떻게 생각하는지, 우리 집에 대해 어떻게 생각하는지는 잘 몰라요. 애들한테 제가 가장 좋다고 생각하는 걸 주고 싶다, 저는 이거 하나만 신경 쓰고 있어요. 차오이도 지금 당장은 불만이 많을지 모르지만, 나중에 돌이켜보면 생각이 달라질지도 몰라요."

그때 현관 쪽이 소란스러워졌다. 차오이가 동생을 데리고 돌아온 것이었다.

차오이 어머니는 얼른 표정을 바꿔 웃는 얼굴로 일어나 자식들에

게 문을 열어주었다. 만고풍상이 새겨진 얼굴이지만 차오이 어머니
의 눈빛은 너무나도 초롱초롱했다. 그 순간 나는 차오이 어머니가
자식들을 무척 사랑한다는 사실을 분명히 느꼈다.

아이들을 사립학교에 보내는 것은 본인의 허영심 때문이 아니
었다.

이들 부부는 그저 몹시 걱정스러웠던 것이다. 자식들이 자신들
처럼 살게 될까 봐.

*

차오이는 꽤 상위권인 공립대학에 합격했다.

이건 내 덕이 아니라 차오이 스스로 해낸 것이었다.

시험을 몇 달 앞두고 차오이는 나에게 확고하게 말했다. 공립대
학이 사립대학보다 등록금이 많이 싸니까, 자기가 공립대학에 가면
동생의 사립학교 학비에 그럭저럭 보탬이 될 거라고. 그 뒤로 차오
이는 공립대학을 목표로 죽어라 공부했다.

합격자 발표 날, 차오이 어머니에게서 전화가 왔다. 이것이 우리
의 두 번째 대화였다.

"선생님, 무슨 말씀을 드려야 할지 모르겠네요. 저는 우리 식구
중에 이렇게 좋은 학교에 다니는 사람이 나올 줄은 꿈에도 몰랐어
요. 너무 죄송한데, 제가 요즘 너무 바빠서 선생님께 직접 식사를 대

접해드릴 틈이 없거든요. 그 대신 선물을 준비했는데 별거 아니라서…… 보시고 비웃지 말아주세요…….”

나는 밥을 사주려고 차오이를 불러냈다. 차오이가 나에게 종이봉투를 내미는데 표정이 별로였다.

“언니, 너무 기대하지 마요. 괜히 실망해요.”

나는 종이봉투에 붙은 연보라색 테이프를 뜯었다. 봉투 안에 수제 초콜릿 상자가 들어 있었다.

“엄마가 직접 만든 거예요. 언니가 초콜릿 좋아한다고 제가 알려줬거든요.”

“우와, 너무너무 귀한 선물이야.”

“귀하긴요. 재료비를 다 합쳐도 100위안도 안 될 텐데. 너무 싸잖아요.”

입속에 든 음식 때문에 차오이가 웅얼웅얼 말했다.

그때 그 손수건이 떠올랐다. 남색 바탕에 하얀 물방울무늬가 박힌 1200위안짜리 손수건. 그러면서 아무런 불평 없이 열심히 일하는 차오이 부모님이 떠올랐다. 차오이 아버지의 점점 더 번들거리는 뒤통수가, 차오이 어머니의 점점 희끗희끗해지는 머리카락이, 그리고 그들 부부가 공통적으로 지닌 ‘피곤한 눈’이. 갑자기 기분이 팍 가라앉았지만 티를 낼 수는 없었다. 오늘 식사 자리는 차오이가 입시를 마친 걸 축하하는 자리였다. 분위기를 망치고 싶진 않았다.

이야기 초반에 언급했듯이, 나는 차오이를 내 첫 번째 학생으로 기억하곤 한다.

최초의 일 경험이 나중의 업무 이해도와 마음가짐에도 영향을 미친다는 말이 있는데, 나는 이 견해에 동의한다. 차오이가 내게 끼친 영향은 긍정적인 면도 있고, 자연히 부정적인 면도 있었다. 차오이를 가르친 뒤로 나는 어떤 틀에 갇혔다. 비슷한 성공 경험을 복제할 수 있다고 생각했지만 그건 오산이었다.

차오이와 헤어진 나는 어느 부잣집 아이를 가르치게 됐다. 차오이 말마따나 '돈이 넘쳐나는' 아이였다.

그 애는 장난이 무지 심했다. 몇 번 수업을 하는 동안 내 찌푸린 얼굴을 무시한 채 자꾸 고개를 숙이고 핸드폰을 들여다보았다.

결국 나도 화를 못 참고 목청을 높여 야단을 쳤다.

"계속 이러면 부모님께 말씀드릴 수밖에 없어."

드디어 그 애가 고개를 들고 나를 보았다. 그러다 작은 덧니를 드러내고 씩 웃으며 말했다.

"선생님, 너무 긴장하실 필요 없어요. 제가 시험을 또 망쳐도 아빠는 계속 저를 밀어주실 거예요. 우리 누나도 성적이 안 좋은데, 아빠가 전화 한 통 하니까 D학교에 들어갔거든요? 그러니까 선생님, 긴장 푸세요. 너무 스트레스 받지 않으셔도 돼요, OK?"

그러면서 손가락으로도 OK 사인을 보냈다.

그 순간 나는 차오이가 사무치게 그리웠다. 자식을 위해 동분서 주하는 차오이 부모님이 그리웠다.

차오이는 퇴로가 없었지만, 이 아이의 아버지는 너무 많은 퇴로 를 마련해놓았다.

차오이 어머니가 했던 말도 떠올랐다.

지금 당장은 불만이 많을지 모르지만, 나중에 돌이켜보면 생각이 달라질지도 모른다는 말이.

다섯 번째 집

이어지지 않은 끈

"우린 둘 다 어머니를 기쁘게 하느라
자기 마음을 억누르는 사람이죠."

모리茉莉는 아주 어릴 때 알아차렸다. 어머니 밍위明玉의 마음이 호두라는 사실을.

아무런 도구가 없다는 전제 하에 호두 알맹이를 꺼내는 방법, 부서지지도 않게 온전히 꺼내는 방법은 뭘까? 여기에는 크나큰 지혜가 필요했다.

모리네는 어릴 때부터 동네에서 주목받는 집이었다. 모리의 아버지 민슝敏雄은 가업을 이어 중국 특산품을 전문적으로 취급했는데, 사업 규모가 상당해서 그 지역 사람들이 민슝을 다 알아볼 정도였다. 사업이 최고로 잘될 때 민슝은 타이베이에서 온 아가씨 밍위와 결혼했다. 밍위는 아들 하나 딸 하나를 낳았고, 아들에게는 바이유柏宥, 딸에게는 모리라는 이름을 붙여주었다. 남매 모두 밍위의 고운 얼굴을 닮아 이목구비가 또렷하고 피부가 깨끗했다.

타이베이 출신인 밍위는 자식들에게 품은 기대도 좀 특별했다.

고작 대여섯 살밖에 안 된 아이들 귓가에 대고 밍위는 엄숙하게 말했다.

"지금 우리는 타이난에 살지만, 너희는 열다섯 살이 되면 타이베이에 가야 해. 바이유는 젠궈*에 들어가고 모리는 베이이에 들어가고. 하나는 카키색, 하나는 초록색 교복을 입은 모습을 보면 엄마는 정말 여한이 없겠다."

애교도 섞여 있고 염원도 담긴 듯한 야릇한 말투였다. 밍위의 눈빛이 반짝였고, 어린 모리는 엄마 눈에서 타오르는 조그만 불꽃을 보았다. 그때 모리는 아직 '베이이'가 뭔지 몰랐지만 초록색은 알고 있었다. 베이이와 초록색은 마법이나 운명 같은 것으로 이어져 있나 보다, 모리는 이렇게 짐작할 따름이었다. 엄마를 위해서도, 엄마 눈에서 본 그 광채를 붙잡기 위해서도 모리는 그 색깔, 그 초록색을 얻어야 했다.

*

모리가 중학생이 되자 밍위는 성적의 기준을 정했다. 모리는 90점에서 1점 모자랄 때마다 한 대씩 맞아야 했다. 시험지를 받는 날은 상이나 벌을 받는 날이었다. 세상 대부분의 기준처럼 밍위의 기준에도 융통성이 있었다. 기분이 좋을 때면 밍위는 85점도 눈감아주었다. 반대로 밍위의 심기가 불편한 날이면 모리는 89점을 받아

---

* 타이완 최고의 명문 고등학교. 1898년에 설립되었으며 정식 명칭은 '타이베이시립젠궈고등학교臺北市立建國高級中學'다.

도 심하게 야단을 맞았다.

바이유의 기준은 80점이었다.

"왜 오빠 기준은 저보다 낮아요?"

모리가 의문을 제기했다.

"넌 여자애잖니."

모리가 못 알아들을까 봐 밍위가 강한 어조로 설명했다.

"이 이치를 꼭 명심해라. 이 세상에서는, 여자는 90점을 받아야 80점 받은 남자와 거의 비슷해 보이는 거야. 더 중요한 건, 90점을 맞아도 마음속에만 담아두고 남자 앞에서 너무 잘난 척하면 안 된다. 네가 너무 잘나서 남자 기를 꺾으면 팔자가 사나워져."

밍위의 이런 말은 약, 아니 독과 같아서, 모리의 핏속으로 주입되어 모리가 잠든 밤에 모리의 온몸을 끊임없이 돌아다녔다.

어느 날 모리는 수학에서 낙제점을 받고 말았다. 시험지를 내면서 이미 망했다는 예감이 들었고, 시험지를 받는 순간에는 더더욱 놀라서 손발에 힘이 쫙 풀렸다. 젠장, 이번 시험은 실수한 아이가 별로 없는 데다가 선생님이 가산점을 주지도 않았다. 모리에게 이는 사형 선고나 다름없었다. 집에 들어서면서 모리는 온몸이 하얗게 질려 있었다. 밍위가 모리에게 시험지를 보여달라고 하자 모리는 바들바들 떨면서 가방에서 시험지를 꺼내 밍위에게 내밀었다. 점수를 본 밍위는 자기 이마를 탁 칠 뿐 한마디도 하지 않았다. 그냥 곧바로 TV장 옆에 있던 등나무 막대기를 집어 들고 모리를 두들겨 팼다.

모리는 아픔과 함께 사는 법을 배워야 한다는 사실을 일찌감치 깨달았다. 열 대쯤 맞고 나면 아픔도 잘 느껴지지 않았다. 모리는 두 손으로 바닥을 짚고 무릎을 꿇은 채 등을 새우처럼 웅크렸다. 모리는 밍위의 손이 시큰시큰 아파오기를 기다리고 있었다. 엄마를 하루 이틀 겪은 게 아니었다. 밍위는 한번 매를 들면 지칠 때까지 내려놓을 생각이 없는 사람이었다.

땀방울이 눈에 흘러들자 모리는 정신이 아득한 가운데 어떤 일이 떠올랐다. 바이유가 58점을 맞은 적이 있었다. 그때 밍위는 한두 마디 잔소리만 하고는 바이유 머리를 쓰다듬으며 빨리 밥이나 먹으라고, 밥 먹고 얼른 가서 공부하라고 독촉했다. 어린 모리는 저도 모르게 마음이 쓰라려왔다. 눈물이 방울방울 떨어지며 땀과 함께 뒤섞였다.

*

어느 날, 멀리서 손님이 찾아왔다.

그러자 오랫동안 단단히 봉해져 있던 호두껍질에 미미하게 금이 갔다.

그날은 모리의 부모에게 대단히 기쁜 날이었다. 바이유는 양밍산에 있는 그 의대*에 합격했고, 모리는 베이이여고에 합격했다. 모리 아버지 민슝은 큰돈을 써서 음식상을 20여 개나 차리고, 평소에 집에 놀러와 차를 마시는 모든 사람을 초대했다. 민슝은 내내 바이유, 바이유만 소리쳐 불러댔다. "바이유, 빨리 와서 아주머니께 인사드려야지." "바이유, 얼른 와서 의원議員 아저씨께 인사드려라." 모리가 베이이여고에 합격한 기쁨은 바이유의 의대 합격이라는 빛에 완전히 가려졌다.

모리는 눈앞에 펼쳐지는 모든 일을 눈에 담으며 남몰래 바라고 있었다. 아버지가 곧 다가와서 한마디 해주겠지. 우리 딸, 너도 수고 많았다. 아버지의 말 한 마디면 모리는 지난 7~8년 동안 거절했던 놀이 초대, 밍위에게 압수당한 책들, 집에 갇혀 있던 여름방학은 물론 7~8년 동안 당했던 매질까지 잊을 수 있었다.

아버지의 말 한마디면 모리의 상처는 싹 나을 터였다.

떠들썩한 분위기 속에서 부녀의 눈빛이 어렵사리 마주쳤다. 마침내 스포트라이트가 자신을 비추자 모리는 숨이 멎을 지경이었다. 여우주연상을 받는 그 환상적인 순간, 모리는 소감도 다 외워놓았다. 뭘요, 아빠. 공부하는 게 뭐가 힘들다고요. 얼굴에는 가벼운 미소를 띠고, 말투는 반드시 부드럽고 은근해야 한다. 그러면 아버지는 이

---

* 1975년 설립된 국립양밍의학원國立陽明醫學院이 1994년에 대학으로 승격되어 타이완 최초의 의대가 되었으며, 2019년 양밍대와 교통대가 통합되어 국립양밍교통대학교가 되었다.

렇게 말하겠지. "우리 딸은 정말 속이 깊다니까."

하지만 상황은 모리의 생각대로 흘러가지 않았다.

누런 이를 드러내며 활짝 웃는 민슝의 입에서 나온 말은 이러했다.

"모리, 얼른 엄마 화장대에서 오빠 성적표 가져와라. 덩鄧 아저씨가 글쎄 수학에서 그렇게 높은 점수를 받을 수 있다는 걸 못 믿겠다고, 두 눈으로 직접 봐야겠대. 할 말이 없게 만들어줘야지!"

누군가 가슴에 소금을 좍좍 뿌린 것처럼 모리의 심장이 순식간에 쪼그라들었다.

모리는 콧물을 들이마시고 2층으로 올라갔다. 성적표를 가지고 내려오던 모리는 계단 모퉁이에서 빼빼 마른 사람과 부딪쳤다. 계단은 어두침침했지만 향기는 아무 문제 없이 전해졌다. 은은한 향기를 맡은 모리가 머뭇거리며 불러보았다.

"작은이모?"

모리의 기억 속에서 이런 우아한 향수 냄새를 풍기는 사람은 오직 작은이모뿐이었다. 그 사람이 말했다.

"모리구나, 한참을 찾았잖아."

역시 작은이모였다.

작은이모는 집안의 전설이었다. 다들 작은이모 얘기를 꺼내기를 꺼렸다. 듣기로는 젊은 시절 사무치는 연애를 했는데 5~6년을 사귄 남자친구가 작은이모의 가장 친한 친구와 결혼하고 말았다고. 하지만 작은이모는 그 남자 험담을 한 적이 없었다. 그저 결혼을 하지 않앞을 뿐이다. 작은이모는 일본 무역회사의 타이완 지점에서 행정 업무를 몇 년 하면서 돈을 꽤 모았고, 나중에는 일본으로 건너가 번역 일을 하면서 집 정리에 대한 책도 몇 권 냈다. 그렇게 작은이모는 평온하고 우아하게 살아가고 있었다.

"작은이모, 절 찾으셨다고요?"

뜻밖의 관심에 모리는 오히려 움츠러들었다.

"그래, 1층에서 찾았는데 안 보이더라고. 네 아빠가 2층에 있다기에 보러 온 거야."

작은이모가 웃으며 축하를 건넸다.

"모리, 축하해. 베이이여고 들어가기가 얼마나 힘드니. 네 엄마의 꿈을 이뤘구나."

"네?"

모리는 곤혹스러운 표정으로 고개를 들었다.

"몰랐니?"

작은이모가 부드럽고 우아한 목소리로 말을 이었다.

"네 엄마는 어릴 때부터 공부를 아주 잘했어. 베이이여중을 나왔고 고등학교는 베이이여고를 가려 했는데 실력 발휘를 못 해서 점수가 낮게 나왔어. 우리 아빠, 그러니까 네 외할아버지가 엄청 실망했지. 언니는 재수하고 싶어 했는데 아버지가 허락을 안 했어. 여자애가 뭘 학교를 골라서 가냐, 딸 공부시키는 데 누가 돈을 쓰냐고. 그러면서 둘 중 하나를 택하라고 했지. 포기하고 다른 학교에 가든지, 일찌감치 시집이나 가든지. 그러니까 언니도 열받아서, 네 아빠 사진을 보고는 그냥 결혼하겠다고 한 거야. 형부가 좋은 사람이라 천만다행이지. 언니를 많이 아껴줬거든. 안 그랬으면 상황이 어떻게 됐을까 모르겠다……."

잠깐 머뭇거리던 작은이모가 고개를 기울이며 말했다.

"언니가 말은 안 했지만, 아마 마음속에 원망이 가득할 거야. 네 외할아버지는 남녀차별이 너무 심했거든."

이야기를 들을수록 모리는 입이 점점 더 크게 벌어졌다. 초대도 받지 않았는데 무심코 남의 집 화원에 발을 들인 기분이었다. 화원과 담장 밖 풍경은 확연히 달랐고, 그 안에는 외부인은 알 수 없는 사연이 있었다. 모리는 마침내 초록색의 참뜻을 알게 됐다. 모리의 허벅지를 후려치던 엄마의 그 독기가 뭔지 알게 됐다. 모리는 외삼촌을 떠올렸다. 외할아버지와 외할머니의 골칫거리였던 외삼촌은 삼수를 하고서야 대학에 합격했고, 남들이 보기엔 의대생인가 싶게 5년인가 6년 만에 간신히 졸업했다. 졸업하고는 종일 빈둥거리기만 해서 보다 못한 외할머니가 잡화점을 차려주었다.

밍위는 바이유와 모리 앞에서 하나뿐인 남동생 이야기는 좀처럼 꺼내지 않았다.

아니, 결혼 전 이야기는 거의 하지 않았다.

머릿속 기억을 샅샅이 뒤져본 모리는 자신이 엄마의 결혼 전 일은 하나도 모른다는 걸 깨달았다.

밍위는 왜 아무 말도 안 했을까? 엄마가 되기 전, 밍위에게도 숱한 사연이 있었을 텐데.

"행운이 되레 나한테 굴러왔지. 오빠가 그 모양이니 아버지도 내가 대학 가는 걸 막을 이유가 없었거든."

빙긋 웃던 작은이모는 얼른 웃음을 지우고 눈썹을 찡그리며 말을 이었다.

"모리야, 네 엄마가 너희 남매에게 너무 심하게 한다고 원망하지 마. 그건 네 엄마 가슴에 맺힌 응어리야. 엄마도 많이 괴로웠을 거야."

작은이모를 보면서 모리는 마음속으로 그 말을 곱씹어보았다.

아무 대답도 없자 작은이모는 모리의 손을 꼭 쥐며 간곡히 타일렀다.

"모리, 타이베이에 가거든 몸 잘 챙겨. 돈 너무 아끼지 말고, 공부 열심히 하고, 놀 때는 신나게 놀아야 한다. 난 조금 있다 가봐야 하니까, 이제 내려가서 언니랑 얘기 좀 할게."

작은이모는 모리의 손을 놓고 돌아서서 계단을 내려갔다. 그러다 다시 모리를 돌아보더니, 아래층의 불빛이 환한 곳을 가리켰다. 모리가 내려다보니 마침 밍위가 바이유를 끌어안고 아주머니 몇 명과 웃으며 수다를 떨고 있었다. 그 순간 밍위의 얼굴에 어린 웃음은 너무나도 진실했다. 모리의 기억 속에서 엄마는 이렇게 웃은 적이 없었다. 이렇게 기분 좋게 활짝 웃은 적은 단 한 번도 없었다.

모리는 계단에 그대로 서 있었다. 마음이 너무 아파 내려가고 싶지가 않았다. 작은이모는 모리를 기다리지 않고 혼자 내려가 밍위에게 갔다.

작은이모가 가버린 뒤에야 모리는 자기 주머니가 불룩해진 걸 알아차렸다. 주머니에 손을 넣어보니 돌돌 말린 돈봉투가 나왔다. 방금 전에 작은이모가 집어넣은 것이 틀림없었다.

눈가가 촉촉해졌다. 모리는 또 한 번 코를 훌쩍이고는 아무렇지 않은 척 아래층으로 내려가 아버지에게 오빠의 성적표를 건넸다.

*

3년 뒤, 모리는 타이완에서 가장 좋은 대학에 입학했다. 학교에 다니면서도 모리의 성적은 내내 출중했다. 모리를 마음에 들어 한 장張 교수는 모리가 4학년이 되자마자 진행 중인 국가과학기술위원회 프로젝트에 합류시켰다. 모리는 연구실 전체에서 가장 젊은 사람이었다.

이후 모리가 대학원에 합격하자, 장 교수는 자연스레 모리의 지도교수가 되었다. 장 교수는 모리를 매우 신임했다. 대단히 영민하다고, 자신의 여러 연구에서 가장 믿음직한 제자라고 늘 칭찬했다.

모리가 석사 논문을 70~80퍼센트쯤 썼을 때, 장 교수가 상의할 일이 있다며 모리를 사무실로 불렀다.

모리는 손발이 저릴 만큼 잔뜩 긴장한 채 사무실에 들어섰다. 장 교수가 무엇 때문에 부른 건지 알 수가 없었다.

모리를 보자 장 교수는 싱글벙글한 얼굴로 두 손을 깍지 끼며 소파에 푹 기대앉았다.

"보니까 논문도 거의 완성된 것 같은데? 남은 부분은 첨삭과 수정 같은 사소한 일이고. 모리, 앞으로 계획은 뭔가? 미국에 가서 박사 과정을 밟을 생각은 없어?"

"미국에 가서 박사 과정을요?"

장 교수가 열어젖힌 대문 안은 모리로서는 상상도 해본 적 없는 세상이었다.

"그래, 자네를 곁에 둔 지도 이삼 년이 됐는데, 내가 보기에 자네는 성격도 차분하고 머리도 아주 잘 돌아가. 연구실 선배들보다 몇 박자씩 빠르다니까. 원한다면 내가 추천서를 써주겠네. Y대학 교수는 내 의형제야. 고등학교 때부터 알던 사이지. 내 추천서 한 통이면 반은 성공한 셈이야. 모리, 한번 생각해보게. 돈 걱정은 안 해도 돼. 미국 학교는 대부분 장학금을 지급하거든. 자네 실력이면 문제없이 받을 거야."

장 교수에게 작별을 고한 모리는 곧바로 기차표를 끊어 고향 타이난으로 돌아갔다.

민슝은 딱히 반대하지 않았다. 그런데 밍위가 격하게 반대했다.

"안 돼, 그건 절대 안 된다."

"왜요? 석사 한다니까 너무 좋아하셨잖아요?"

"그거랑은 다르지. 아니, 얘가 왜 이렇게 철이 없어?"

"미국 학비가 너무 비쌀까 봐요? 장 교수님이 장학금을 신청하면 된다고 하셨어요. 안 되면 아르바이트를 하면 되고요. 엄마, 미국 생활이 생각처럼 힘들진 않을 거예요."

몇 달 뒤에 바이유가 결혼을 할 거라서, 민슝과 밍위는 요즘 아들에게 집 사주고 병원 열어주는 일 때문에 여러 은행을 팽이처럼 맴돌고 있었다.

"돈이 문제가 아니야. 하아……."

밍위가 한숨을 푹 쉬더니 불만스러운 눈초리로 노리를 노려보았다.

"모르겠니? 너 지금 스물넷이야. 박사 학위 딸 때까지 공부하고 나면 서른이라고."

"서른이 뭐 어떤데요?"

모리가 묻자 밍위는 더는 못 참고 소리를 빽 질렀다.

"너 지금 일부러 멍청한 척하는 거야? 서른 살 먹은 박사랑 누가 결혼을 하겠니?"

모리는 어안이 벙벙했다. 어머니가 이런 생각을 하고 있을 줄은 꿈에도 몰랐다.

밍위는 모리의 어깨를 툭툭 치며 커다란 이치를 일깨워주었다.

"논문 얼른 마무리하고 타이난으로 돌아와. 엄마가 신랑감으로 아주 좋은 사람을 골라놨으니까. 타이완대* 의대 출신이고 너보다 여덟 살 위야. 지금 타이베이융민종합병원台北榮民總醫院에서 근무하는데 아주 진득한 사람이라 환자들이 다 좋아한대. 그쪽 부모님이 조급해하셔서 더는 못 미룬다. 내가 사진을 봤는데, 얼굴이 작고 눈도 작고 콧대는 좀 없더라. 그래도 가정적이고 성실해 보였어."

밍위의 말이 모리의 명치 끝을 무겁게 짓눌렀다.

모리는 타이베이로 돌아가는 기차에 올랐다. 잠이 들락 말락 할 때, 모리의 머릿속에 작은이모가, 그리고 엄마의 응어리가 떠올랐다.

모리는 곰곰이 생각하다가 잠이 들었다.

*

밍위가 말한 그 성실한 신랑감은 융신永信이라는 남자였다. 융신과 몇 번 데이트를 하고 나서 모리는 많이 실망했다. 융신은 성격이 좋다기보다는 매사에 무심한 사람이었다. 뭐 먹을까요? 오늘 저녁엔 어디 갈까요? 오늘 입은 옷 괜찮아 보여요? 매번 모리가 물어야 했고, 융신의 대답은 한결같았다. 아무거나요. 아무 데나요. 괜

---

* 한국의 서울대에 해당하는 타이완 최고의 국립대학교.

찮은데요.

몇 번을 이러고 나니 모리도 피곤해져서 더 이상 묻지도 않게 됐다.

그 뒤로 모리는 용신과 데이트할 때는 과묵한 여자가 되게끔 스스로를 훈련시켰다.

오로지 생물과학 앞에서만 모리는 용신의 온도를 느낄 수 있었다. 용신은 수많은 자연과학 잡지를 구독하고 있었다. 책을 덮으며 흐뭇하게 미소 짓는 용신의 표정은 모리의 마음속에 깊이 각인됐다. 심지어 용신이 사람보다 다른 생물에게 훨씬 더 열정적이라는 의심이 들 지경이었다.

모리는 어머니에게 용신과 결혼하기 망설여진다는 마음을 전했다. 하지만 밍위는 모리의 생각을 하나하나 반박했다. 그런 면이 용신의 가장 큰 장점이라고, 그렇게 소박하고 과묵한 남자는 결혼하고 절대 바람을 피우지 않는다고 했다.

그래도 내켜키지 않아 하는 모리를 보자 밍위는 용신의 부모님은 캐나다 밴쿠버에 살고 있다고, 결혼해도 고부 갈등으로 속 썩을 일은 없을 거라는 설명을 덧붙였다.

그렇게 모리는 결혼하게 됐다. 사랑은 없어도 용신이 좋은 남편이 될 것 같아서.

딸이 결혼하는 날 밍위는 눈물 한 방울 흘리지 않았다. 그저 용신을 보면서 만족스럽게 웃고 또 웃을 따름이었다.

모리 역시 어머니를 보면서 눈물을 흘리지 않았다.

결혼하고 모리는 타이베이에 있는 융신의 아파트에서 살게 됐고 일도 그만뒀다.

밍위는 모리에게 따끔하게 경고했다.

"이제 일해서 돈 벌 생각은 하지도 마라. 의사한테 시집가는데 얼마 안 되는 네 월급이 필요하겠니? 융신은 나이가 있잖아. 네가 당장 해야 할 일은 아이를 낳아주는 거야."

확실히 돈이 부족할 일은 없었다. 융신은 매달 월급에서 부모님께 보내는 돈과 자기가 쓸 기본 경비만 빼고는 몽땅 모리에게 맡겼고, 모리가 돈 관리를 어떻게 하는지도 묻지 않았다. 마찬가지로 모리가 하루 종일 집에서 어떻게 지내는지도 묻지 않았다. 융신은 퇴근해 집에 왔을 때 냉장고에 먹을 것만 있으면 되는 사람이었다. 그것만 보더라도 밍위가 했던 짐작은 틀리지 않았다. 융신은 아내를 향한 열정이 부족했지만, 좋게 생각하면 아내에게 커다란 공간을 줄 수 있었다.

모리에게는 인생에서 가장 느긋한 나날이 시작되었다.

모리는 날마다 해가 중천에 뜨고서야 일어났다. 아침은 건너뛰고 점심은 달걀 하나 깨뜨려 넣은 볶음밥으로 해결했다. 그리고 녹화해 놓은 드라마를 본 다음 대충 청소를 했다. 해가 살짝 기울어 뙤약볕이 약해지면 모리는 단화를 발에 꿰고 백화점 지하로 가서 느긋하게 장을 봤다. 갈 때는 버스를 탔고 올 때도 마찬가지였다. 모리의 손에 들린 것은 달랑 고기와 반찬 봉지 두 개뿐이었다.

모리는 운전을 할 줄 알지만 굳이 하려 들지 않았다. 환경을 생각한다거나 돈을 아끼려는 게 아니라 시간이 남아돌기 때문이었다. 장 보는 시간을 늘리려면 비효율적인 이동수단이 필요해서 버스를 타는 것뿐이었다.

흔들리는 버스에 앉아 있노라면 연구실의 분주한 분위기가 떠오르곤 했다. 늘 시간에 쫓기던 시절이었다.

내리면서 동전을 요금함에 와르르 떨어뜨리고 나서야 모리는 정신을 차리고 스스로를 일깨웠다. 지금 난 의사 부인이야.

느릿느릿 흘러가던 시간은 시어머니가 다쳤다는 기별과 함께 마침표를 찍었다.

매장 직원이 물청소를 하고 안내판을 놓는 것을 깜빡하는 바람에 시어머니가 미끄러져 척추를 다친 것이었다. 매장 사장은 성의를 보이며 후하게 배상했고, 이치대로라면 두세 달 간병인을 쓰면 무사히 끝날 일이었다. 그러나 융신은 마음을 놓지 못하고 모리에게 캐나다로 날아가 상황을 직접 보고 오라고 했다.

모리는 매우 어색하고 불편했다. 시어머니를 만난 지 24시간도 안 되어 아직 서먹한 상태로 세수와 화장실에서 바지 올리는 일을 도와야 했다. 시어머니는 거동이 불편하고 두 어르신은 중국 음식에 익숙했기 때문에, 모리는 아침 일찍 일어나 재료를 준비하고 메뉴를 궁리해야 했다.

모리는 밤마다 괴로움에 뒤척이며 집에 돌아갈 날만 남몰래 손꼽아 기다렸다. 그런데 웬걸, 시어머니가 다 낫자 모리는 임신 2개월이라는 걸 알게 됐다. 시부모는 뛸 듯이 기뻐하며 모리에게 캐나다에 남아서 아이를 낳을 방법을 생각해보자고 했다.

융신도 반색을 하면서 모리에게 부모님 말씀대로 하라고 했다.

모리는 캐나다에서 딸을 낳았다. 갓난아기를 처음 본 순간, 쭈글쭈글한 자줏빛 살덩이가 조금도 귀여워 보이지 않고 좀 무섭기까지 했다. 그런데 간호사가 아기를 안고 갔다가 돌아오니, 어떻게 씻긴 건지 아기는 대번에 보드랍고 투명한 피부를 가진 귀여운 인형으로 변해 있었다. 딸을 안는 순간 모리는 울음을 터뜨렸고, 그런 자신이 신기하게 느껴졌다.

아쉽게도 융신은 그 자리에 없었다. 그는 병원 일이 너무 바빠 못 움직이니까 나중에 모리 혼자 샤오예小葉를 데리고 타이완으로 돌아오라고 했다.

*

샤오예는 매우 특이한 아기였다. 좀처럼 울거나 보채지 않았고, 잠에서 깨면 아기 침대에 가만히 누워 고개를 쭉 빼고 천장을 올려다보았다. 시어머니는 아기가 너무 조용하니까 불안하다고 했다. 융신이 갓난아기였을 때는 잘 울고 잘 움직였다면서 모리에게 아기를 데리고 병원에 가보라고 했다. 모리가 의사에게 아기를 보여주자, 의사는 모리가 공연한 걱정을 한다며 웃었다.

모리는 시어머니가 뭐라 하든 그저 얼버무리기로 했다. 지기 싫었던 시어머니는 금세 새로운 수를 생각해냈다. 이제 삼시세끼 식사 때마다 모리에게 신신당부를 했다.

"타이완에 돌아가면 바로 융신한테 아들 하나 더 안겨줘야 한다. 예葉씨 집안은 대대로 외아들이었고 융신도 외아들이야. 예씨 집안 제사가 여기서 끊기면 안 되지……."

샤오예가 생후 2개월이 되자 모리는 딸아이를 안고 비행기에 뛰어올라 타이완으로 달아났다.

융신과 딸은 공항에서 처음 만났다. 샤오예를 받아 안아 잠깐 살펴본 융신은 담담한 태도로 다시 모리에게 넘기고 주차장으로 발길을 돌렸다. 모리는 좀 서운했지만, 융신에게는 시간이 조금 더 필요할 거라며 스스로를 위로했다.

샤오예가 조금 더 자라자 밍위와 시어머니는 수시로 모리에게 전화를 걸어 샤오예가 잘 크고 있는지 캐물었고, 훈수를 두는 것도 잊지 않았다.

아기가 일어나 앉았니?

아기가 말을 해? 첫마디에 뭐라고 하든?

몰래 젖을 떼면 안 된다. 모유를 먹여야 똑똑해져.

건어물을 잘게 부숴 먹이고 있니? 어유魚油는? 생선을 먹어야 나중에 공부를 잘한다.

두 어머니의 공통점은 의사 아들을 키워냈다는 것이었다. 그리하여 두 어머니 모두 자신의 육아법에 일반인은 이해하기 힘든 자신감을 품고 있었으며, 모리가 자신들의 지시를 어기는 것을 용납하지 못했다. 두 어머니의 생각이 다르면 금세 전쟁이 터졌고, 모리는 중간에 낀 샌드위치 신세였다. 언제부터인가 모리는 이슥한 밤에 화장실에 숨어서 우는 버릇이 생겼다. 샤오예와 융신을 깨워선 안 되니 모리는 소리를 죽이려 손을 깨물었다.

어지러울 정도로 울고 나면 눈앞에 예전의 연구실 모습이 선명히 떠올랐다. 그 공간에는 안정된 논리와 질서가 있었다. 모리는 그 안에서 소속감을 찾을 수 있었다. 자신의 존재를 확인할 수 있었다. 그러나 지금의 삶은 모리를 좌절감에 빠뜨렸다. 지금 모리는 다른 논리와 질서를 귀납해낼 수가 없었다. 딸, 며느리, 엄마라는 역할 가운데 자신이 누구인지 알 수가 없었다.

모리의 손에는 깨문 자국이 가득했지만 융신에게는 전혀 보이지 않았다.

모리가 타이베이로 돌아온 뒤, 융신은 한밤중에 샤오예가 울겠다 싶으면 베개와 이불을 끌어안고 서재로 달아나 거기서 잤다.

부부관계는, 모리가 몇 번 얘기를 꺼내봤지만 융신은 생각이 없었다. 그런 상황이 이어지자 모리도 더 이상 입을 열지 않았고, 두 사람은 자연히 섹스리스 부부가 되었다.

좀 더 자란 샤오예는 혼자 대소변을 가리고 밥을 먹을 줄 알게 됐고 밤에도 잘 자게 됐다.

개인 시간이 좀 생기자 모리는 잠을 더 잘 수 있었다. 그러면서 꿈을 자주 꾸었는데 내용은 늘 비슷했다.

그날 오후.

낯익은 사무실. 장 교수가 푸근해 보이는 향나무 책상 너머에서 두 팔을 가볍게 젖히며 스트레칭을 한다. 뒤쪽에는 커다란 유리창이 있고 반쯤 쳐진 커튼 사이로 오후 햇살이 스며든다.

모리는 눈을 가늘게 뜨고 장 교수를 바라본다. 그리고 거의 잘못을 고백하는 투로 말을 꺼낸다.

"교수님, 저는 박사 과정을 밟을 생각이 없습니다. 곰곰이 생각해보니 그러기엔 제 학문적 열정이 부족한 것 같아요. 언짢게 생각하지 말아주세요."

장 교수가 복잡한 눈빛으로 모리를 바라본다.

"모리, 이해해. 자네 고충은 알겠는데, 이거 하나만은 알아둬. 원하기만 하면 자네는……."

장 교수는 슬쩍 한숨을 내쉬고 말을 잇는다.

"그 이상도 이룰 수 있어."

원하기만 하면 자네는, 그 이상도 이룰 수 있어.

이 장면에 이르면 모리는 온몸이 식은땀에 젖은 채 깨어났고, 그러고 나면 샤오예부터 찾았다. 모리가 안아주면 샤오예는 옹알이를 했고, 뽀얗고 보드라운 주먹을 쓰다듬어주면 초롱초롱한 두 눈으로 모리를 쳐다보았다. 세상에서 가장 사랑하는 사람을 바라보는 눈빛이었다. 그런 샤오예를 보면서 모리는 심호흡을 하고는 스스로에게 일렀다. 후회하지 않는다고, 최선의 길을 택한 거라고.

*

세 살이 되자 샤오예는 유치원에 다니기 시작했다.

그 무렵 융신은 모리에게 샤오예를 데리고 자기 친구들 모임에 나오라고 요구했다. 모리는 남몰래 그 모임을 '의사회'라고 불렀는데, 회원은 대부분 융신의 동창이고 선후배도 몇 명 있었다. 졸업하자 그들은 대형병원에 자리를 잡거나 개인병원을 운영하는 등 타이완 전역으로 진출했다. 두세 달에 한 번씩 모이는데 장소는 대부분 호텔 레스토랑이었다.

꽤나 은밀한 모임이었고 음식은 그런대로 훌륭했다.

의사들에게는 그들만의 주제가 있었다. 최근의 의료 기술과 기자재, 정기 간행 논문, 서로 다른 시스템, 건강보험 급여 문제 등등이었다. 자신이 상관할 문제가 아닌지라 모리는 귀담아듣지 않았다.

모리에게는 자기 자신의 싸움이 따로 있었다.

　의사의 부인, 세속에서는 사모님이라고 불리는 사람들만의 주제도 있었다. 이들의 삶의 맥락은 대동소이했다. 의사와 결혼하자 대부분 일을 그만두고 남편 뒷바라지와 아이 교육에 전념하고 있었다.

　처음에는 모리도 새로운 친구를 만나니 신선했지만, 몇 번 나가자 금세 지루해졌다. 모리는 이 작은 테두리 안에 녹아들 수가 없었다. 이들의 화제 1순위는 언제나 '아이 교육'이었다. 의사의 사회경제적 지위가 높으니 사회에서는 당연히 의사의 다음 세대에게도 각별한 관심을 보이기 때문이었다.

　모리가 이들 중에서 학력이 가장 높았기 때문에 다들 모리에게 진지하게 조언을 구했다.

　샤오예를 조기 입학시킬 생각이에요?

　샤오예 IQ 테스트는 해봤어요?

　집에서 샤오예랑 영어로 대화해요?

　눈치 없는 질문도 있었다. "모리, 둘째 계획은 없어요?"

　이건 아직 최악이 아니었다. 최악은, 몇몇 사모님 마음속에는 이미 사전 설정이 다 되어 있다는 것이었다. 모리와 몇 번밖에 만나지 않았는데도 그들은 불같이 달려들어 모리의 팔을 다정하게 문지르며 말했다.

　"있잖아요, 나도 아들 낳기는 포기했었어요. '아들 낳는' 한약을 몇 첩 지어 먹었는데 둘째도 딸이지 뭐예요. 마지막으로 친구가 추천해서 완팡萬芳에 있는 불임센터에 갔거든요. 거기 '정자 분리술'을 전문으로 하는 의사가 있는데 아주 용하다고 해서요. 우리 아기도 그렇게 생긴 거예요. 자기도 해볼래요? 전화번호 알려줄까요?"

모리는 '의사회'에 안 나가면 안 되겠느냐고 융신에게 말했다.

융신은 안 된다고 하면서 좀 성질을 냈다.

"당신하고 샤오예가 안 오면, 다들 우리 사이에 문제가 있다고 여길 거 아냐."

*

하루하루 커가면서 샤오예는 나날이 개성이 뚜렷해졌다. 샤오예는 귀염성 있는 아이는 전혀 아니었다. 샤오예는 조용한, 어떻게 보면 지나치게 조용한 아이였다. 아는 사람을 봐도 인사도 안 하고, 또래 아이들처럼 두 손 두 발 쭉 뻗어 세상을 탐색하려 들지도 않았다. 샤오예는 탁자 한구석에서 아무 종이나 붙잡고 그림 그리기를 좋아했다. 종이가 매끄럽고 붓질이 잘되는 메뉴판 뒷면이 딱이었다. 한번은 그림을 그리다 보니 종이에 여백이 하나도 남지 않았다. 샤오예는 좌절하지 않고 창작의 판도를 벽까지 확장시켰다. 모리가 잠에서 깼을 때는 벽 하나가 온통 참혹한 모습으로 변해 있었고, 아래쪽에는 4+4=8이라는 글귀 한 줄이 적혀 있었다.

어리둥절해 있던 모리는 불현듯 추억의 강물 속으로 빠져들었다.

초등학교 4학년 아니면 5학년 때였다. 모리가 시험에서 1등을 하자 담임 선생님이 일본에서 수입한 귀한 물건이라며 크레파스 한 상자를 모리에게 선물했다. 모든 눈동자가 크레파스 상자에 달라붙은 가운데 모리는 떨리는 손으로 상자를 받아 들었다. 하교 종이 울리자 모리는 신나게 집으로 달려갔다. 바이유는 집에 없고 밍위도 장보러 나가서 모리는 조금 쓸쓸해졌다. 모리는 서랍을 뒤져 낡은 신문을 꺼내다가 그림을 그리기 시작했다. 그리다 보니 신이 나서 크레파스가 종이 밖까지 나가 탁자에 자국을 남겼다. 식료품 봉지 두 개를 들고 집으로 돌아온 밍위는 지저분해진 식탁을 보자 파르르 성을 냈다. 밍위는 봉지를 팽개치고 다짜고짜 모리의 뺨을 후려쳤다.

"공부는 안 하고 이딴 거나 그리고 앉았니."

밍위가 뱉은 말이 아직도 귓가에 쟁쟁했다.

지금 이 순간, 벽 앞에 선 모리는 엄마 입장과 딸 입장이 뒤얽힌, 한없이 복잡한 심정이었다. 온갖 생각이 뒤엉킨 채 모리는 먼저 딸의 걸작을 영상으로 남기고, 전화를 걸어 페인트칠 작업을 예약했다.

모리는 샤오예를 혼내지 않았다.

혼내기는커녕, 이렇게 말했다.

"우리 꼬마 천재."

지난 몇 년 동안, 모리는 컴퓨터에서 그 영상을 자주 불러냈다. 샤오예의 그림은 단순한 모방이 아니었다. 샤오예가 그린 어떤 생물은 심지어 직접 본 적도 없는 것이었다. 오랫동안 관찰한 끝에 모리는 샤오예가 그리는 그림은 세상 사람이 보는 세계가 아니라는 사실을 이해했다. 샤오예의 그림은 자신의 내면세계를 충실히 '옮겨놓은' 것이었다. 구름과 통나무집의 비율은 엉망이었고, 엄청나게 큰 해가 떠 있고, 조그만 강아지와 새가 잔뜩, 그리고 모리가 알아볼 수 없는 작은 동물들이 한데 모여 있었다.

멀리 밴쿠버에 있는 시어머니는 샤오예를 자폐증 클리닉에 데려가라고 원격으로 몇 번이나 당부했다.

시어머니는 샤오예가 너무 '가라앉았다'고 직설적으로 말했다. 온종일 말이 없고, 두 눈을 들여다봐도 무슨 생각을 하는지 알 수가 없다면서 이런 아이는 나중에 성격에 문제가 나타날 거라고 했다.

시어머니가 여러 번 말했지만 모리는 흔들리지 않았다. 모리도 예전에 샤오예가 어디가 아프지 않나 의심한 적은 있었다.

샤오예는 내향적이고 과묵한 아이였다. 타인과의 신체 접촉도, 혼잡한 환경도 싫어해서 놀이공원과 수영장에 갔다가 펑펑 운 적이 여러 번 있었다. 교실에서는 가장 눈에 띄지 않는 자리에 앉았다. 유치원을 3년 다녔지만 친구라고는 과연 친구라고 할 수 있을까 싶은 한 명뿐이었다. 샤오예가 떠날 때 그 아이는 손을 흔들며 잘 가라고 말했다.

샤오예는 확실히 여느 아이와는 달랐다.

그러나 샤오예가 그린 그림이 모리의 불안을 몰아냈다. 생기발

랄한 색깔, 부드러운 선, 그리고 여기저기서 흘러나오는 메시지가 모리의 오랜 걱정을 떨쳐내주었다. 샤오예는 아픈 것이 아니었다. 그저 감정을 표현하는 방식이 세상 사람 대부분과 다를 뿐이었다.

*

샤오예가 초등학교에 다닐 때, 시부모님이 소송에 휘말렸다. 모리는 융신이 매달 캐나다로 보내는 돈이 두 배로 늘었다는 것만 알뿐 자세한 내용은 알지 못했다. 모리는 융신의 두 여동생도 이 손실을 분담해야 한다고 불평했다.

"왜 우리가 전액 부담해야 해? 우리가 공기만 먹고 사는 신선인 줄 알아?"

모리는 처음으로 융신에게 큰소리를 냈다. 적은 액수도 아닌 데다가 용도도 모르니 초조했다. 모리의 말이 날카로워지자 융신도 화가 나서 벌떡 일어나 소리쳤다.

"난 장남이고 의사야. 둘째는 가정주부고 막내는 한 달에 3, 4만 위안밖에 못 버는데 어떻게 동생들한테 부담을 지워?"

그런 융신을 보면서 모리는 그만 입을 다물었다.

대꾸가 없자 융신은 자신이 우위에 섰다고 여기며 또 말했다.

"게다가 다 내가 번 돈 아냐. 부모님께 한 달에 얼마를 드리든 당신이 간섭할 일이 아니라고."

모리는 그대로 돌아서서 자리를 떴다. 서재에 틀어박힌 모리는 바닥에 꿇어앉은 채 어지러운 상념에 빠졌다.

모리는 밤새 서재 바닥에 누워 있었다. 동틀 무렵이 되자 결심이 섰다. 일하러 나가서 직접 돈을 벌자. 모리는 연구실 선배 한 명을 떠올렸다. 예전에는 사이가 좋았는데 모리가 결혼하면서 연락이 뜸해진 선배였다. 모리는 전화기를 들고 기억에 의지해 숫자 열 개를 눌렀다. 연결되기를 기다리는 동안 심장이 쿵쾅거리는 소리가 또렷이 들렸다.

이 전화 한 통이 모리의 운명을 바꿨다.

모리의 선배는 친구와 함께 대체에너지 관련 회사를 설립했는데 인재가 부족했다. 선배는 모리에게 일자리를 제안했고, 모리는 이 소중한 일에 최선을 다했다. 서서히 회사의 주역이 된 모리는 주식, 배당금, 보너스까지 받으며 몇 년 안에 큰 소득을 얻게 됐다.

용신과의 상호작용은 모리의 수입에 반비례했다. 용신은 모리의 눈길을 피해 서재에 틀어박히는 시간이 늘었고, 주말에는 골프 약속을 더 많이 잡았다. 이제 용신은 모리에게 의사회에 나오라고 강요하지 않았고, 언제라는 말도 없이 혼자 슬그머니 모임에 나갔다. 모리가 몸을 낮춰 먼저 다가갔지만 용신은 떨떠름한 반응을 보였다.

*

샤오예가 열한 살 때, 소소한 에피소드가 있었다.

누군가의 장례식에 참석하러 타이베이에 왔던 밍위가 시간이 조금 남아서 모리를 보러 왔다. 어머니를 맞이하는 순간 모리는 눈꺼풀이 쉴 새 없이 떨리며 불길한 예감이 들었다.

모리는 어머니에게 슬리퍼를 가져다주고 차와 과일을 대접했다. 자기 어머니지만 손님 대하듯 조심스러운 태도였다.

밍위는 날씨 얘기부터 꺼냈고, 모리는 건성으로 답했다. 모리의 시선은 어쩔 수 없이 자꾸만 시계로 향했다. 모리는 어머니의 마음에 또 하나의 호두가 숨겨져 있으며 그 속에 알맹이가 있다는 걸 알아차렸다. 하지만 모리에게는 호두를 깰 도구가 없었고, 어머니의 마음속 화원으로 다시 들어가고 싶지도 않았다.

베이이여고.

타이완대학 의과를 나온 남편.

그걸로 충분했다. 모리로서는 정말 할 만큼 했다.

4시 반이 조금 넘자 밍위는 찻잔을 내려놓고 일어나 치맛자락을 가다듬었다. 벌써 시간이 이렇게 됐구나, 이제 가봐야겠다는 말에 모리는 기뻐서 콩닥대는 마음을 억누르며 발딱 일어났다. 그리고 부엌으로 가서 냉장고를 열고 어머니가 가져갈 봉지에 영양제를 채워 넣었다.

그때 밍위가 목청을 가다듬고 말했다.

"모리, 너하고 상의할 일이 있는데."

모리는 온몸의 털이 쭈뼛 곤두섰다. 마흔이 코앞인데도, 사회적으로 크게 성공했어도 모리는 그다지 달라지지 않았다. 어머니 앞에서 모리는 여전히 성적표를 쥔 채 매를 기다리는 어린 소녀였다.

밍위는 모리의 창백한 안색을 무시하고 혼자 이야기를 시작했다.

"융캉永康에 40년 경력 중의사가 있는데, 조상 대대로 내려오는 비법이 있다더라. 우리 집 건너편에 사는 쉬徐 부인네 며느리가 시집온 지 3년이 됐는데도 아기가 생길 기미가 없었거든. 그런데 거기서 중약을 지어 먹고 석 달 만에 아들딸 쌍둥이를 임신했어."

"엄마, 그게 무슨 말씀이세요?"

"하나만 낳고 끝내면 안 되지. 첫째, 샤오예는 딸 아니니. 둘째, 그 애 성적이 너무 형편없어. 정말 이해가 안 된다. 엄마는 타이완대 석사에 아빠는 타이완대 의대를 나왔잖아. 이치대로라면 자식은 부모의 IQ를 물려받기 마련이야. 그런데 샤오예는 왜 그렇게 멍청하니? 내가 널 어떻게 가르쳤어? 모리 너, 네 딸 성적에 신경을 쓰긴 하니?"

모리는 두 주먹을 불끈 쥐고 자신을, 그리고 자신의 딸을 변호했다.

"샤오예의 성적이 최상위권은 아니지만 그렇게 낮지도 않아요. 게다가 요 몇 년 시부모님도 거의 간섭을 안 하셨어요. 손자 문제에는 크게 신경 안 쓰실 거예요."

밍위는 싸늘한 눈빛으로 모리를 쏘아보았다.

"네 시부모님이 너한테 잔소리를 안 하시는 건, 포기하신 게 아니라 전에 너희에게 신세 진 일이 있으니 민망해서 그러시는 거야. 아무도 말을 안 한다고 너까지 뻔뻔하게 그러고 있으면 안 되지. 내가 보기에 넌 요 몇 년 회사 일에만 정신이 팔려 있더라. 샤오예 성적도 방치하고, 아들 낳는 일도 나 몰라라 하고. 아내가 되어 가정은 거들떠도 안 보니? 그러느니 일 그만두고 가정으로 돌아와라. 네 본분과 책임이 뭔지 똑똑히 알았으면 좋겠구나."

"엄마, 제 일은 제가 알아서 할 테니까 걱정 마세요."

밍위는 모리의 항의에는 아랑곳없이 더욱 강한 어조로 말했다.

"젠亹모리, 난 네 엄마야. 널 가르치고 단속할 책임이 있어. 딸을 도리도 모르는 며느리로 키웠다는 뒷말을 듣고 싶진 않다."

*

모리가 여기까지 이야기했을 때, 나는 샤오예를 가르친 지 1년째였다.

같은 대학 출신이라 그런지 모리는 나에게 유난히 잘해줬고, 수업을 마치면 저녁을 먹고 가라고 붙잡곤 했다. 샤오예 아버지는 집에 와서 저녁 먹는 일이 드물었다. 모리는 내가 같이 식사하면 모녀 둘이서만 먹는 것보다 분위기가 더 화기애애하다고 했다.

저녁 식사를 마치면 샤오예는 애니메이션을 보려고 컴퓨터 앞으로 달려가거나 슬그머니 방에 들어가 그림을 그렸다. 식탁에 모리와 나 둘만 남으면 모리는 무심히 자기 얘기를 풀어놓곤 했다. 퍼즐처럼 일주일에 한두 조각씩 맞추다 보니, 어느덧 모리의 과거 50~60 퍼센트가 맞춰졌다.

모리의 이야기를 들으며 나는 전혀 지루하지 않았다. 오히려 모리와 어머니의 갈등에 푹 빠져 있었다.

그로부터 몇 달이 더 흐르자 이야기의 무게중심이 차츰 샤오예에게로 옮겨 갔다.

"6학년 2학기 첫 시험에서 샤오예가 반에서 3등을 했어요. 남편한테 전화로 알려주니까 좋아하더라고요. 지금까지는 8, 9등이 최고 성적이었거든요. 그날 남편은 고급 레스토랑을 예약하고 저녁 일곱 시 정각에 집에 와서 우리 모녀를 데리고 식사를 하러 갔어요. 샴페인 한 병까지 해서 주문한 음식 값이 4천 위안이 넘었죠. 원래 남편은 술을 거의 안 마시는데, 그날 저녁엔 긴장을 풀고 축하하고 싶다면서 샴페인을 주문했어요……."

잠깐 말을 멈춘 모리의 얼굴에 꿈결 같은 빛이 떠올랐다. 모리는 빙긋 웃고는 말을 이었다.

"그날 저녁엔 융신이 참 좋더라고요. 샴페인이 그렇게 사람을 다정하게 만들 줄이야…… 결혼한 지 한참 됐는데 그런 남편 모습은 처음 봤다니까요. 웃음이 가득하고 따뜻하고. 남편은 샤오예가 역시 자기 딸이라고, 자기도 예전에 늘 3등 안에 들었다면서 쉴 새 없이 샤오예를 칭찬했어요."

모리는 자세를 바꿔 오른발에 체중을 실었다.

"지금 돌이켜보니 도리어 좀 서글프네요. 남편이 딸을 사랑하는 마음은 조건부였던 거잖아요."

그러고 모리는 부엌을 힐끗 돌아봤다. 냄비에서 물이 끓어오르고 있었다.

그날 저녁 메뉴는 보르시였다. 재료 준비가 다 되어 있었다. 소고기 덩어리, 깍둑썰기한 무와 감자, 뜨거운 물에 데친 다음 껍질을 벗기고 네모지게 썰거나 으깬 토마토.

"선생님, 비밀 하나 알려드릴게요. 아이 아빠도 모르는 비밀이에요."

"네?"

살짝 열린 문틈으로 샤오예가 고개를 숙이고 수학 문제를 푸는 모습이 보였다. 세 번째 모의고사를 앞둔 샤오예는 연필을 쥐고 열심히 풀고 또 풀고 있었다. 샤오예가 집중한 표정이 너무 귀여워서 나도 모르게 입가에 미소가 번졌다.

"그 시험에서…… 샤오예는 부정행위를 했어요."

물이 다 끓었는지 보글거리는 소리가 약해졌다. 부엌으로 들어간 모리는 허리를 굽혀 불을 조절하고 찬장에서 향신료를 꺼내어 조리대에 가지런히 늘어놓았다.

모리는 나를 등진 채로 이야기를 이어갔다.

"샤오예는 그때 수학이랑 자연 점수가 많이 올랐는데, 저는 너무 기뻐서 이유는 자세히 생각도 안 했어요. 그런데 담임 선생님이 그 두 과목 점수가 샤오예 옆자리에 앉은 부반장 점수랑 똑같다는 걸 알아차렸죠. 선생님이 두 사람 시험지를 꺼내서 대조해보니 틀린 문제까지 똑같기에……."

모리가 말을 멈췄다. 이런 얘기를 꺼내기가 쉽지 않았을 것이다.

"선생님은 어떻게 된 건지 알아보려고 부반장을 불렀어요. 부반장은 샤오예가 먼저 제안했다고 했어요. 샤오예한테 500위안을 받고 수학과 자연 답안을 베끼게 해준 거였죠. 선생님이 그 500위안은 어디 있냐고 물으니까 부반장은 전투 카드를 샀다고 했대요. 선생님, 유희왕이 뭔지 아세요? 그게 뭔데 카드 몇 장이 그렇게 비싸죠?"

모리에게 대략 설명을 해주면서 나는 허탈한 마음에 샤오예를 곁눈질하지 않을 수가 없었다. 샤오예는 아직도 수학 문제를 풀고 있었다.

그 애는 우리가 자기 이야기를 하는 걸 알아채지 못했다.

"지금 생각해보니 그런 선생님을 만난 것도 정말 큰 복이었죠."

모리의 기억에 따르면, 담임 선생님은 이렇게 말했다고 한다.

"원래 부정행위를 하면 먼저 학교에 알려야 하고, 학생은 벌점을 받고 해당 과목은 0점 처리됩니다. 그런데…… 샤오예는 곧 졸업하잖아요. 제 사심으로는, 샤오예가 그늘진 기억 없이 학교를 떠났으면 해요. 다른 애들한테는 매우 불공평한 처사겠지만 그래도 원칙적인 방식으로 해결하고 싶진 않네요. 그러니까 저는 징계 부서에 알리지 않겠습니다. 학교에서 알게 되는 일은 없을 겁니다."

모리는 수화기를 꽉 붙잡고 감사하다는 말을 되풀이했다.

"샤오예의 수학은 제가 가르쳤으니 60점으로 바꿔놓을 거고, 자연은 자연 선생님과 상의하겠습니다. 부반장에겐 한 달간 외부 청소를 시켰고요. 500위안 일은 다시 논의해보죠."

선생님은 잠시 이야기를 멈췄다가 목소리를 낮춰 말했다.

"그리고…… 샤오예의 처벌은 어머님께 맡기겠습니다. 샤오예는 아주 예민한 아이잖아요. 저는 담임이라 샤오예가 학교에서 저를 아주 많이 봐야 합니다. 제가 처리하면 샤오예에게 후유증이 안 남는다는 보장이 없는데, 그런 일은 원치 않아요. 말씀드렸다시피 반년 뒤면 졸업이니까……."

모리와 담임 선생님은 모의를 꾸미듯 조심스레 이야기를 나눴다. 정의과 공정의 저울 앞에서 그들은 저울추를 올리거나 덜어내지 않기로 했다. 애초에 그렇게 단순히 비교하고 측정할 수 없는 일이 있다. 어린이가 바로 그런 경우다.

"이렇게 된 일이었어요."

말을 마친 모리가 두 팔을 벌렸다.

"그 선생님, 정말 세심하시네요. 그렇게 진지하게 아이를 생각하는 선생님이 계실 줄이야."

내가 말했다.

"맞아요. 샤오예 졸업식 때 잠깐 얘기를 나눴는데, 몸집이 자그마하고 눈은 아주 크고, 정말 열정적인 분이었어요."

"어머님은 샤오예가 부정행위를 했다는 말을 처음 듣고 어떤 기분이셨어요?"

"당연히 화가 났죠. 화가 나서 거의 미칠 뻔했어요!"

모리는 눈을 동그랗게 뜨고 나를 바라보았다.

"그런데 화난 것 말고도……."

모리는 내 얼굴에서 눈길을 돌리더니, 한참이 지나서야 천천히 입을 뗐다.

"딸아이가 밉고 부끄러웠어요. 저는 최악의 성적이 5등이었는데, 어찌 됐든 스스로 답을 썼어요. 부정행위? 그런 건 생각해본 적도 없었어요. 부정행위를 하는 사람이 정말 한심했거든요. 공부하기 싫은 거야 아무래도 괜찮지만 부정행위는 공짜로 뭘 얻겠다는 심보잖아요. 저는 그런 사람을 가장 경멸했어요. 그런데 문제는, 이번에는 부정행위를 한 사람이 다름 아닌 샤오예였다는 거죠. 제가 이렇게 오랫동안 지켜봐온 제 딸이요. 그러니 그런 말로는 그 애를 설명할 수가 없었어요."

모리가 한숨을 푹 쉬었다. 입가에 씁쓸한 미소가 떠올랐다.

"분노, 혐오, 수치심이 지나가고 나니까 슬퍼졌어요. 정말 슬펐어요. 샤오예가 부정행위를 했다는 이유만은 아니었어요. 샤오예가 저한테 거짓말을 했다는 사실을 받아들일 수가 없었어요. 지금까지 저는 우리 모녀 사이에 비밀이 없다고 생각했거든요."

수화기를 내려놓고 모리는 밤새도록 한 가지 문제를 골똘히 생각했다. 샤오예가 언제 거짓말을 배웠을까? 초등학교 4학년 이전까지 담임 선생님들이 샤오예에게 내린 평가는 모두 비슷했다. "착하고 성실하고 유순하다." 이 '착하고 성실하고 유순한' 아이가 500위 안으로 다른 사람까지 부정행위에 끌어들인 일이 몇 번이나 될까?

모리는 답을 생각해낼 수 없었다. 이 문제의 답은 샤오예에게 있었다.

*

다음 날 모리는 샤오예를 데리고 와서 집에서 저녁을 먹었다. 그날 저녁은 아주 푸짐했다. 메인 요리 말고도 모리는 근처에 새로 문을 연 디저트 전문점에 들러 독일식 푸딩과 한정판 딸기 생크림 케이크를 사 왔다.

저녁을 먹고 나서 샤오예는 디저트를 먹으며 엄마에게 근황을 들려주었다. 다가오는 졸업식 행사에 관심이 쏠려 있던 샤오예는 6학년 졸업 노래 연습은 어떻게 되어가는지, 반 분위기는 어떻게 달라졌는지 등을 이야기했고, 자기도 마음가짐이 새로워졌다고 했다.

모리는 딸이 하는 이야기에 귀를 기울였다. 그러고 보니 일을 시작하고 나서는 샤오예가 하는 말을 진지하게 들어준 적이 없었고,

샤오예가 이렇게 많은 얘기를 한 것도 정말 오랜만이었다.

샤오예가 이야기를 마치자 모리가 입을 열었다.

"샤오예, 엄마한테 얘기 안 한 거 없어?"

"네?"

샤오예는 무슨 상황인지 알아차리지 못했다.

"성적과 관련된 일인데."

그 말을 듣자 샤오예는 얼음처럼 굳었다가 바들바들 떨기 시작했다.

"이번 성적이 어떻게 된 건지, 엄마도 다 알게 됐어."

샤오예는 이제 이까지 딱딱 맞부딪칠 만큼 심하게 떨었다. 금세 눈물이 솟구치며 뺨을 타고 흘러내렸다.

"일부러 그런 건 아니에요…… 그냥 다들 기분이 좋았으면 해서……."

샤오예는 우느라 빨개진 얼굴로 더듬더듬 말했다.

"엄마가 친구분이랑 통화하는 걸 몰래 들었거든요. 외할머니가 저더러 멍청하다고 하셨다면서요. 10등 안에 드는 법이 없다고, 엄마 아빠 자식 같지 않다고요. 저 때문에 엄마까지 외할머니한테 혼난 거죠?"

"맙소사, 샤오예, 그 얘길 들었어?"

모리는 가슴이 꽉 조여들었다.

잘못을 인정하고 사과해야 하는 사람은 샤오예가 아니었다. 샤오예는 나쁜 아이가 아니었다.

그 아이가 부정행위를 하게 된 출발점은 엄마의 통화 내용이었다. 그걸 듣고 샤오예는 자기가 엄마 아빠 자식이라는 사실을 증명하고 싶었던 것이다.

모리의 마음은 후회로 가득 찼다.

"샤오예, 미안해, 엄마가 잘못했어. 엄마가 너한테 말하는 걸 깜빡했네. 그전에 네 성적도 훌륭했어. 그건 네가 노력해서 거둔 성과였고. 엄마가 나빴어. 외할머니 말에 흔들리지 말았어야 했어."

샤오예에게 사과하면서 모리는 감정이 북받쳤다.

"샤오예, 너는 엄마가 가장 사랑하는 딸이야. 넌 정말 멋진 아이야. 분명히 내가 낳았고. 네가 엄마 자식 같지 않다는 말은 아무도 함부로 못 해. 엄마 말 알아듣겠니?"

고개를 끄덕인 샤오예는 눈물을 글썽이며 알 듯 모를 듯한 표정으로 엄마를 쳐다보았다.

집에 들어선 융신은 눈이 벌게진 모녀를 보고 얼굴을 찡그릴 뿐 아무것도 묻지 않았다.

다음 시험에서 샤오예는 원래대로 돌아가 10등 밖으로 밀려났다. 그걸 알자 융신은 다시 딸에게 차가워졌다.

모리는 개의치 않고 또다시 샤오예를 레스토랑으로 데려가 축하해주었다.

중학생이 된 샤오예의 성적은 11~20등 사이에서 왔다 갔다 했다. 1학년을 마치자 모리는 2주쯤 고민한 끝에 학원을 모두 끊고 개인 과외를 하기로 했다. 그리하여 내가 샤오예의 집에 나타나게 되었다.

나는 샤오예를 가르친 첫 번째 과외교사였다.

첫 만남에서 모리는 왜 과외를 하려는지 설명했다.

"이 동네는 최고 학군지예요. 일급 학원들이 경쟁하는 곳이죠. 타이베이의 우수한 학생들이 죄다 몰려드니 학원 선생님들도 영재들을 가르치는 데 익숙해요. 그런데 샤오예는 특별히 똑똑한 아이가 아니에요. 학원에 계속 보내면 열등감만 더 쌓일 거예요."

샤오예가 보기에 나는 그냥 선생님이었지만, 모리는 나에게 다른 역할을 맡기고 싶어 했다.

모리, 학생의 어머니인 그녀를 알게 됐을 때 그녀는 막 마흔이 됐다. 마흔이라는 불혹의 나이를 맞이한 모리는 미래보다는 과거에 자신이 겪은 일들을 분명히 정리하는 데 시간을 쓰고 싶어졌다. 쉽게 말해 그녀는 이야기를 하고 싶었고 들어줄 사람이 필요했다. 그런데 때마침 그녀의 삶에 자신의 반쪽 나이에 아직 세상일을 잘 모르고 호기심까지 지닌 대학생이 들어온 것이다.

이야기를 들어주는 역할로 이보다 더 적절한 사람은 없었다.

나는 사리 판단을 잘한다. 모리의 서술이 항상 정확하지는 않았을 것이다. 어떤 부분에서는 객관성을 잃고, 어떤 장면은 일부러 회피하기도 하고, 어떤 대사에서는 감정이 북받치기도 했을 것이다. 심지어 일부 과정을 숨겼거나 일부 줄거리를 조작한 경우도 있을 수 있다. 나는 다 이해할 수 있었고, 이해해야 했다. 이야기를 하면서 모리도 계속 자기 삶의 여러 단계를 해석하고 정의 내리려고 애썼기 때문이다.

샤오예는 예의 바르고 철든 아이였다. 50분간 문제를 풀라고 하면 50분간 하고, 60분간 하라고 하면 60분간 했다. 특별히 성실하지도 게으르지도 않은, 가르치기 무난한 아이였다. 말수가 적고 조용하지만, 그 애의 눈빛을 보면 내가 하는 모든 말을 귀담아듣고 있다는 걸 알 수 있었다.

하지만 잠깐만 방심해도 샤오예는 또 책상에 엎드려 낙서를 하기 시작했다. 아무도 방해하지 않는다면 그 애는 오후 내내 그림을 그릴 수 있었다. 샤오예의 교과서와 문제집은 작은 동물과 음식으로 가득 차 있었다. 때로는 과일에서 손발이 자라나고, 때로는 동물들이 정장을 차려입고 소소한 이야기를 나눴다. 나는 샤오예의 그림이 좋았다. 보다 보면 아이다운 분위기에 깊이 사로잡히곤 했다.

"그림 그리는 거 누구한테 배웠어?"

"혼자 책 보고 배웠어요."

"동물들 대사는? 어디서 본 거야?"

"제가 지어낸 거예요."

샤오예가 빙긋 웃으며 대답했다.

샤오예를 가르치는 2년 동안 모리는 나에게 어떤 기준도 제시하지 않았다. 샤오예가 진도를 따라간다는 것만 확인하면 되었다. 한번은 샤오예가 4등을 해서 모리도 나도 깜짝 놀랐다. 다음번에는 바로 10등으로 떨어졌지만 모리는 웃기만 할 뿐 아무 말도 하지 않았다.

모리의 집에서 보내는 시간은 늘 즐거워서 일하러 가는 것 같지가 않았다.

*

샤오예의 기측을 며칠 앞둔 오후였다. 모리는 마침 우리 대학교 근처에서 고객을 만날 일이 있었다면서, 차를 마시자고 나를 불러냈다. 우리는 샤오예에 관한 얘기를 나눴고, 모리의 과거 얘기는 더 많이 나눴다. 이런 비율에는 이미 익숙했다.

그런데 그날 모리는 여느 때와 좀 달랐다. 말하는 속도가 매우 느렸고, 때때로 말을 멈추고 뭔가 곰곰이 생각하는 표정으로 나를 물끄러미 바라보았다.

"샤오예가 고등학교에 들어가면, 일주일에 두 번씩 선생님을 만나는 것도 끝이네요."

나는 고개를 끄덕였다. 이별의 분위기가 느껴졌다.

단계별 임무를 완수한 과외교사의 마지막 일은 작별인사를 제대로 하는 것이다.

여느 때와 다른 점이라면, 샤오예와 헤어지기 아쉽고 모리와 헤어지기는 더욱 아쉽다는 것이었다.

"좀 섭섭해요. 선생님께 하고픈 얘기가 있는데, 그냥 제 수다라고 생각해주세요."

"말씀하세요."

모리는 잠자코 스콘 하나를 집어 들더니 블랙커런트 잼을 발라한 입 베어물고 몇 번 씹었다. 그러다 스콘을 내려놓고 살짝 흥분한 투로 이야기를 꺼냈다.

"샤오예는 저한테 하나뿐인 자식이에요. 말하자니 아이러니한데, 우리가 가장 행복했던 시절은 그 애를 임신한 10개월이었던 것같아요. 그때 저는 다른 생각은 하나도 안 하고 그저 아기가 건강하고 평안하기만 기도했죠."

나는 고개를 끄덕였다. 내 어머니도 비슷한 얘기를 한 적이 있었다.

"샤오예가 태어나고 나서, 샤오예도 저도 몹시 힘들었어요. 저는 제 스트레스가 있었고 샤오예도 그 애 나름의 스트레스가 있었겠죠. 샤오예가 하루하루 자랄수록 주변에서 기대도 커졌어요. 저는 샤오예를 있는 그대로 놔두지 못하고 자꾸 주변의 시선에 맞춰갔죠. 가끔은 이런 생각도 들었어요. 세상에 다른 사람은 아무도 없고 우리 둘만 남았으면, 그러면 내가 그 애를 제대로 사랑할 수 있을 텐데…… 초등학교 5학년 때 샤오예가 스스로 미술 수업을 듣겠다고 했어요. 그 애가 그쪽에 소질이 있고 그림 그리기를 좋아한다는 걸 알면서도 저는 공부에 방해될까 봐 영재수학으로 바꾸라고 권유했어요. 샤오예는 그러겠다고 하더군요. 그런데 저는 기쁜 게 아니라 좀 허탈하더라고요. 샤오예가 영재수학 수업을 들으러 간 첫날, 차에서 내려 학원으로 들어가는 그 애 뒷모습을 보는데 꼭 나 자신을 보는 것만 같았어요. 저는 어머니를 안심시키려고 박사 과정을 포기하고 결혼해서 가정주부가 됐죠. 샤오예도 제 기분에 맞춰주느라 미술 수업을 포기하고 관심도 없는 수학 공부를 하러 다닌 거예요."

여기까지 말하고 나서 모리는 잔에 남은 홍차를 싹 비웠다.

내가 찻주전자를 들고 새 차를 따라주자, 모리는 고개를 끄덕여 고마움을 표하고 이야기를 이어갔다.

"저는 제 딸을 보호하고 싶지만, 그게 참 어렵네요. 제가 용감하지 못해서 다른 사람들과 함께 그 애에게 상처를 주기도 했죠. 샤오예가 부정행위를 했던 그 일은, 아직도 저 자신을 용서할 수 없어요. 샤오예의 기질도 어느 정도는 저에게서 유전된 거예요. 우린 둘 다 어머니를 기쁘게 하느라 자기 마음을 억누르는 사람이죠. 하지만 저는 샤오예가 제2의 모리가 되는 걸 원치 않아요. 그건 너무나 고통스럽고, 불필요한 집착도 너무 많아요. 내 세대에서 끝내야 해요. 샤오예한테는 자기 인생이 있어요. 이제 샤오예도 고등학교에 들어가겠죠. 친정어머니, 시어머니, 남편 모두 샤오예가 베이이여고에 합격하기를 간절히 바라고 있어요. 적어도 중산中山여고는 가야 한다고 생각하죠. 저는 아니에요. 저는 샤오예한테 최선을 다하는 게 가장 중요하다고 했어요. 남들이 뭐라고 하든, 엄마는 널 지지할 거라고 말해줬어요."

밖으로 시선을 돌린 모리는 오른손으로 왼손 손가락 마디를 문지르며 눈시울을 살짝 붉혔다.

딸과 아내, 어머니와 며느리라는 역할을 어떤 비율로 나눌지 거듭 고민하는 여인이 거기 있었다.

*

며칠 뒤에 기측이 끝났다. 샤오예는 베이이여고에도, 중산여고에도 합격하지 못했다.

샤오예가 나에게 전화로 결과를 알려왔다. 샤오예는 그냥 가까운 고등학교에 합격했다고만 하면서, 아빠와 외할머니는 몹시 실망했지만 엄마는 오히려 기뻐하며 해외여행을 가자고 했다고 말했다. 그러고는 좀 모순된 말투로 덧붙였다. 모두에게 조금 미안하지만, 동네 고등학교에 다니면 공부 스트레스가 덜하니까 좋아하는 일에 더 많은 시간을 쓸 수 있을 것 같아 즐겁기도 하다고.

전화를 끊고 나자 모리에게 쏟아질 비난 세례가 귀에 들리는 듯

했다.

*

부모의 언행과 태도는 언제 어디서나 아이의 행동 하나하나에 영향을 미친다. 부모 자신도 윗세대의 언행과 태도에 많은 영향을 받았을 것이다.

모리는 남편 융신의 부성애가 조건부였다고 말했다. 그는 샤오예가 3등을 했을 때만 본인을 닮았다고 했다. 융신의 부모님도 융신에게 그렇게 말했을 가능성이 있지 않을까? 성공한 아이만이 사랑받을 자격을 얻게 된다고 말이다.

모리 자신의 전반생은 꼭두각시나 다름없었다. 어머니가 왼쪽으로 가라고 하면 모리는 오른쪽으로 갈 생각은 감히 하지도 못했다. 밍위의 마음은 온통 공허했고, 모리는 많은 가능성을 희생해가며 어머니의 요구를 충족시키려 애썼다. 딸의 부정행위 사건에 이르러서야 모리는 샤오예가 자신의 길을 복제하고 있음을 깨달았다. 샤오예도 억지로 모리를 기분 좋게 해주려 애쓰고 있었고, 그러다 보니 어느새 샤오예의 팔다리에도 줄이 묶여 있었다.

모리는 융신과 달랐다. 모리는 같은 길을 가고 싶지 않았다. 모리는 샤오예의 모든 속박을 끊어내주기로 결심했다.

샤오예는 이제 자유롭게 손발을 뻗을 수 있게 됐다. 하지만 모리는 오히려 자식 교육에 소홀한 엄마 취급을 당할 수도 있다.

괜찮다, 모리는 용기를 배웠으니까.

내 눈에는 똑똑히 보였다. 세상에서 모리가 가장 사랑하는 사람은 샤오예였다. 모리에게 샤오예는 결코 잃을 수 없는 존재였다.

#후기

이 이야기에는 밍위, 모리, 샤오예 세 여자가 나온다. 처음에는 샤오예 이야기가 좀 더 많았다. 그런데 쓰다 보니 나는 통제력을 잃었고, 각 캐릭터가 알아서 자신의 출연 분량을 만들어냈다. 다 쓰고 나서야 깨달았다. 모리에 대한 내 감정이 샤오예에 대한 감정보다 더 깊었던 것이다. 샤오예에게 초점을 맞추었다면, 이 이야기의 결말은 기대에 미치지 못했을 듯하다.

이 과정은 마치 구겨진 셀로판지를 펼쳐 정성껏 구김을 없애는 일 같았다. 판판하게 펴진 셀로판지에 빛을 투과시키자 눈부신 색채가 쏟아져 내렸다.

여섯 번째 집

타고난 재능

그때 그들은 서로를 사랑했다.
그건 누구도 의심할 수 없는 사실이었다.

그리 엄밀하지 않은 조사를 하나 해보았다. 내가 만난 학생 60~70명 가운데 적어도 절반에게 이런 질문을 했다. 어른들이 너희에게 하는 행동 가운데 가장 싫은 게 뭐야? 그러자 아이들의 성별, 성격, 형제자매 중 몇째인지, 부모의 사회경제적 배경, 생활환경 등이 모두 다른데도 그런대로 일치하는 대답이 나왔다.

"비교하는 거요. 부모님이 저를 다른 사람이랑 비교하는 게 제일 싫어요."

더 자세히 말해주는 아이도 있었다.

"비교 대상이 형제자매면 더 짜증 나요. 형제자매는 한 지붕 아래서 밤낮으로 얼굴 보며 살아야 되잖아요. 당최 피할 수가 없다니까요."

지샤오디紀小弟*를 만나고 나서야 나는 이런 어려움을 진정으로 이해하게 되었다.

지 부인은 내가 과외를 시작한 지 5년 차에 만난 고용주였다. 지

---

* 샤오디는 남동생이라는 뜻이다.

부인의 첫째는 딸, 둘째는 아들이었는데 나는 먼저 첫째부터 가르쳤다. 그 애는 원체 똘똘한 아이라 원하는 대학에 순조롭게 들어갔다. 내가 임무를 완수하고 물러날 준비를 할 때, 지 부인이 이런 제안을 했다.

"둘째는 학원을 2년이나 다녔는데도 성적이 통 안 오르네요. 거기서 대체 뭘 하다 오는 건지 모르겠어요. 이제 그 녀석도 곧 고입을 치러야 하니까, 학원 대신 선생님이 이어서 가르쳐주시면 어때요?"

옆에서 우리가 나누는 이야기를 듣던 첫째가 얼굴을 살짝 찡그렸다. 그리고 그건 아니라는 듯 입을 삐죽거리며 끼어들었다.

"엥? 걔를 선생님한테 맡긴다고요? 안 돼요, 엄마. 선생님 폭발하시면 어쩌게요?"

나는 좀 의아했다. 첫째는 온화한 아이라 이렇게 신랄한 말을 한 적이 거의 없었다.

그래도 나는 샤오디를 가르치기로 했다. 실용적인 이유에서였다. 누나가 대학에 들어가고 난 빈 시간을 동생이 메워주면 나는 다른 학생을 찾는 번거로움을 덜 수 있었다.

돌이켜보니 그건 너무 단순한 생각이었다.

첫째가 한 말을 귀담아들었어야 했다.

*

네 번째 수업을 마친 날 밤, 기숙사에 막 돌아왔는데 화장실에 갈 겨를도 없이 지 부인에게서 전화가 왔다.

받아보니 성난 목소리가 흘러나왔다.

"선생님, 네 번째 수업인데 왜 아직도 숙제를 그렇게 적게 내주세요?"

"적다고요?"

속으로 헤아려봤지만 숙제 양이 특별히 적은 것 같지는 않았다.

"네, 적어요. 지난번에 둘째한테 숙제는 다 했냐고 물었더니 다 했다는 거예요. 제가 못 믿으니까 그 녀석이 선생님이 숙제를 5쪽밖에 안 내주셨다던데요. 거짓말 아닌가 해서 이번에는 선생님께 숙제 범위를 확인해달라고 전화드린 거거든요? 방금 제가 세어봤는데, 객관식 문제 30개도 안 돼요. 선생님, 일주일에 두 시간 수업하고 30문제만 풀리다니요. 공부량이 너무 부족한 거 아닌가요?"

"그런가요?"

"당연히 너무 적죠!"

지 부인의 목소리가 높아져서 나는 수화기를 얼굴에서 멀찍이 뗐다.

"게다가 선생님, 제가 그 녀석 노트를 검사했는데요. 벌써 수업을 네 번 했는데 필기한 게 달랑 네 쪽이에요…… 첫째 때는 달랐잖아요. 적어도 열 쪽은 했죠. 선생님, 가르치는 방식이 달라졌는데요, 둘째한테는 신경을 덜 쓰시는 건가요?"

"어머님, 잠깐만요……."

나는 말할 틈을 찾으려 안간힘을 썼다.

"맞아요, 둘째는 일부러 좀 느슨하게 가르친 걸 인정합니다. 그 애는 단어도 많이 모르고, 기본적인 문법도 아직 잘 몰라서 그래요. 누나를 가르치던 속도로 똑같이 가르쳤다간 아마 따라오지 못할 거예요."

"선생님 말씀은, 그 녀석이 뒤떨어진다는 뜻인가요?"

그 말에 나는 입술만 달싹거릴 뿐 한마디도 할 수가 없었다. 이런 질문에는 뭐라고 대답해야 할까?

"선생님, 왜 말씀이 없으세요?"

참을성을 잃은 지 부인이 대답을 재촉했다.

지금 내 눈앞에서 강철 와이어가 흔들린다.

나는 거기에 올라섰다.

"어머님, 그런 뜻은 아니에요."

조심조심 나아가는 거다.

"그럼 그게 대체 무슨 뜻이죠?"

와이어가 흔들리기 시작했다.

"제 생각에, 둘은 성격이 달라요. 첫째는 아주 적극적이고 둘째는 좀 느긋한 편이죠. 그렇다고 둘째가 뒤떨어졌다는 건 아니고요…… 그러니까 제 얘기는, 일단 학습 동기를 찾아줘야 한다는 거예요. 첫째는 영어를 참 좋아했지만 둘째는 그렇지 않거든요. 제가 성급하게 강요했다간 오히려 역효과가 날 수 있어요."

대담하게 성큼 발을 내딛자 와이어가 더욱 격하게 흔들렸다.

지 부인이 대뜸 말을 끊었다.

"선생님, 그렇게 생각하시면 안 돼요. 잘못된 생각이에요. 맞춤형 교육이란 그런 게 아니에요. 틀렸어요. 첫째를 가르쳐보셨으니 아시겠죠. 그 애는 적극적이고 자발적인 아이예요. 어른이 걱정할 필요가 없는 애죠. 둘째는 완전 딴판이에요. 애가 아주 황소고집이라니까요. 제자리에 딱 붙어서 나아갈 생각을 안 해요. 선생님이 앞에서 힘껏 끌어주셔야 마지못해 한두 걸음 내딛는 애라고요. 그러니까 선생님, 앞에서 세게 당겨주셔야 해요."

"그럼 어머님, 어떤 방식이 동생한테 제일 좋을 것 같으세요?"

나는 가만히 멈춰 서서 안전한 패를 꺼내 들었다.

"수업할 때마다 시험을 보세요!"

지 부인이 대뜸 말했다. 통화를 시작한 뒤로 가장 흥분한 말투였다.

"매번요?"

"네, 매번요. 그날 수업한 내용으로 시험을 보세요. 제가 연락장을 한 권 준비할 테니, 수업 진행 상황, 배운 단어와 문법, 이번 시험 성적과 다음 시험 범위를 적어주세요. 그리고 수업이 끝날 때마다 저한테 주시면 돼요. 그러면 제가 학습 상황을 점검하고 구멍이 있나 없나 확인할게요."

"연락장이라고요?"

나는 점점 불편해졌다.

"네, 맞아요. 시험이 10개월밖에 안 남았잖아요. 그 안에 둘째 성적을 끌어올려야 해요. 그러니까 힘을 합쳐야죠. 선생님은 수업에 집중하며 책임을 다해주세요. 선생님이 안 계실 때는 제가 둘째를 관리할게요. 연락장을 상세하게 써주실수록 좋아요. 제가 어느 부분을 체크해야 하는지 알 수 있으니까요. 이런 식으로 잘 협력하면 둘째도 꼭 좋은 학교에 합격할 거예요!"

지 부인이 말한 좋은 학교는 첫째가 나온 학교였다. 타이베이의 남녀공학 고등학교 가운데 가장 좋은 학교.

"네, 알겠습니다."

"아, 맞다. 숙제도 첫째보다 더 많이 내주시면 좋겠네요. 첫째는 영어를 워낙 잘해서 다그칠 필요가 없었지만 둘째는 형편없거든요. 첫째의 두 배는 해야 그 수준에 이르지 싶어요."

"네, 그렇게 하겠습니다."

전화를 끊고 나서 나는 꼬박 20분 동안 일어날 수가 없었다. 소변이 방광에 강한 압력을 가하지 않았다면 계속 그러고 있었을 것이다.

핸드폰 화면을 보니 통화 시간이 무려 43분이었다.

경험에 따르면, 앞으로도 지 부인은 계속 전화를 걸어 올 것이다.

부모란 너무나도 외로운 직업이다. 그 외로움이 출구를 찾으면,

그들은 그 길을 계속해서 개척해나간다.

저녁 내내 나는 끊임없이 자문했다.

'설마, 천陳 여사의 방법이 잘못됐단 말이야?'

＊

천 여사는 내가 예전에 가르친 자매의 어머니다. 이번과 똑같은 상황으로, 언니가 대학에 들어가자 이어서 동생의 고등학교 입시 과외를 맡게 됐다.

이들 자매는 사이가 아주 좋았고 방도 같이 썼다. 내가 언니를 가르칠 때 동생은 옆 책상에서 소설을 읽거나 숙제를 했고, 간간이 우리 대화에 끼어들기도 했다.

동생은 책상의 반을 차지한 커다란 노트에 뭔가를 부지런히 쓰고 지우고 고치고 행간의 빈틈을 채우려 애쓰곤 했다. 내가 조금 더 깊이 물어보자 동생은 나에게 판타지 소설을 '연재'하고 있다고 자랑스럽게 말해주었다. 매 교시 수업이 끝날 때마다 친구들이 몰려와 최신 화를 돌려 읽는다는 것이었다.

나도 글쓰기를 좋아하는지라 부쩍 호기심이 생겼다. 언니를 가르치다 쉬는 시간이 되면 나는 줄거리, 캐릭터 비중, 후속 전개 등에 대해 동생과 이야기를 나눴다.

매사에 진지하고 착실한 언니와 비교하면 동생은 매우 기발하고 엉뚱했다. 꽤나 낭만적인 아이라서 그 애와 이야기를 나누면 늘 즐거웠다. 그 애를 보면 과거의 내가, 노트 한 권이면 어디든 갈 수 있었던 내가 떠오르곤 했다. 그래서 천 여사가 언니에 이어 동생을 가르쳐달라고 하자 나는 흔쾌히 수락했다. 이미 친해진 사이니까 수업도 편안하고 즐거우려니 하고!

그런데 웬걸, 첫 수업을 하고 나니 너무너무 낙심해서 두 번째 수업은 하고 싶지도 않았다.

평소에는 그렇게 말이 잘 통하던 사이였는데, 사제 관계가 되니까 우리의 화제는 소설에서 영어로 휙 점프해버렸다. 그러자 동생은 흥미가 팍 꺾였다. 고작 두 시간, 120분 동안에 그 애는 몇 번이고 내 얼굴을 쳐다보았다. 어린아이 같은 눈빛 속에는 숨길 수 없는 시름이 가득했다. 그 애는 수업이 끝나고 내가 떠날 시간만 목 빠져라 기다리고 있었다.

9시를 알리는 종소리가 울리자 그 애 입에서 안도의 한숨이 흘러나왔다.

동생의 숨김없는 반응에 나는 낙담하고 말았다. 나는 어깨를 축 늘어뜨린 채 무거운 마음으로 자매의 방을 나섰다.

"둘째 가르쳐보니 어떠세요?"

나를 엘리베이터까지 바래다주면서 천 여사가 희미한 미소를 띠고 물었다.

"솔직히 말씀드리면…… 너무 힘들어요."

내 대답을 듣자 천 여사는 얼굴에 웃음이 번졌다.

"역시 그렇군요. 둘째 과외를 부탁드릴 때부터 예상했던 일이에요. 이런 반응이 나올 줄 알았어요. 선생님, 어디가 문제인지 아시겠어요?"

"언니에 비하면 동생은 공부에 흥미가 덜한 것 같은데요?"

"둘째 학습 상태를 오늘 처음 정식으로 보신 거죠. 당연히 그런 생각이 드실 거예요. 첫째와 비교하면 둘째는 확실히 학습 의지가 떨어져 보이죠. 그런데 이건 그 애 잘못이 아니에요. 오랜 시간에 걸쳐 외부에서 가해진 압박 때문이라고 해야 할까요. 좀 더 직접적으로 말하면, 제가 가한 압박 때문이에요."

"그럴 리가요. 제가 보기엔 정말 현명한 어머니신데요."

이건 진심에서 우러나온 말이었다. 언니를 가르치는 1년 남짓한 시간 동안 천 여사는 처음부터 끝까지 거의 간섭하지 않았다. 내 마음속에서 천 여사는 교사에게 유연성과 공간을 많이 내주는 귀한 학부모였다.

"하하, 선생님이 예전의 저를 모르셔서 그래요. 첫째는 어릴 적부터 굉장히 뛰어난 아이였어요. 공부만 잘하는 게 아니라 정말 다재다능했죠. 선생님이 준비도 없이 뽑아서 무슨 대회에 내보내도 가뿐하게 좋은 성과를 냈어요. 저는 이게 당연한 줄 알았어요. 둘째가 초등학교에 들어가고 나서야 그렇게 간단한 게 아니란 걸 알게 됐죠!"

"동생이 언니보다 성적이 나빠서요?"

"네, 둘째는 반에서 중간쯤 갔을 거예요. 이건 공부 얘기고, 다른 면에서는 더 심각했어요. 둘째는 초등학교 4학년 때까지 딱 한 번 대회에 나가봤어요. 말하기 대회요……."

천 여사는 어깨를 으쓱하고 이야기를 이어갔다.

"선생님은 둘째가 반에서 '존재감이 거의 없는' 아이라고 하시더 군요. 어떤 그룹에도 속해 있지 않고, 개인적인 의견도 없고, 적극적으로 토론에 참여하지도 않고, 아이들과 친하지도 않다는 거예요. 다들 그 애를 그냥 보통이라고 평가해요. 특별히 좋지도 나쁘지도 않다고요. 친척들도 친구들도 언니는 그렇게 뛰어난데 동생은 어떻게 저렇게 평범하냐고 안타까워하고요."

나는 천 여사의 이야기에 훅 빠져들었다. 지금까지 천 여사는 나에게 이런 얘기를 한 적이 없었다.

"저는 너무 불안했어요. 둘째한테 미안한 마음까지 들었죠. 똑같이 내가 낳은 아이들인데 어쩌면 이렇게 딴판일까? 둘째가 평생 첫째 그늘에서 살게 되면 어쩌지? 너무 걱정돼서 둘째를 가르칠 과외 선생님 두 분을 모셨어요. 그때 제 출발점은 아주 간단했어요. '첫째가 할 수 있다면 둘째도 할 수 있어.' 그런데 과외를 해도 소용이 없더라고요. 더 엉망이 됐죠. 둘째는 거부감이 심해서 수업하기 전에 한참을 울며불며 난리를 쳤어요. 어쩔 때는 선생님이 문 앞에서 신발을 벗고 계신데 거실에 서서 울기도 했고요. 저는 다른 방도가 없었어요. 둘째를 어르고 달래면서 제발 들어가서 수업을 들으라고 하는 수밖에요…… 30분밖에 안 됐는데 둘째가 막 성질을 부리고 선생님을 발로 찬 적도 있어요. 대학 신입생이던 여자 선생님 한 분은 복장이 터져서 우시기도 했고요."

천 여사는 얼굴을 붉히며 두어 번 헛웃음을 지었다.

내성적인 둘째가 발길질을 하는 장면을 생각하자 나도 참을 수가 없어 같이 웃고 말았다.

"그러다 제가 둘째를 죽일 것 같다면서 남편이 가정 문제를 잘 다루는 상담사를 소개받았어요. 나이는 서른이 조금 넘었고 박사 학위를 막 땄다는데, 대단히 직설적이더군요. 처음 만나서 겨우 사오십 분을 얘기했는데, 손을 들어 제 얘기를 끊고는 저한테 한 마디 딱 던지더라고요. '어머님, 따님이 지금처럼 변한 건, 많은 부분이 어머님 때문입니다…….' 그 말에 저는 정말 기가 막혔어요. 너무 화가 나서 상담실을 박차고 나가려 했다니까요. 상담사가 아무것도 모른다고 생각했죠. 결혼도 안 하고 자식도 없는 사람이 무슨 근거로 제 교육 방식을 비판하냐고요."

천 여사는 사랑스러운 사람이었다. 아주 솔직했고, 상황을 애써 미화하려 하지 않았다.

"그런데 남편 생각은 저하고 정반대였어요. 남편은 상담사의 전문성을 매우 신뢰했죠. 원래 제3자 눈이 정확한 법이니 그분 말을 들으라고 하더군요. 반년이 지나서야 제 마음이 조금 달라졌어요. 상담사 말에도 어느 정도 일리가 있다는 생각이 들었죠."

천 여사는 심호흡을 하고는 차분하게 설명했다.

"그러니까 선생님, 천천히 하시면 돼요. 서두르지 마세요. 저희는 급하지 않거든요. 이건 정말 중요해요. 제가 보기엔, 둘째가 선생님한테 영어 배우는 걸 거부하지 않은 것만으로도 아주 큰 발전이에요. 지금까지는 다시는 과외를 안 한다고 했거든요. 두 시간 수업하면서 단어 열 개, 문법 한두 가지만 가르쳐주시면 돼요."

그 말에 나는 퍽 당황했고 약간의 반감마저 들었다. 과외를 받는 건 학교 교육의 부족함을 단기간에 채우려는 목적 아닌가? 그런데 '천천히' 하라고? 더군다나 내가 받는 시급이 적지 않은데 고작 단어 열 개에 문법 한두 가지만 가르치라고? 그건 적당히 하고 한몫 챙기는 건데? 좀 더 나쁘게 말하면 돈을 갈취하는 셈 아닌가?

내 얼굴에 줄줄이 떠오르는 물음표를 본 천 여사는 미소를 지으며 나를 격려했다.

"선생님, 저도 선생님 나름의 교육 방식이 있다는 걸 잘 알아요. 학생 성적을 중요하게 여기신다는 것도요. 하지만 아이의 학습 동기와 창의성은 정말 소중하잖아요. 둘째가 개인 과외를 받았던 게 벌써 6년 전이에요. 저는 그 전철을 밟고 싶지 않아요. 공부에 흥미를 느끼고 공부를 거부하지만 않아도 저는 충분히 기뻐요."

엘리베이터 문이 닫히고 한 층 한 층 내려오면서 뒤늦게 드는 생각이 있었다. 천 여사와 알게 된 지도 1년이 넘었지만 그동안 우리는 서로 예의를 차리는 사이였다. 대화는 일상적인 인사말에 머물렀으며 가장 감정을 담은 말이 "안녕히 가세요"였다. 그런데 내 임무가 둘째의 과외 선생님으로 바뀌자, 천 여사는 오히려 도저히 멈출 수가 없다는 듯 거의 한 시간 동안 이야기를 쏟아냈다.

천 여사의 지지 아래 이루어진 두 번째 수업은 나로서는 매우 신선한 시도였다. 나는 둘째와 지금 쓰고 있는 소설 얘기를 나누는 데 10분을 할애했고, 10분을 더 할애해 전개 방향에 대한 의견을 내놓았다. 그러면서 내 어린 고객의 기분을 맞춰주려 하지 않고 몇몇 부분의 모순을 솔직하게 지적했다. 아이들은 우리가 생각하는 것보다 훨씬 더 예민하다. 우리가 내보이는 태도가 진심인지 아닌지 쉽게 감지한다.

방에 들어오고 21분이 지나서야 영어 수업을 시작했다. 한 단락을 하고는 잠깐 멈춰 다시 한번 소설 얘기를 나눴다. 내가 좋아하는 작가 몇 명을 알려주며 그들의 스타일을 소개하는 것도 잊지 않았다. 가끔은 작품 줄거리도 얘기해주었고, 가장 흥미진진하고 긴장감 넘치는 장면, 사건의 진상이 밝혀지려는 순간에서 단호하게 말을 끊고 방금 가르쳐준 영어 단어와 문법을 복습했다.

그러다 보니 둘째의 눈길이 나에게 머무는 시간이 5분에서 10분으로, 30분 또는 그 이상으로 알게 모르게 늘어났다. 한번은 이런 일도 있었다.

"이 문제만 다 풀면 수업 끝나. 시간 다 됐어."

내 말에 둘째는 의아해하며 고개를 들어 벽에 걸린 시계를 쳐다보았다.

"에에, 시간이 왜 이리 빨리 가지!"

그 말을 듣는 순간 나는 가슴이 뜨거워졌다. 둘째를 보면서 만감이 교차했다.

자기가 무심코 던진 말 한 마디가 나에게 얼마나 큰 격려가 됐는지 그 애는 알지 못할 것이다.

둘째를 가르친 시간은 길지 않았다. 고작 7~8개월을 가르치고 중요한 시험을 치르게 됐다. 둘째가 '중간보다 조금 높은' 점수를 받아 오자 나는 좀 죄책감이 들었다. 그것보다는 더 잘할 수 있었다고 생각했기 때문이다.

도리어 천 여사가 나를 위로했다.

"결과만 보지 마세요. 둘째 영어 성적이 하위권에서 중위권으로 올라섰잖아요."

천 여사의 귀띔에 나는 정신이 번쩍 들었다. 그렇다, 상승폭에서라면 둘째는 정말 눈부신 활약을 보이고 있었다.

그때 첫째가 생각났다, 아주 또렷하고 확실하게. 똑같은 육상 트랙에서 언니가 달리는 속도는 단연코 눈에 띄었다. 하지만 결승점에 이른 동생의 자세는 너무나도 우아해서, 그 모습을 본 사람들은 저도 모르게 벌떡 일어나 갈채를 보냈다. 이들 자매는 저마다의 방식으로 나의 사랑과 존경을 얻어냈다. 이들과 함께하는 매 순간, 나는 교육의 본질과 존재 이유를 탐구하게 됐다. 교육이란 모든 아이가 높은 점수를 받게끔 만드는 것이 아니다. 아이마다 타고난 재능을 한계까지 발휘하게끔 돕고, 아이가 거둔 최종 성과를 존중하는 것이다.

그런데 지 부인의 요구를 듣자 불안해졌다. 그녀의 태도는 천 여사와는 정반대였다. 지 부인의 생각대로 따라가면 어떤 성과를 거두게 될까, 확신이 서지 않았다.

그러나 나는 그녀의 지시를 따를 것이고, 따라야만 했다.

15년 가까이 전문 과외교사로 일해온 선배가 이런 경고를 한 바 있다.

"과외로 교육의 가치를 실현하겠다는 환상은 버려. 현실을 똑똑히 봐! 과외교사라는 직업에서 고용주가 누구지? 학생이라고 생각하니? 아니, 학부모야. 네가 서비스하는 대상은 학생이지만, 그게 뭐? 학생이 너한테 보수를 주니? 절대 아니야. 그렇다면 서비스 내용을 결정할 권한이 있는 사람은 언제나 학부모야. 학부모를 만족시켜야 돼. 학부모가 영원한 1순위야. 부모와 아이의 생각이 충돌한다면 부모 생각을 우선해야 해. 그러면서 네가 신경 써야 할 문제는 학생에게 오는 충격과 피해를 줄이는 거야. 학부모 생각에 도전하지 마. 학부모는 언제든지 널 자를 수 있고, 고분고분한 과외교사를 새로 구할 수 있어. 그렇게 되면 아이의 상황은 더 악화될 거야."

다음 수업 때 나는 샤오디에게 오늘부터는 매 수업마다 쪽지시험을 볼 거라고 알려주었다.

"엄마가 시킨 거죠?"

그 애의 잽싼 반응에 나는 부인하지 않고 고개만 끄덕였다.

샤오디가 자기 이마를 툭툭 치며 말했다.

"또 시작이네."

내가 아무 말도 하지 않자 그 애는 불평을 늘어놓았다.

"젠장, 누나가 시험을 좋아한다고 나도 그럴 줄 아나."

내가 인상을 쓰자 샤오디는 살짝 긴장하며 뭔가 해명하려는 듯 입술을 달싹거렸다.

"취미가 뭐니?"

나는 그 애를 혼낼 마음은 없었다. 오히려 공부 이외의 생활에 흥미가 일었다.

"농구요."

"잘해?"

"당연하죠! 옆 반 애들이랑 3대3 농구 할 때 제가 빠지면 절대 안 돼요. 자화자찬이 아니고요, 정말 잘한다니까요. 하루 종일 농구하다 집에 와도 못 참고 또 공 없이 드리블 연습을 해요. 감각을 잃으면 안 되니까요. 그런데 엄마랑 누나는 제가 미쳤대요. 그렇게 공부

밖에 모르는 여자들은 운동의 가치를 몰라요!"

농구 얘기가 나오자 샤오디는 카멜레온처럼 변했다. 우울하고 불평불만이 가득하던 가엾은 벌레는 한순간에 흔적도 없이 사라졌다.

그 애의 두 눈이 반짝이고, 입에서 나오는 말에 맞춰 손목이 격하게 흔들렸다.

"내일 아침 여섯 시 반에 13반하고 시합하기로 했어요. 엄청 기대돼요. 13반 최강자도 온다고 했거든요."

"그렇게 일찍?"

"여름방학이잖아요. 여덟 시 넘어가면 너무 더워요."

"일어날 수 있어?"

"그럼요, 시합 생각만 하면 알람 소리를 듣자마자 벌떡 일어나게 돼요. 늦잠이란 없어요!"

나는 고개를 끄덕였다. 누나는 머리부터 발끝까지 뽀얀데 남동생은 숯덩이처럼 시커먼 이유가 이거였다.

"농구는 취미로 하는 거야? 아니면 그쪽 진로를 생각하고 있니?"

내 말에 샤오디의 얼굴에서 뿜어져 나오던 광채가 단번에 사라져버렸다.

샤오디는 얼굴을 돌리더니 왼손으로 턱을 괴며 힘없이 말했다.

"엄마한테 체육대학 가고 싶다는 말은 했어요. 근데 엄마는 체대 나와서 교사가 못 되면 길바닥에서 굶어 죽기 십상이라고, 열심히 공부해서 꼭 법대에 가야 된대요. 우리 삼촌이 법률사무소를 하시는데, 결혼도 안 했고 자식도 없거든요. 제가 법대에 들어가서 변호사가 되면 삼촌이 그 사무소는 꼭 저한테 물려준다고 하셨대요."

"누나는? 왜 누나한테 안 주고?"

"누나는 나중에 결혼하면 남이 되니까 저한테 물려줘야 한대요."

지 부인이 두 남매의 성적을 '동등하게' 맞추려고 기를 쓰는 이유를 나는 비로소 이해했다. 그 이면에는 더욱 오래된 힘이, 문화이고 구조이며 흔들기 어려운 고정관념이 있었다.

더 이상 잡담할 시간이 없었다. 나는 시험지를 꺼내 들었다.

"이제 시험 보자."

샤오디가 못마땅한 비명을 질렀다.

나도 때로는 내가 이런 어른 배역을 맡아야 한다는 게 진저리가 났다.

*

샤오디는 아주 똘똘한 아이였다. 금세 상황을 파악한 그 애는 적극적으로 저항하기보다는 침묵하며 소극적인 비협조 전략을 펼쳤다. 필기를 하긴 했지만 생각이나 정리를 거치지 않고 그저 베껴 쓰기만 했다. 시험을 보긴 봤지만 시험 30분 전에나 준비를 했고, 만족스럽지 않은 성적이 나오면 괴로운 얼굴로 "공부했어요" 하면서 한껏 억울함을 호소했다. 수업 자료에도 건성으로 밑줄을 긋고 아무렇게나 메모를 달았다. 매사에 대충대충이었다.

우리 사이의 상호작용이란 곧 상호작용을 하지 않는 것이었다. 일방적인 출력과 일방적인 건성. 이런 수업에서 좋은 성과가 날 턱이 없다. 우리는 시간을 낭비하고 있었다. 그 애의 시간도, 내 시간도.

아들의 성적이 조금도 오르지 않자 지 부인은 초조해졌다. 나에게 전화하는 횟수가 점점 잦아졌고, 통화도 길어지고 훈계도 점점 엄격해져 내 교수법의 문제점을 끊임없이 지적했다. 끝내는 나도 지긋지긋해졌다. 더 이상 논쟁하기도 귀찮아 그냥 모든 걸 그녀의 뜻대로 맞춰줬다. 더 나아가 나까지도 지 부인과 함께 샤오디를 압박했고, 그러니 샤오디도 나를 점점 거부하게 됐다. 나를 보는 눈길이 갈수록 곱지 않아졌으며 심지어 나를 엄마의 꼭두각시이자 사악한 대리인으로까지 여기게 됐다. 나는 샤오디의 그런 생각을 바꿀 길이 없었다. 나 자신도 그런 환각을 느끼기 시작했기 때문이다. 때때로 마음을 가라앉히고 냉정하게 생각할 때면 이런 목소리가 들려왔다. 너도 점점 지 부인을 닮아가는구나.

이런 생각을 하면 구역질이 치밀었다.

그만두고 싶었다. 하지만 그랬다간 지 부인이 날카롭게 항의할 게 뻔했다. 시험이 다가오는데 멋대로 그만두는 것, 이는 과외라는 업종의 금기였다.

누군가가 이 공포스러운 균형을 깨뜨려주기를, 이 삼각관계의 구조를 완전히 깨부숴주기를 기도할 뿐이었다.

뜻밖에도 그걸 해낸 사람은 샤오디였다.

*

사건이 벌어지기 며칠 전, 지 부인이 전화를 걸어 수업 시간대를
바꾸면 어떻겠냐고 상의했다.

간단히 말하면 지 부인은 오후 3시부터 5시까지였던 시간을 오전
10시부터 12시까지로 옮기려 했는데, 이유는 이러했다.

"이렇게 안 하면 둘째는 매일 아침 여섯 시에 나가서 농구하고 놀
다가 오후 두 시가 넘어야 집에 와요. 그러고는 선생님 오실 때까
지 낮잠을 자고요. 이런 식으로 하루 24시간 가운데 태반을 낭비한
다니까요!"

나는 매우 난감했다. 샤오디에게 그 시간은 일주일 중 가장 행복
한 순간이었다. 그런데 지 부인은 기어이 그 즐거운 시간을 빼앗아
과외를 해야겠다고 고집하고 있었다.

수업하러 가는데 버스 안에서 눈꺼풀이 쉴 새 없이 떨렸다. 좋지
않은 징조였다. 버스에서 내려 느릿느릿 걸어가는데 심장이 점점 세
차게 쿵쾅거리고 귀까지 아프기 시작했다. 샤오디의 집에 도착하자
지 부인은 제시간에 나타난 나를 보며 만족스러운 미소를 지었고,
이어 샤오디의 방문을 가리키며 말했다.

"쟤가 오늘 기분이 좀 안 좋아서 아침도 안 먹었어요."

나는 조마조마한 마음으로 방문 손잡이를 돌렸다. 샤오디는 자리에 앉아 있었다. 평온해 보이기에 지 부인 말을 따르기로 한 줄 알았다. 아니, 그건 크나큰 착각이었다. 내가 자리에 앉았지만 샤오디는 나를 투명인간 취급했다. 바게트빵처럼 책상에 꼼짝 않고 엎드린 채 내가 아무리 불러도 눈길조차 주지 않았다. 시간만 똑딱똑딱 흘러갔고, 나는 어쩔 수 없이 지 부인에게 갔다. 부엌에서 저녁 준비를 하던 지 부인은 내 설명을 듣자 앞치마에 대충 손을 닦고는 노기등등한 얼굴로 샤오디의 방으로 향했다. 발을 뗄 때마다 지 부인의 슬리퍼가 귀에 거슬리는 소음을 냈다.

　"왜 수업을 안 들어?"

　샤오디는 여전히 책상에 엎드린 채 아무런 반응도 하지 않았다.

　지 부인이 성큼성큼 다가가더니 아들의 귀를 있는 힘껏 꼬집었다.

　"일어나."

　용수철처럼 벌떡 일어난 샤오디는 빨개진 귀를 문지르며 지 부인를 바라보았다. 더 솔직히 말하면 자기 엄마를 '노려보며' 노골적인 한을 드러냈다. 그런 단어를 쓰고 싶진 않지만 그건 분명 한이었다. 말로는 도저히 완화하거나 포장할 수 없는 매우 구체적인 한.

　"농구할 거예요."

　샤오디가 단호하게 요구사항을 말했다.

　"말 같지도 않은 소리. 시험 준비 해야지. 기측이 얼마 안 남았잖아."

지 부인은 일고의 가치도 없다는 듯 딱 잘라 말했다.

그들 모자가 그렇게 대치할 때, 외부인인 나는 구석에 우두커니 서서 그들이 벌이는 희극을 지켜보고 있었다.

샤오디는 의자를 움켜쥐고 있었다. 손가락이 하얘진 걸 보니 있는 힘껏 쥐고 있는 게 틀림없었다.

의자가 안쓰러웠다. 그 의자도 샤오디처럼 엄청난 압박을 받고 있었다.

지 부인은 아들의 이상한 분위기를 알아채지 못하고 명령조로 날카롭게 말했다.

"여름방학에 다른 애들이 긴장 풀고 게으름 피울 때 열심히 달려야지. 그래야 개학하고 모의고사에서 앞서 나갈 수 있어. 다 널 위한 거잖아?"

"왜 내가 꼭 앞서야 되는데요? 나도 걔들처럼 느긋하게 게으름 부리면 안 돼요?"

"네가 그 모양이니까⋯⋯."

지 부인이 드라마틱하게 말을 늘였다.

"누나를 못 따라가지! 누나가 입시 준비할 때는 여름방학 첫날부터 공부 계획을 다 짜놨어. 그리고 휴관일 빼고는 매일매일 일곱 시 반에 일어나서 친구들하고 도서관에 가서 줄 서서 자리 잡고, 밤 아홉 시 반에 문 닫을 때까지 공부하다 집에 왔다고."

지 부인은 못마땅한 기색으로 콧방귀를 뀌었다.

"근데 넌 뭐야? 하루 종일 찌질한 애들이랑 빈둥거리기나 하고."

그 말에 샤오디는 흥분해서 얼굴이 벌게졌다. 샤오디가 의자를 홱 밀면서 말했다.

"내 친구들을 그런 식으로 말하지 마요."

"내가 틀린 말 했니? 누나 친구들은 다 반에서 상위권이야. 하나 같이 열심히 공부하는 좋은 애들이라고. 엄마도 오래 참았는데, 네가 집에 데려오는 친구들은 왜 그리 하나같이 불량스러워 보이니? 이름도 까먹었는데, 그 장江 뭐라는 애는 중학생이 머리를 염색하고, 그 리李 뭐라는 애는 어떻게 귀걸이까지 하고 다녀? 걔 어머니는 신경도 안 쓰신다니? 너는 왜 누나처럼 성실한 친구들을 안 사귀는데?"

샤오디는 반응하지 않았다.

그대로 서서 두 손을 축 늘어뜨리기에, 나는 샤오디가 반항을 포기한 줄 알았다.

그때 샤오디가 뭐라 중얼중얼거리기 시작했다.

"나도 정말…… 참을 만큼 참았다고……."

"너 지금 뭐라고 궁시렁거려?"

그 순간 샤오디가 고래고래 소리를 질렀다.

"참을 만큼 참았다고요! 입만 열면 누나누나누나, 누나가 그렇게 좋으면 나는 왜 낳았어요? 누나만 낳지. 진짜 끔찍해, 왜 내가 엄마 자식이고 지루신紀茹芯 동생이냐고."

지 부인은 그대로 얼어붙은 채 휘둥그레진 눈으로 아들을 바라보았다.

이제 상황을 장악한 것은 샤오디였다.

"내 말이 틀려요? 내가 낳아달라고 부탁했어요? 씨발, 나 진짜 엄마 때문에 돌아버리겠다고요. 친구들한테 내가 뭐랬는지 알아요? 우리 엄마 미쳤다고 했어요. 과외만 시키면 날 제2의 지루신으로 만들 수 있는 줄 안다고. 엄마도 끔찍하고 지루신도 끔찍해요. 자기들은 잘났고 난 머저리인 줄 알지. 그래, 난 영원히 지루신만큼 똑똑해질 수 없거든요. 엄마, 정신 차려요. 엄만 뇌는 단순하고 몸만 발달한 아들을 낳았다고요!"

샤오디는 나를 쓱 보고는 다시 지 부인에게 시선을 돌렸다. 그러다 느닷없이 웃음을 터뜨렸다.

"그렇게 공부가 좋으면, 엄마가 직접 우 선생님한테 과외 받으면 되겠네. 미친 짓은 엄마 혼자 하라고요. 나는 두 분이랑 같이 미친 짓거리 하기 싫으니까!"

그리고 그 애는 총알처럼 튀어나갔다. 지 부인을 스쳐 지날 때 샤오디는 주저 없이 팔을 뻗어 자기 어머니를 밀쳐냈다, 조금도 멈칫거리지 않고 온 힘을 다해. 지 부인은 책상 옆에 있는 참고서를 쌓아둔 작은 걸상으로 넘어졌고 참고서는 바닥에 널브러졌다.

지 부인의 얼굴에서 핏기가 싹 가셨다. 귀신이라도 본 것처럼 하얗게 질린 얼굴이었다.

달그락거리는 열쇠 소리.

대문이 쾅 닫히는 소리.

그 뒤로는 아무 소리도 들리지 않았다.

한순간에 집이 조용해져서 좀 무서울 정도였다.

지 부인은 나를 등지고 있었다. 뒤에서 보니까 그녀의 작고 여윈 실루엣이 더더욱 작아 보였다.

"선생님, 죄송하지만 오늘은 이만 가주세요……."

지 부인은 나를 보지 않고 그대로 등을 보인 채 이렇게 말했다.

그리고 몇 초 뒤 한 마디 덧붙였다.

"급여 걱정은 마시고요. 그대로 드릴 테니까."

나는 한참을 갈등하고 있었다. 지 부인를 위로하고 싶었지만, 내 입장은 여전히 모순되어 있었다.

눈앞에서 벌어진 이 상황을 그동안 줄곧 상상해왔다. 실제로 벌어진다면 무지 통쾌할 줄 알았다. 그런데 지 부인의 뒷모습을 바라보노라니 오랫동안 품고 있던 원망과 몰이해가 연기처럼 흩어져버렸다.

＊

나는 적당한 핑곗거리를 대며 지 부인에게 그만두겠다는 뜻을 전했다.

정에 약한 나인지라 전화로 말했다. 전화기 너머에서 지 부인은 몇 초간 말이 없었다. 생각에 잠긴 듯한 무의미한 단음 몇 마디가 들리더니, 조금 뒤에 말소리가 들려왔다.

"알겠습니다. 그동안 둘째 데리고 애써주셔서 감사합니다. 시험 때까지 마무리를 못 하신다니 유감이네요."

지 부인의 목소리는 매우 차분했다. 인정도, 감정도 느껴지지 않았다.

나는 좀 서글펐다. 첫째를 가르칠 때 지 부인의 태도는 이보다 훨씬 따뜻했다.

순간 나는 어떤 충동에 사로잡혔다. 아차 싶었지만 이미 말이 나와버린 뒤였다.

"어머님, 제가 보기에는요, 동생과 누나는 서로 재능이 달라요. 그런데 누나의 기준을 계속 동생에게 요구하면 동생은……."

나는 신중하게 말을 골랐다.

"너무 부담스러워하지 않을까요?"

"그러니까 선생님 말씀은, 제가 둘째를 교육하는 방식이 잘못됐다는 뜻인가요?"

"그런 뜻이 아니고요."

나는 속으로 쓸데없는 말을 한 나를 호되게 질책했지만, 이미 발을 내딛은 길이니 계속 걸어갈 수밖에 없었다.

"그냥 많이 안타까워서요. 둘째도 아주 우수한 아이잖아요. 그 애는 체육에 소질이 있어요. 다른 아이들도 다 그 애 농구 실력을 인정하고요. 이런 상황인데 굳이 '학업 성적'이라는 틀로 그 애를 속박할 필요가 있을까요?"

지 부인은 한참 동안 말이 없었다.

나는 지 부인을 설득하는 데 성공한 줄 알았다.

이윽고 지 부인이 다시 입을 열었다. 말투가 어찌나 차가운지, 욕을 한 바가지 퍼붓고 싶은 충동을 꾹 참고 있는 듯했다.

"선생님, 이 아이는 제 아이지 선생님 아이가 아니에요. 지페이펑紀培豊 엄마는 바로 저예요. 그 애 앞날이 순탄하든 험난하든, 그 모든 걸 감당하는 사람은 저라고요. 아이도 없는 분이 그런 걸 어찌 알겠어요. 아이가 태어나면 부모는 아이의 모든 것을 책임져야 하고, 책임의 정도는 끝이 없어요. 선생님은 상상도 못 하시겠죠……."

지 부인은 잠시 숨을 고르고 다시 말을 이었다. 이번에는 목소리의 온도가 퍽 높아져 있었다.

"부모로서 우리는 날마다 가슴 졸이며 살아요. 어제는 아이의 무례한 행동을 사과했지만, 오늘은 아이가 해낸 일로 칭찬을 들을 수도 있어요. 부모의 성패는 항상 아이와 함께 묶여 있다고요. 만약 둘째를 자기 흥미대로 가게 놔둬서 체육대학에 보냈다 쳐요. 그런데 나중에 제대로 된 직업을 못 구하면, 그때 진정으로 책임져야 할 사람은 누구죠? 그 사람이 선생님일까요? 그건 아니죠?"

나는 할 말이 없었다. 구덩이를 파고 나 자신을 파묻어버리고 싶은 심정이었다. 지 부인 말이 맞다. 나는 외부인이다.

지 부인은 내친김에 나를 더 몰아세울 수도 있었지만 그러지 않았다. 지부인의 말투가 갑자기 나에게 묻는 건지 스스로에게 묻는 건지 알쏭달쏭한, 억울함을 하소연하는 투로 바뀌었다.

"저는 둘째가 길을 잃고 헤매기 전에 올바른 방향으로 이끈 것뿐이에요. 그게 뭐 잘못인가요? 선생님, 선생님은 제가 틀렸다고 생각하시죠. 그런데 그건 선생님 학벌이 엄청 좋아서 그래요. 그러니까 저도 기꺼이 후한 보수를 드리는 거고요. 저는 우리 애도 선생님처럼 좀 수월하게, 고생 안 하면서 돈을 벌면 좋겠어요. 뙤약볕이 아니라 에어컨 아래서 편하게 일하면 좋겠다고요. 이게 잘못된 생각인가요?"

나는 침을 꿀꺽 삼켰다. 정말 완전무결한 연설이었다.

시간을 거꾸로 되돌릴 수 있다면, 혹은 숨 막히던 그 순간 누군가 나에게 공기를 좀 불어넣어주었다면, 나도 정신을 차리고 생각을 해봤을지도 모른다. 이런 대화를 하려고 지 부인이 혼자 리허설을 얼마나 했을까? 자신의 교육법을 놓고 그녀 역시 갈등한 적이 있을까? 지 부인과 내가 이 거북한 대화를 어떻게 마무리했는지는 기억도 잘 안 난다. 작별 인사는 나눴던가? 지 부인이 무슨 얘기를 더 했던가? 싹 잊어버렸다. 그저 전화를 끊고 나니 손이 저리고, 한동안 내 성대의 존재조차 느끼지 못했던 것만 기억난다.

조급하게 잘난 척을 해댔다는 부끄러움이 파도처럼 밀려들며 내

몸을 씻어내고 있었다.

어찌 그리 오만했을까, 어떻게 지 부인이 아들을 사랑하지 않는다는 생각을 했을까?

*

샤오디가 농구를 하다가 허리를 다치자 지 부인은 후유증이 남을까 봐 재빨리 침대 매트리스를 바꿔주었다. 거의 10만 위안짜리였다. 하지만 지 부인 본인은 늘 수수한 얼굴에 입고 있는 옷도 몇 벌밖에 못 봤다. 자기 자신을 위해 돈을 쓸 생각은 전혀 없어 보였고, 아이들이 원하는 것을 해주고자 온종일 아이들 주위를 맴돌고 있었다.

지 부인이 전화기를 붙들고 새로운 공부 방식, 새로운 시간 계획, 새로운 진도 조정을 상의할 때마다 나는 그녀가 내 시간을 얼마나 빼앗는지에만 신경 썼을 뿐이다. 그녀도 무한한 인내심으로 오랫동안 관찰하고 머릿속으로 몇 번을 그려보면서 아들에게 가장 적합한 공부법을 궁리했을 거라는 생각은 조금도 하지 않았다.

샤오디가 농구공을 안고 그림자도 없이 사라질 때마다 지 부인은 집에 앉아서 하염없이 아들을 기다린다. 시곗바늘은 무자비하게 돌아간다. 그녀도 농구할 때 아들이 가장 행복하다는 걸 안다. 다만 그런 행복이 언제까지 이어질지는 확신할 수 없다……. 그녀도 공부가 아들에게 지독한 고통이라는 걸 안다. 하지만 그건 아마도 타이완에서 살아가는 가장 수월한 방법일 테다.

샤오디네 집 TV장에는 4년 전 도쿄 디즈니랜드에서 찍은 가족사진이 놓여 있다. 딸과 아들이 양옆에서 지 부인을 끌어안고 있다. 모두 활짝 웃는 얼굴이다. 그때 그들은 서로를 사랑했다. 그건 누구도 의심할 수 없는 사실이었다.

옷장 속의 소극장

너무 잘생겼다는 것 말고도,
가보옥은 선생님이라면 예뻐할 수밖에 없는
모범 학생의 표본이었다.

말하자니 좀 우스운데, 가보옥賈寶玉*과 나는 사제 관계가 끝나고 나서야 진짜로 좋은 사이가 되었다.

기측을 6개월 앞두고, 구인구직 사이트에서 내 이력을 본 가보옥의 어머니가 나에게 직접 전화를 걸어 왔다. 수화기 너머에서 들려오는 말투가 무척 부드러웠다.

"우리 아들은 똑똑하고 성적도 좋아요. 선생님들도 모두 적극적이고 자발적인 아이라고 칭찬하시고요. 사실 엄마로서 저는 과외를 따로 할 필요가 있겠나 싶은데, 아이가 과외 선생님 좀 찾아달라고 독촉을 하네요. 반 친구들이 하나둘씩 학원에 가는 걸 보니까 좀 불안해졌나 봐요."

목소리에서 은근한 자랑이 배어났다.

"선생님, 저희 애는 정말 똑똑해요. 어릴 때부터 지금까지 걱정 끼친 적이 한 번도 없어요. 선생님도 힘들지 않으실 거예요. 그냥 평소대로 가르쳐주시면 돼요."

---

* 고전소설 『홍루몽』에 나오는 미남 주인공.

나는 얼른 하겠다고 했다. 똑똑한 아이를 가르치기 싫어하는 사람은 거의 없다. 이유는 간단하다. 똑똑한 아이는 한 번 말하면 바로 알아들어서 힘이 별로 안 든다. 가보옥은 아주 똑똑한 아이라니 일주일에 한 번, 두 시간을 가르치면 충분할 터였다.

그 애를 처음 보고 나는 속으로 찬탄을 금치 못했다. 그 애만큼 잘생긴 남자는 평생 보기 힘들 것 같았다. 맑은 눈과 새하얀 이, 달걀 같은 얼굴, 앵두 같은 입술…… 가장 부러운 것은 길게 치켜올라간 속눈썹이었다. 눈을 깜빡이는 그 애를 45도 각도에서 바라보면 인형 같은 모습에 가슴이 두근거렸다. 여자들이 그야말로 껌뻑 죽을 수밖에 없는 얼굴이었다. 부모님의 외모는 그냥 평범한데, 가보옥은 하늘이 특별한 은혜를 내렸는지 부모님의 가장 빼어난 부분을 물려받아 너무나 아름다운 얼굴이 되었다. 수업을 하다가도 가끔 나도 모르게 이렇게 묻곤 했다.

"잘생겼다는 말 많이 듣지?"

가보옥은 얼굴을 찌푸리며 좀 어색하게 대답했다.

"우리 반 남자애들은 모두 저를 가보옥이라고 불러요. 피부가 너무 하얗고 입술은 너무 빨갛고, 항상 여자애들한테 둘러싸여 있다고요."

"여자애들이 널 둘러싸고 뭘 하는데? 너도 여자애라고 여기고 친하게 지내는 거야?"

"아뇨, 다들 절 좋아해서 한 명을 여자친구로 선택하라는 거예요."

"그런데 왜 선택을 안 했어?"

한순간 가보옥의 얼굴에 먹구름이 스쳐 지나갔다.

"다들 너무 못생긴 걸 어떡해요."

나는 쓰라린 마음으로 고개를 끄덕였다. 확실히 가보옥의 옆에 서면 수많은 여학생이 자기 모습을 초라하고 부끄럽게 느낄 테니까.

너무 잘생겼다는 것 말고도, 가보옥은 선생님이라면 예뻐할 수밖에 없는 모범 학생의 표본이었다. 내가 설명을 마치자마자 그 애는 스승의 입에서 나온 모든 말이 중요하다는 듯 고개를 숙이고 맹렬히 필기했고, 그러면서 스승의 허영심을 온전히 충족시켜주었다. 질문을 해야 할 때는 입을 열었고 질문을 하지 말아야 할 때는 입을 다물었다. 공부 얘기 말고 다른 얘기는 거의 하지 않았다. 가보옥은 과묵한 아이였고, 우리의 수업은 '핵심 보충'과 '필수 문법'으로 꽉 차 있었다.

가끔, 아주 가끔씩, 만두피가 찢어져 소가 살짝 드러나듯 가보옥은 자기 일상을 소소하게 말해주었다. 큰 틀은 늘 비슷했다. 반 아이들이 오늘은 또 어떻게 자신을 괴롭히고 따돌렸는지, 그런 얘기였다.

"걔네들이 뭐랬는데?"

"계집애 같고, 게이 같고, 종일 여자애들이랑 붙어 있대요."

"반박 안 해?"

"어떻게 반박해야 돼요? 남자답게 행동하라고요? 저도 해보긴 했는데, 그게 안 돼요. 못 하겠어요."

가보옥은 남 이야기 하듯 차분하고 여유롭게 이런 얘기를 털어놓았다.

하지만 분명 괴로울 것이다. 너무 괴로워서 자기 일이 아니라 남의 일인 양 위장할 수밖에 없을 것이다.

*

가보옥은 자연스레 명문고에 합격했고, 나는 기차역 근처의 식당에서 그 애에게 밥을 사주었다.

음식이 모두 나왔지만 가보옥은 젓가락을 들지 않았다. 내가 얼른 먹으라고 하자 그 애는 고개를 쳐들고 이렇게 말했다.

"제가 엄청 오랫동안 고민하던 문제가 있거든요. 그런데 이것부터 대답해주세요. 제 고민을 듣고 절 싫어하시면 안 돼요."

나는 별 생각 없이 고개를 끄덕였다.

"뭐야, 그냥 말해도 돼!"

가보옥은 뭔가 곰곰이 생각하는 표정으로 내 얼굴을 물끄러미 바라보았다. 그러다 한참이 지나서야 입을 뗐다.

"제가 남자를 좋아하는 것 같아요."

나는 안도의 한숨을 내쉬었다.

"그게 뭐?"

가보옥을 가르칠 때 나는 스물한 살이었다. 대학에서 이미 동성애자 친구들을 많이 사귀었다.

별일 아니라는 내 태도에 가보옥은 뛸 듯이 기쁜 표정이었다. 하지만 애써 태연한 척 이야기를 이어갔다.

"솔직히 말하면요, 남자 화장실에 들어갈 때마다 다른 친구들이 소변보는 모습을 보면 기분이 야릇해요. 야한 소설 속 내용이 저한테 일어나는 상상을 막 하게 돼요. 어떤 남자가 저한테 달려들어…… '그 짓'을 하는 거예요. 가끔씩 옆반 친구 하나랑 눈이 마주칠 때가 있는데, 그때마다 속으로 그 애가 절 안아주면 좋겠다는 기대를 하게 돼요. 제가 이러는 게 정상일까요?"

나는 젓가락을 내려놓았다.

가보옥의 문제는 두 가지 중요한 문제를 건드렸다. 동성애보다 더 까다로운 문제였다. 어른들은 아이도 '감정'을 알고 심지어 성적 욕망을 품고 있다는 사실을 믿기 힘들어한다. 가보옥은 열다섯 살로 충분히 그럴 나이였다. 내가 말했다.

"완전 정상이야. 성은 더러운 게 아니고, 성욕을 갖는 것도 자연스러운 현상이야."

가보옥은 마음속에 있던 커다란 돌을 내려놓은 것처럼 고개를 끄덕였다. 우리는 젓가락을 들고 밥을 먹기 시작했다. 가보옥은 예전의 여유를 되찾은 기색이었고, 그 뒤에 나온 이야기는 대부분 고등학교 생활의 청사진이었다.

*

가보옥은 고등학교에 간 뒤로는 연락이 없었다. 그날을 골라 그런 문제를 얘기한 건, 그게 우리의 마지막 만남이란 걸 분명히 알았기 때문일까? 나도 모르게 이런 생각이 들면서 좀 쓸쓸해졌다. 하지만 이 또한 과외교사의 일상이었다. 매년 9월, 학생들이 새로운 인생 단계에 들어설 때마다 우리는 그들의 삶에서 우아하게 퇴장하는 방법을 배워야 한다.

그런데 몇 달 뒤에 가보옥이 나에게 메시지를 보냈다.

'선생님, 저 여자친구 사귀었어요.'

'그 애를 좋아해?'

'아니요, 사귈수록 점점 불편해져요. 여자친구가 저한테 손 내밀면서 잡아주길 바라거나, 얼굴을 자꾸 들이대면서 키스해주길 바랄 때마다 거부감이 생겨요. 토할 것 같아요.'

'그럼 왜 사귀는데?'

나는 좀 화가 났다.

'이따가 전화로 말씀드릴게요. 언제 통화 괜찮으세요?'

'오늘 9시까지 수업이니까, 9시 30분에 전화해.'

'네.'

밤에 가보옥에게 전화가 왔다. 1분도 어긋나지 않은 9시 정각인

걸 보니 그 애는 아마 핸드폰을 손에 쥐고 시계를 들여다보며 그 시간을 애타게 기다렸을 것이다.

"엄마가 제 방에서 잡지를 찾아냈어요. 거기에 좀…… 에이, 그냥 솔직히 말할게요. 벌거벗은 남자들이 껴안은 사진이 있었어요. 엄마는 평소에도 제 방을 뒤지는데 그날은 침대 밑까지 샅샅이 뒤졌나 봐요. 그걸 보고 엄마는 그대로 무너졌어요. 제가 너무 징그럽다고…… 저녁에 바로 아빠랑 할머니를 불러서 가족회의를 열더니 세 분이 돌아가면서 저한테 동성애자냐고 몰아붙이더라고요. 저는 그렇다고 인정하려고 했는데, 엄마가 이러지 뭐예요. '내가 전생에 무슨 나쁜 짓을 하지도 않았을 텐데, 동성애자를 낳을 리가 없어.' 엄마가 그렇게 나오는데 어쩌겠어요. 그냥 궁금했던 거지 동성애자는 아니라고 했죠."

"동성애자 맞잖아."

"저도 알아요."

가보옥은 내 직설적인 말이 서운한 기색이었다.

"미안, 내가 실수했다. 얘기 계속해."

"그 뒤로 엄마는 완전 의심쟁이가 돼서 하루 종일 안절부절이에요. 절 엿보려고 페이스북 계정까지 만들었다니까요. 평소에도 계속 이런 경고를 날려요. '엄마가 이렇게 널 사랑하는데, 동성애 같은 걸 해서 엄마에게 상처 주면 절대 안 된다.' 진짜 너무너무 짜증이 났어요. 엄마를 상대하기도 싫어서 집에 오면 바로 제 방에 숨어버렸죠. 근데 저희 엄마 되게 똑똑해요. 그러니까 방법을 바꿔서 아빠를 시켜 저를 떠보더라고요. '고등학생이 됐는데도 여자친구 안 사귀니? 엄마 아빠 모두 기대하고 있으니까, 여자친구 생기면 데려와서 소개시켜줘. 부끄러워하지 말고.' 아빠는 엄마랑 달라요. 성격이 부드럽고 저한테도 아주 잘해주고, 마주앉아 대화가 통하는 그런 아빠예요. 그런데 아빠가 역할을 이어받으니까, 세상에, 더 짜증나는 거예요. 엄마는 피하면 그만인데 아빠까지 피하고 싶진 않거든요. 아빠는 좋은 분이고, 전 아빠를 괴롭히고 싶진 않았어요. 그런데 그때 마침…….”

다음 얘기를 꺼내기가 좀 민망한지 가보옥이 머뭇거렸다.

“그때 마침 뭐?”

나는 애가 타서 가보옥을 재촉했다.

“그때 마침 한 선배가 저한테 고백을 했어요. 선배가 그렇게 싫지는 않아서 사귀기로 했죠. 페이스북에도 일부러 '잘 사귀는 중'이라고 설정해놨고요. 그걸 보고 엄마는 기분이 완전 좋아져서, 저더러 여자친구한테 잘해주라고 당부하더라고요.”

“그러니까…….”

나는 신중하게 말을 골랐다.

“선배를 방패막이로 삼는 거야?”

“그런 식으로 말씀하셔도 어쩔 수 없어요.”

가보옥의 목소리는 깊은 골짜기에서 나오는 것처럼 너무나도 무겁게 들렸다.

"그치만 선생님, 저는 너무 괴로워요. 선배가 몸을 갖다 댈 때마다 저는 온몸이 딱딱하게 굳어버려요."

"여자친구는 네 반응이 많이 부자연스럽다는 걸 눈치 못 챘어?"

"알아채긴 했는데, 제가 속였어요. '우리는 진도가 좀 느릴 수도 있어, 선배를 소중히 여기니까' 이러면서요. 선배는 그 말을 믿고 있어요. 그치만 솔직히, 이런 연기가 얼마나 오래가려나 모르겠어요. 하아, 요즘 선배랑 사귀는 일 때문에 정신분열증이 생길 지경이에요."

전화기 너머에서 가보옥의 깊은 한숨 소리가 들려왔다.

나는 핸드폰을 쥔 채로 침대에 누워 천장을 바라보았다. 머릿속이 하얘졌다. 이 아이를 어떻게 도와야 할지 알 수가 없었다. 어쩌면 가보옥은 내가 아무런 도움도 못 된다는 사실을 이미 아는지도 모른다. 그 애는 그저 그 무게를 다른 사람과 나눠 지고 싶을 뿐이라고 말했으니까.

전화를 끊은 뒤, 나는 일어나서 가보옥의 페이스북을 찾아보았다. '잘 사귀는 중'이라는 연회색 글자보다는 조그만 프로필 사진이 눈에 들어왔다. 가보옥과 긴 머리 여학생이 함께 찍은 사진으로 둘이서 다정하게 어깨를 맞대고 있었다. 가보옥의 웃음은 살짝 어색하고 여학생의 웃음은 수줍어 보였다.

그걸 보니 어딘지 모르게 거북해졌다. 나는 얼른 가보옥의 페이스북 페이지를 닫아버렸다.

*

    그 뒤로 가보옥은 일주일에 두세 번씩 나에게 메시지를 보내왔다. 내용은 늘 같았다. 선배와 교제하면서 괴로운 감정을 토로하는 것이었다. 선배를 좋아하지 않으면서도 사귀기로 한 이상, 그 애는 선배에게 어떤 책임감을 느꼈고 선배의 감정에도 어느 정도 맞춰줘야 한다고 생각했다. 선배의 기대하는 눈빛에 못 이겨 가보옥은 어쩔 수 없이 선배를 껴안고 키스했다.

    관계가 깊어질수록 가보옥은 불안해졌고 괴로움도 심해졌다. 문자에 담기엔 벅찬 상황이 되자 가보옥은 아예 나에게 직접 전화를 걸었고, 소리를 죽여 울먹이면서 통화를 마치곤 했다. 가보옥은 원래 예민하고 섬세한 아이였다. 거짓된 행동도, 다른 사람에게 상처 주는 것도 싫어했다. 하지만 선배와 사귀면서 그 애는 처음으로 스스로를 혐오하게 됐다. 자신이 사기꾼이고 선배에게 떳떳하지 못하다고 느꼈다. 하지만 그 애는 부모님에게 내세울 '여자친구'가 필요했다.

    가보옥은 남에게 걱정거리를 털어놓는 아이가 아니었다. 그런데 그저 반년을 함께한 과외교사인 나에게 하소연을 한다는 건, 그 애가 나보다 마땅한 사람을 찾지 못했다는 뜻이었다. 다른 사람들은 그 애의 실생활에 너무 가까이 있었고, 나는 멀찍이 떨어져 있어서 들을 수만 있지 아무것도 할 수 없었다. 이것이 바로 가보옥에게 가장 필요한, 듣기만 하고 개입은 하지 않는 역할이었다.

*

그로부터 반년쯤 지난 어느 날 가보옥에게서 메시지가 왔다.

'선배랑 헤어졌어요.'

글자 밑에 웃는 얼굴 스티커가 첨부되어 있었다.

가보옥은 매사에 신중하고 일관성이 있었다. 그 애가 통화 대신 메시지를 택한 것은 이 문제에 대해 더는 논의하고 싶지 않다는 뜻이었다.

'축하해.'

나는 짤막한 회신을 보냈다.

'제가 너무 이상하다고, 보통 남자랑 다르다고 선배가 불평하더라고요. 그러면서 먼저 헤어지자고 했어요. 전 엄마 앞에서 일부러 우울한 척, 엄청 상처받은 척을 했죠. 일단 믿게 만들었으니까 엄마도 이제 여자친구 얘기는 꺼내지 않을 거예요. 잘됐어요, 여자친구를 사귄 적 있다는 걸 증명했으니까요. 지금 저는 아주 평온해요. 이렇게 홀가분한 기분이 얼마 만인지 모르겠어요. 선생님, 감사해요. 몇 달 동안 정말 힘들었거든요. 함께해주셔서 감사합니다.'

이것이 가보옥이 나에게 보낸 마지막 메시지였다.

이제 그 애가 나에게 연락하는 일은 두 번 다시 없을 것이다. 그 애는 선배와 있었던 일을 완전히 내려놓고 싶어 했다.

도리어 나는 둘이서 함께 찍은 그 사진이, 사진 속에서 환하게 웃고 있던 그 여학생이 종종 생각났다.

언젠가 길에서 가보옥과 우연히 마주칠 날이 있지 않을까, 그런 환상도 이따금 품는다. 그때 그 애 곁에는 남자가 있을 수도, 여자가 있을 수도 있겠지. 다 괜찮다. 내 환상 속에서 가보옥은 곁에 있는 그 사람을 매우 사랑하고 있다.

괴물이 모인 곳

"이렇게 제가 반에서 소속감을 되찾고 있을 때,
엄마가 또 성급하게 저를 망쳐놓고 말았어요."

아이의 이야기

저는 부모님을 증오해요.

왜 그런 눈으로 보세요? 농담이 아니라 진지하게 하는 말인데.

긴 세월을 보내면서 제가 확실히 알게 된 사실이 있어요. 우리 부모님은 아이를 망치는 데에는 천재적이라는 거죠. 저를 낳고는 온갖 수단을 동원해 저를 망쳐놨다니까요. 선생님, 지금 속으로 무슨 생각하시는지 다 알아요. '이렇게 좋은 집에 사는 부잣집 철부지가 엄살은.' 뭐 이런 거겠죠. 적어도 선생님 눈빛은 그렇게 말하고 있거든요.

그런데 그렇게 단순한 일이 아니에요!

이렇게 오랜 시간을 들이고서야 분명히 깨달았어요. 이 세상엔 '나 자신'과 '부모님' 가운데 한쪽만 존재할 수 있다는 사실을요. 긴장하지 마세요. 부엌으로 달려가 칼을 들고 와서 부모님을 찌르겠다는 뜻은 절대 아니니까요. 사회적인 관점에서 보면 부모님의 존재 가치가 저보다 훨씬 크잖아요. 사라져야 하는 배역은 저라는 걸 잘 알아요. 그치만, 전 죽을 용기가 안 난단 말이에요⋯⋯ 선생님은 혹시 귀신 보신 적 있어요? 무섭겠지만 저는 귀신의 존재를 제 눈으로 직접 보고 싶어요. 사람이 죽은 뒤에도 또 다른 형태로 지속된다는 걸 누가 확실하게 알려주면 좋겠어요. 그러면 깔끔하게 목숨을 끊을 수 있을지도 몰라요.

좋아요, 제 얘기를 진지하게 해볼게요. 들으려면 인내심이 많이 필요할 거예요. 일단 선생님 표정이 제 예상과 다르면 이야기는 끝이에요. 더는 한 마디도 기대하지 마세요. 저를 괴짜 취급하진 말아주세요. 저는 남들하고 제대로 대화를 안 한 지 무지 오래됐거든요. 사실상 '현실의 사람'과 소통하는 방법을 거의 까먹은 것 같아요. 오늘 솔직히 털어놓을 마음을 먹은 건 선생님을 조금은 신뢰해서일 수도 있고요. 또 지금껏 쌓여온 일들을 누구한테든 얘기해야지, 안 그랬다간 제가 폭발할 것 같아서일 수도 있어요.

선생님, 들을 준비 되셨나요?

*

'그 사건'이 일어나기 전에 저는 아주 낙관적인 아이였어요. 제가 더없이 행복한 아이라고 믿었죠.

제 기억에, 초등학교 때 엄마는 적어도 교통 엄마, 돌봄 엄마, 이야기 엄마 등등을 했어요. 이름은 정확히 모르겠지만 아무튼 등하교 시간에 교통 지도를 하고, 일주일에 한 번씩 교실에 와서 이야기를 들려주고, 학교 행사가 열리면 와서 도와주는 역할이었어요.

처음엔 참 좋았어요. 학교에서 엄마를 보니까 집에서 생활하는 것처럼 안전한 느낌이 들더라고요. 엄마는 할 일이 끝나면 자연스럽게 우리 교실로 찾아와 저랑 이야기를 나눴어요. 다른 아이들이 엄청 부러워했죠. 엄마는 빈손으로 온 적이 없거든요. 언제나 과자 몇 봉지를 들고 와서 반 친구들에게 나눠주라고 했어요. 시험을 앞둔 날이면 완전 통이 커져서 반 전체에 맥도날드를 쐈고요. 아이들은 엄마를 무지 좋아했고 저도 마찬가지였어요.

엄마를 사랑하는 마음은 6학년 체육대회 때 최고조에 이르렀죠.

그해 체육대회는 우리 반 전체에게 특별한 의미가 있었어요. 지난번 체육대회에서, 전교에서 가장 빠른 선도부장이 막판 스퍼트를 하다가 제대로 넘어지는 바람에 우리 반은 1등에서 4등으로 밀려났거든요. 시상할 때 우리 반 아이들은 시상대 아래에서 다 같이 울었어요. 선도부장은 눈물 콧물 다 쏟으며 심하게 울었고요.

그러니 6학년 체육대회는 반드시 우승해야 한다는 부담이 컸죠. 대회를 앞두고 엄청 열심히 연습했어요. 방과 후에 남아서 연습하겠다는 아이들도 많았고요. 담임 선생님도 우리를 격려하셨어요. "올해는 계주에서 꼭 우승하자. 초등학교 생활에 아쉬움을 남기지 말고 제대로 마침표를 찍는 거야." 그 말에 저도 다른 아이들도 눈시울이 붉어졌어요.

체육대회 날, 아침 댓바람부터 부모님들 기증품이 봇물 터지듯 쏟아졌어요. 스포츠음료가 박스로 오고, 과자와 간식거리가 산더미처럼 쌓였어요. 직접 끓인 녹두탕과 볶음면 냄비를 들고 온 분도 있었죠.

11시가 좀 넘어 뙤약볕이 내리쬘 때, 우리는 모두가 바라던 대로 다른 반 선수들을 따돌리고 우승을 차지했어요. 시상식 때는 다 같이 얼싸안고 또 한바탕 울음을 터뜨렸고요. 우리는 환호성을 지르며 교실로 돌아갔어요. 교실에 발을 들이는 순간, 아이들 입에서 차례로 탄성이 터져 나왔죠. 단상에 피자, 치킨, 감자튀김이 가득했거든요. 모자랄 리가 없는, 아주 푸짐한 양이었어요. 우리 엄마는 엄청 꼼꼼해요. 사전 계획이 철저하죠.

다들 흥분해서 포장을 뜯고 신나게 먹기 시작했어요.

단상에 선 엄마가 평소처럼 따뜻하게 말했어요.

"다들 어린데도 체육대회에 정말 열심히 참여하더구나. 아줌마가 너무 감동해서 한턱내는 거야. 다들 수고했어, 최고야!"

엄마 말에 아이들은 제대로 감동했죠.

"차이한웨이蔡漢偉, 저런 엄마가 있어서 너무 좋겠다" 이런 비슷한 얘기가 여기저기서 터져 나왔어요.

가장 친한 친구 왕쥐안마오王捲毛*가 제 어깨를 퍽 치며 말했어요.

---

* 쥐안마오는 곱슬머리라는 뜻이다.

"으, 샘나. 우리 엄마도 저랬으면 좋겠다!"

주먹을 맞고도 아프지 않았어요. 하나도요!

너무너무 기분이 좋았어요. 우리 엄마는 정말이지 최고의 엄마였어요.

그런데 한 달쯤 지나니까 차츰 제 상상을 초월하는 상황이 벌어졌어요. 초등학교 마지막 단계인 6학년 때는 아이들 심성이 아주 미묘하게 변한다는데, 저는 이 말에 전적으로 동의해요. 그런 변화를 제가 직접 겪었으니까요.

우리 반에 이상한 말이 나돌기 시작했어요.

"차이한웨이 엄마 진짜 짜증 나. 왜 계속 우리 교실에 오는 거야?"

"쳇! 돈이면 다 되는 줄 아는 거지. 걔 엄마 아니었으면 누가 그런 애랑 친구하려 했겠냐…….."

"담임도 돈에 넘어갔어! 담임이 차이한웨이한테는 유난히 다정한 거 눈치챘어?"

전 너무 황당했어요. 한 달 전만 해도 교실에서 다 같이 엄마가 사온 피자를 먹어놓고, 피자랑 치킨을 우적우적 씹느라 "아줌마 최고"라고 우물우물 말하던 입으로 어떻게 이런 못돼먹은 말들을 내뱉을 수가 있죠?

이렇게 저는 겨우 열두 살에 알고 말았죠. 어린이란 악의 없는 생명체가 아니라는 걸요.

이 사회에는 이런 주장을 하는 사람들이 있어요. "아이의 본성은 선량하다. 아이가 잘못을 저지르는 것은 외부에서 나쁜 영향을 받았기 때문이다."

그렇게 생각하는 사람은 분명 어린 시절을 진지하게 돌이켜본 적이 없을 거예요. 아이란 악의로 가득 찬 생명체예요. 나이가 들면서 예의와 도덕을 배우고 나서야 자제하는 법이나 악의를 감추는 법을 알게 되는 거죠.

친구들의 파렴치한 태도가 끔찍하게 싫었지만, 졸업여행이 다가오는데 혼자만 소외될 수는 없잖아요. 제가 왕따를 당하게 된 원인이 뭘까 찬찬히 생각해보는 수밖에 없었죠. 쉬는 시간마다 생각하다 보니 이상한 점을 알아차렸어요. 다른 엄마들은 전업주부든 직장인이든 아이를 학교에 보내고 나면 더 이상 참견하지 않고 집에 돌아가거나 일하러 가거든요. 교통지도 엄마들도 할 일을 마치면 삼삼오오 학교를 떠나는데, 유독 우리 엄마는 무리에서 떨어져 나와 우리 교실로 달려왔죠.

그날 엄마와 함께 집에 오면서 저는 어른스러운 척 이렇게 말했어요.

"우리 반에는 그만 오셔도 돼요. 6학년인데 제 일은 제가 알아서 해야죠. 엄마는 이제 동생한테 신경 써주세요."

이 말을 듣자 엄마 얼굴에 상처받은 표정이 떠올랐어요.

저도 속상했어요. 엄마하고 저 사이에 틈이 생겨나고 말았으니까요. 예전만큼 친밀하지 않게 됐어요.

하지만 엄마랑 틈이 생기니까 애들하고는 오히려 점점 가까워졌어요. 쉬는 시간에 왕쥐안마오가 다시 저한테 와서 요즘 게임 레벨이 어디까지 갔는지 얘기했고, 다른 애도 저를 잡아끌면서 매점에 가자고 하더라고요.

이렇게 제가 반에서 소속감을 되찾고 있을 때, 엄마가 또 성급하게 저를 망쳐놓고 말았어요.

*

지금 생각해보면 그건 정말 평범하기 짝이 없는 사고였어요. 저는 우리 반 애들하고 초등학교 남자애들이 자주 하는 놀이를 하고 있어요. 힘을 겨루다가 나중에는 모두가 한 덩어리가 되어 깔깔대면서 원을 그리며 도는데, 누가 갑자기 손을 놨는지 저는 밖으로 내동댕이쳐지면서 벽에 머리를 쾅 박았어요. 수업 종이 울려 다들 우르르 흩어졌고, 저는 비틀비틀 일어나 구역질을 참으며 천천히 교실로 들어가서 오후 수업을 들었어요.

집에 돌아왔는데도 어지럼증이 가시질 않았어요. 아무것도 못 먹겠고 잠만 자고 싶더라고요. 저녁 일고여덟 시쯤 되니까 참을 수가 없어 침대에서 일어나 거실로 갔어요. 엄마한테 겨우겨우 "토하고 싶어요"라고 말하고는 바로 몸을 수그리고 거실 바닥에 끈적끈적한

황록색 곤죽을 쏟아냈죠. 급식으로 먹은 냉면과 콜리플라워였어요.

"식중독 아냐?"

엄마가 묻기에 저는 고개를 가로저었어요.

"아니에요."

"그럼 대체 무슨 일이 있었던 거니?"

엄마 얼굴에는 걱정이 가득했어요.

저는 별 생각 없이 오후에 있었던 일을 간단히 얘기했죠.

제 얘길 다 듣자 엄마는 눈빛이 날카롭게 변했어요.

제가 똑바로 앉을 수 있을 만큼 나아지니까 엄마는 저를 식탁으로 데려갔어요. 종이와 펜을 옆에 놓고 엄마가 제 귓가에 부드럽게 속삭였죠.

"자, 엄마한테 자세히 말해주렴. 너랑 같이 논 애들이 누구누구야? 몇 시였니? 그때 담임 선생님은 뭘 하고 계셨어?"

그때 제가 고개를 들고 엄마 얼굴을 잘 살펴봤으면 좋았을 텐데.

표정이 정말 무시무시했을 거예요.

그런데 저는 너무 어지러워서 그냥 빨리 침대에 누워 쉬고 싶었어요. 그래서 아무것도 모른 채 무슨 일이 있었는지 낱낱이 털어놓았죠.

다음 날 아침, 먼저 병원에 가서 검사를 받았어요. 검사가 끝나자 엄마는 저를 학교로 데려갔어요.

차가 교문 앞에 서기에 저는 깜짝 놀랐어요. 의사 선생님이 분명 한동안 쉬어야 한다고 했거든요. 엄마가 저를 집으로 데려갈 줄 알 았어요.

그런데 엄마는 제 손을 잡아끌고 바람처럼 교실로 달려가는 거 예요.

생물 시간이었어요. 생물 선생님은 백발이 멋들어진, 퇴직을 앞 둔 할아버지 선생님이었어요. 성함은 기억 안 나고요.

엄마가 다짜고짜 말했어요.

"실례지만 마이크 좀 빌려주시겠어요."

그러고는 생물 선생님이 대답하기도 전에 마이크를 낚아챘어요. 엄마 손에는 노란 종이쪽지가 들려 있었는데, 엄마는 그걸 보면서 어제 저랑 같이 논 아이들 이름을 또박또박 읽어 내려갔어요.

저는 등골이 서늘해졌어요. 어제 제가 얘기할 때 엄마가 오른손 으로 뭘 그렇게 바삐 적고 있었는지 그제야 알아챘죠. 이런 얘기를 하자니 좀 슬프네요. 엄마는 우리 교실에 자주 왔기 때문에 우리 반 아이들을 손금 보듯 훤히 알았어요. 종이에 적힌 이름이 누군지 다 알고 있었죠. 어떤 애들은 고개도 못 들고 우두커니 앉아 있었는데, 인내심을 잃은 엄마는 그 애들 자리로 달려들어 하나씩 끌어냈어요.

"다들 따라 나와. 나가서 얘기하자."

다른 아이들 수업에 방해되지 않도록, 우리는 교실에서 좀 떨어 진 단상에 모였어요.

저를 원망스러운 눈으로 쳐다보는 애들도 있고, 당황해서 눈이 휘둥그레지고 입이 헤벌어진 애들도 있었죠.

저는 엄마 옆에 서 있고 싶지 않았어요. 아이들이 저도 엄마랑 한 패라고 오해할까 봐 겁이 났어요.

담임 선생님은 복도 끝 다른 반 교실에서 수업을 하고 있었는데, 이 일을 전해 듣자마자 수업도 팽개치고 한달음에 달려왔어요. 겁에 질린 아이들과 엄마 뒤에 따로 서 있는 저를 보자, 선생님 얼굴이 야릇하게 일그러졌죠.

엄마가 담임 선생님에게 분명하게 지시를 내렸어요. 그 애들 부모님에게 연락하라고요.

"얘네들 부모님이 반드시 학교에 오셔야 합니다. 사건 전말을 똑똑히 밝히고 뒤따르는 배상 문제를 상의해야 해요."

선생님이 멍하니 있으니까 엄마가 짜증스레 재촉했어요.

"선생님, 여기 가만히 서 계시면 어떡해요?"

선생님은 엄마와 엄마 등 뒤에 서 있는 저를 힐끗 보고는 다른 아이들을 돌아봤어요. 그리고 뭔가 결심한 얼굴로 교사 휴게실로 향했죠.

한 시간도 안 되어 부모님들이 속속 학교에 도착했어요. 아버지는 하나도 없었으니까 부모님들이라기보다는 어머니들이라고 해야겠네요. 식은땀을 줄줄 흘리는 아이들과 표정이 굳은 담임 선생님을 보고 다들 낯빛이 변했어요.

"우리 아이한테 무슨 일이 생겼나요?"

"얘가 왜 여기서 벌서고 있죠?"

이어지는 몇 분 동안, 우리 엄마 혼자서 다른 어머니 일고여덟 분을 심하게 나무랐어요.

"어머님들은 평소에 부모로서의 교육적 책임에 너무나 무심하셨습니다. 친구들과 장난칠 때는 반드시 힘 조절을 해야지, 안 그랬다간 남을 다치게 할 수도 있다는 건 아주 기초적인 교양 아닌가요? 그런데도 여러분이 교육을 소홀히 하는 바람에 어제 이렇게 심각한 사고가 벌어졌습니다. 오늘 아침에 우리 아이를 병원에 데려가서 검사했습니다. 경미한 뇌진탕으로 3일에서 1주일쯤 추적 관찰을 해야 한다더군요. 그동안의 병원비와 약값, 그리고 제 아들과 저의 정신적 피해, 반드시 배상해주시기 바랍니다!"

어머니들 가운데 리이제李亦傑 어머니가 표정이 가장 안 좋았어요. 걔네 집은 저소득 가정이라 담임 선생님이 남은 급식을 싸 가게 해주셨어요. 체육대회에서 남은 음식과 음료도 다 리이제가 싸 갔고요.

"여러분처럼 책임감 없는 부모가 놀 때 힘 조절도 할 줄 모르는 아이를 기르는 겁니다. 결국 피해는 제 아들이 봤고요. 돈 때문에 이러는 게 아니에요. 저는 여러분의 그런 태도, 별일 아니라는 태도에 문제가 있다고 봅니다."

엄마는 잔뜩 움츠러든 담임 선생님을 보면서 또 말했어요.

"선생님도 잘못이 있어요. 아니, 솔직히 말하면 선생님이 가장 심각한 잘못을 하셨죠. 애들이야 나이도 어린데 놀다 보면 힘 조절을 못해서 친구를 다치게 할 수도 있다고 쳐요. 하지만 선생님은 애들의 본보기 아닙니까. 그런데 학생들이 놀 때 관리 의무에도 소홀하고, 학생이 실제로 다쳤는데도 부모에게 주의를 줄 생각도 않고 두루뭉술한 태도를 보이시네요. 교사로서 부끄럽지 않으세요? 한웨이가 집에 와서 토를 안 했으면, 저는 무슨 일이 있었는지 까맣게 모르고 있었겠죠!"

평소 의욕이 넘치던 선생님은 어린애처럼 어쩔 줄을 몰라 했어요. 두 손을 배배 꼬며 조용히 야단을 맞고 있었죠.

"제가 제 아이를 학교에 보내는 건 교육을 받으라는 거예요. 그런데 얘가 집에 돌아와서는 엉망진창으로 토를 했어요. 방금 병원에서는 우리 애가 뇌진탕일 수도 있다는 말을 들었고요. 제가 어떻게 해야 할까요? 우리 애는 성적이 전교권이에요. 애 머리에 무슨 문제라도 생기면, 선생님은 어떻게 배상하실 건가요? 어디 가서 건강에 문제 없는 애를 하나 찾아주실 건가요?"

담임 선생님은 고개를 푹 수그린 채 어깨를 들썩였어요. 울고 계신 게 분명했죠. 선생님이 우니까 애들도 하나둘씩 다가와서 눈물을 뚝뚝 흘렸어요. 우는 사람이 많아지니까 울음소리도 커졌죠.

한 어머니가 참다못해 나섰어요.

"한웨이 어머니, 한웨이가 머리를 부딪친 건 다들 안타깝게 생각해요. 저희도 배상할 마음이 있다고요. 회피할 생각 전혀 없어요. 다만 한웨이 어머니가 감정을 좀 다스리고 이성적으로 논의했으면 해요. 저희를 탓하시는데, 네, 할 말 없습니다. 확실히 부모로서 교육에 소홀했습니다. 하지만 선생님을 비난하는 건 너무하세요. 반 아이들이 거의 40명이에요. 또 그때는 쉬는 시간이었고요. 선생님 한 분에게 40명이 뭐 하는지 일일이 감독하라는 건 너무 심한 거 아닌가요?"

이렇게 얘기한 분은 천리청陳力成 어머니였어요.

엄마는 냉소를 흘리더니 곱지 않은 시선으로 천리청 어머니를 위아래로 훑어봤어요.

"머리를 부딪힌 사람이 댁의 아이라면, 그래도 여기 서서 그렇게 무책임한 소리를 늘어놓을 수 있을까요? 천리청 어머님이시죠? 저한테 훈계하기 전에 댁의 아드님이나 잘 간수하시죠? 제 기억이 맞다면 아드님 학업 성적은 꼴찌였던 것 같고 ADHD 경향도 있다던데. 본인 아이가 ADHD인 걸 알면서도 특수반에 보내지 않고 일반 학급에 남아 정상적인 교육을 받아야 한다고 고집하는 건 너무 이기적인 생각 아닌가요? 어쩌면…… 댁의 아이가 우리 아이를 벽으로 밀었을 수도 있겠네요. 그러면 댁이 배상 책임 대부분을 져야 하는 거 아시죠?"

천리청 어머니는 더는 한 마디도 못 하고 입을 다물었어요. 그걸 보면서 다른 어머니들도 덩달아 입도 뻥끗 못 했고요.

엄마 입가에 승리의 미소가 번졌어요.

거짓말이 아니에요. 맹세코, 그때 엄마는 분명 승리의 미소를 지었어요.

엄마는 의기양양하게 저를 데리고 단상에서 내려갔어요. 우리 차로 간 엄마는 무릎을 살짝 굽혀 저와 눈을 맞췄죠.

지금 저는 키가 178센티미터지만, 6학년 때는 150센티미터도 안 되는 꼬맹이였어요.

엄마가 빙그레 웃으며 말했어요.

"겁낼 것 없어. 네가 아무리 커도 엄마가 지켜줄 거니까."

그 말을 들으며 저는 온몸이 오싹했어요. 한겨울에 수영장 물속에 던져진 느낌이었죠.

그날 이후로 학교생활은 더더욱 힘들어졌어요. 아이들 곁을 지날 때마다 이런 말이 조각조각 들려왔어요.

"그래, 쟤가 바로……."

"맞아, 쟤 엄마 진짜……."

"그래서 쟤가 선생님한테……."

제가 더 가까이 가면 아이들은 냉큼 흩어졌어요. 저를 돌아보며 입을 가리고 히죽거리는 애들도 있었어요. 아이들의 이야기는 미완성처럼 들렸지만 사실상 다 완성된 얘기였죠. 제가 말했잖아요, 아이들은 꾸밈없이 악의를 전달하는 데는 선수라고요.

오랫동안 기대하던 졸업여행도 물거품이 됐죠. 저랑 같은 조가 되어 같은 방에서 자려는 애가 아무도 없었거든요. 담임 선생님을 더 곤란하게 하고 싶지 않아서 저는 통신문에 '불참'이라고 표시했고, 선생님은 아무것도 묻지 않고 싸늘하게 통신문을 가져갔어요.

엄마한테는 졸업여행은 시간낭비라고, 차라리 집에서 공부하겠다고 했어요. 엄마는 아무 의심도 안 하고 흔쾌히 허락했고요.

저는 아주 뛰어난 성적으로 초등학교를 졸업했어요. 상을 받으러 단상에 오르는데 저주에 찬 시선들이 또렷이 느껴졌어요. 우리 반쪽에서 쏟아지는 시선이었죠. 저는 스스로에게 용기를 줬어요. 신경 쓰지 마. 중학교에 가면 이 시간은 다 떨쳐버릴 수 있어.

여기까지가 엄마가 처음으로 저를 망쳐놓은 이야기예요.

처음이라고 하는 건, 두 번째와 세 번째도 있기 때문이에요.

선생님, 아이가 가장 겁내는 게 뭔지 아세요?

선생님도 잘 아시겠지만, 그건 바로 남들과 다른 거예요.

*

이제부터는 중학교 때 얘기예요.

제가 유치원에 다닐 때 온 가족이 타이베이에서 타이중으로 이사를 왔어요. 부모님이 지금 사는 동네를 고른 중요한 이유는 학군지이기 때문이었죠. 반경 5킬로미터 안에 진학률이 좋은 명문 중학교와 평판이 좋은 고등학교가 있거든요.. 초등학교를 졸업하자 저는 명문 중학교에 배정받았어요.

등록일에 천리청과 리이제, 그리고 그 애들 엄마를 봤어요. 허공에서 천리청과 눈길이 마주쳤지만 저는 얼른 고개를 돌렸어요. 그 애들이 제 존재를 눈치채지 못하기만을 기도했죠.

엄마는 기분이 아주 좋아 보였어요. 이 중학교는 시설도 새것이고 교사들도 수준이 높다면서요. 엄마는 만족스러워하며 저를 데리고 교정을 이리저리 둘러보았죠.

엄마는 제 하얗게 질린 얼굴과 떨리는 어깨를 알아채지 못했어요. 제 두 손은 점점 축축해지면서 땀이 흥건해졌어요.

제가 너무 순진했어요. 이제 그 시절과 작별할 수 있다고 생각했으니까요. 우리 부모님이 학군을 따질 때 다른 애들 부모님도 똑같이 할 거란 생각을 못 한 거죠. '졸업하면 해방'이란 게 얼마나 비현실적인 생각이었는지요.

엄마 손에서 새로운 교복을 건네받았지만, 제 눈앞에 펼쳐진 건 끝없는 어둠이었어요.

인간성에 대한 제 생각은 틀리지 않았어요.

초등학교 시절 제 '역사'는 중학교에도 순식간에 퍼졌어요. 애들 눈에 저는 길거리의 쓰레기였죠.

선생님, 똥과 쓰레기의 차이를 아세요? 모르시죠? 선생님은 늘

탄탄대로를 걸어온 우등생이셨겠죠. 그럼 인생이 엉망진창인 열등생이 대답해드릴게요. 답은 간단해요. 똥을 보면 다들 얼굴을 찡그리며 역겨워하죠? 그런데 쓰레기는 좀 특이해요. 쓰레기는 쓰레기가 되기 전엔 잠깐 활용 가치가 있을 수도 있어요. 방금 전에 들고 있던 사이다 캔처럼요. 다 마시고 나면 그때 쓰레기가 되는 거죠.

이게 중학교에서 제가 받은 대우예요.

저는 성적이 좋아요. 부모님이 용돈을 듬뿍 주셔서 주머니도 언제나 두둑하고요. 아이들은 저한테 뭘 부탁할 때만 어쩔 수 없이 좀 친절해져요. 한 모금 남은 사이다 캔을 들고 있는 거나 마찬가지죠. 저한테 부정행위를 도와달라고 하거나 돈을 빌려달라고 하는데, 남은 가치를 뽑아 먹고 나면 걔들 머리 위에 즉시 카운트다운이 떠요. '한시바삐 쓰레기통을 찾아서 이 쓰레기를 버려!' 대부분은 저를 보면 그냥 멀리 가버리고요.

'죽고 싶다'는 생각은 거의 그 시기에 생겨났어요.

제가 학교에서 어떤 취급을 받는지 부모님한테는 얘기도 안 꺼냈어요. '뇌진탕 사건' 이후로 다시는 엄마를 믿지 않게 됐으니까요.

2학년 2학기에 한 여자애가 나타났어요. 그 애는 제 비참한 생활에 신선한 기운을 불어넣어주었죠.

그 애는 너무나 완벽했어요. 저는 마음속으로 그 애를 여신이라고 불렀어요.

여신은 전학생이었어요. 부모님이 이혼하자 어머니를 따라 타이중으로 이사 온 거였죠.

여신도 추방 대상이었어요. 몸에서는 늘 상한 빵 냄새가 나고, 늘 똑같은 옷을 입고, 신발과 양말은 정말이지 너무너무 더러웠어요. 사춘기 소녀의 발에 붙어 있어서는 안 될 물건이었죠.

우린 둘 다 반에서 아웃사이더였고, 같은 집단으로 분류됐어요. '집단'이라고는 하지만 사실 멤버는 우리 둘뿐이었죠. 선택의 여지가 없었던 우리는 친구가 됐어요. 저는 마음이 든든해졌어요. 이제 조를 나눌 때 찌끄러기 과일이 된 것처럼 지적질과 트집을 견디며 마음 졸일 필요가 없게 됐거든요.

여신은 어머니와 어머니 남자친구와 함께 사는데, 그 아저씨가 자길 쳐다보는 눈빛이 너무 기분 나빠서 집에서는 목욕할 엄두가 안 난다고 했어요. 학교 끝나고 장애인 화장실의 찬물로 몸을 씻는 수밖에 없었죠. 옷과 신발과 양말은 왜 그렇게 꼬질꼬질하냐면, 여신은 교복이 한 벌밖에 없었어요. 어머니가 일을 안 해서 막노동하는 아저씨한테 기대 살았거든요.

몸에서 나는 냄새만 빼면 여신은 정말 청초했어요. 여신을 바라보노라면 이따금 야릇한 기분이 들었어요.

여신이 말했죠. 이 세상에서 자기를 필요로 하는 사람은 아무도 없다고요.

저는 서둘러 말했어요. 적어도 나에겐 네가 꼭 필요하다고. 거짓말이 아니었어요.

저는 여신에게 몇천 위안을 건네주고, 유명 브랜드 바디워시도 작은 병에 따라서 갖다줬어요. 그러면서 여신에게 옷, 신발, 양말을 좀 사고 원래 옷은 학교 근처 세탁소에 맡기라고 했어요.

아빠는 저한테 일주일에 천 위안밖에 안 주세요. 여신을 구하기 위해 저는 아빠 서재에서 천 위안짜리 몇 장을 슬쩍했어요. 아빠는 사업을 하는데 사무용 서랍에 천 위안 지폐가 몇 다발씩 들어 있었거든요. 몇 장쯤 빼내는 건 일도 아니었죠.

집에 돌아오면 방문을 잠그고 여신에게 전화를 걸었어요. 이야기를 시작하면 서너 시간이 후딱 지나갔어요. 여신은 언제나 제 얘기에 신나게 웃었어요. 통화가 힘들 때는 메시지를 보냈어요. 저는 글 쓰기엔 소질이 없는데, 어떻게 된 건지 여신에게 보내는 문자는 제가 봐도 감동할 만큼 달콤하더라고요.

성적이 곤두박질쳤지만 아무렇지도 않았어요. 여신은 제가 살아가는 새로운 의미였어요. 저는 여신이 필요하고, 여신은 세상에서 가장 저를 필요로 하는 사람이었죠. 여신은 저에게 없어서는 안 될 존재였어요.

크리스마스 날, 저는 여신에게 고백했어요. 여신은 고개를 끄덕였죠.

그 순간 저는 너무너무 행복했어요. 모든 불쾌한 감정을 떨쳐버리고 오직 여신만을 위해 살 수 있을 것 같았죠.

스킨십 진도도 엄청나게 빨랐어요. 사귄 지 두 달 만에 여신이 먼저 제 손을 자기 교복 속으로 집어넣었어요. 제가 애원한 끝에, 며칠 뒤에는 브래지어 위로 가슴을 만지는 걸 허락받았고요.

겨울방학이 되자 여신은 외갓집에 가서 지냈고 통화하기도 힘들어졌어요. 저는 여신이 무지 보고 싶었어요. 식탁에서 엄마가 만든 카레를 먹으면서 문자 메시지를 보냈어요.

'보고 싶어, 네 얼굴과 가슴을 만지고 싶어…….'

1분도 안 되어 여신에게 회신이 왔어요.

'내가 그렇게 보고 싶어?'

'당연하지. 보고 싶어 미치겠어.'

저는 접시에 담긴 소고기 조각을 집어 입에 쑤셔 넣으면서 핸드폰 자판을 두드렸어요.

'말 잘 들으면 개학하고 입으로 해주는 거 생각해볼게.'

이 문자를 보는 순간 귀가 빨개지면서 그게 걷잡을 수 없이 커졌어요.

엄마가 다가와 국 더 먹겠냐고 묻기에 저는 고개를 저으며 앉은 자세를 바꿔 바짓가랑이를 가렸어요.

"뭘 보고 있는데 그렇게 실실 웃어?"

"아무것도 아니에요."

엄마에게 여신의 존재를 들킬 순 없었어요. 절대 안 될 일이었죠. 엄마는 또다시 제 행복을 망쳐버릴 테니까요.

하아, 제가 너무 순진했어요.

샤워할 때 저는 핸드폰을 욕실 밖에 있는 수납함에 두는 습관이
있었어요.

그날 샤워를 하고 젖은 채로 욕실에서 나왔는데 핸드폰이 안 보
이지 뭐예요. 저는 서둘러 제 방으로 갔어요. 부모님이 벌써 방에서
저를 기다리고 있었죠. 아빠는 두 손을 허리에 얹고, 엄마는 어두운
얼굴로 아빠 곁에 서 있었어요.

"그 여학생과 관계를 끊어라. 안 그러면 전학시킬 거야."

아빠가 말했어요.

"말도 안 돼요. 그 애는 제 여자친구예요."

"여자애가 너무 저속하잖아. 네가 속은 거야. 선생님께 여쭤보니
까 편부모 가정에서 자란 애더구나. 걔 엄마는 이혼하고 몇 달 만에
새 남자친구를 사귀었다더라. 그런 배경에서 자란 아이가 생각이 깨
끗할 리가 없어. 헤어져."

엄마가 말했어요.

"널 위해서 며칠 동안 핸드폰은 아빠가 갖고 있어야겠다. 잘 생각
하고 오면 돌려주마."

아빠는 음흉하게도 '압수'라는 말을 피하면서 대범한 척을 했고요.

엄마는 방을 나서려다 말고 뭔가 생각난 듯 나를 돌아보았어요.
그러고 무지 슬픈 목소리로 이렇게 말했죠.

"우릴 원망하지 마. 이런 결정을 내려야 하는 부모 마음은 너보
다 훨씬 쓰라리단다. 우리가 얼마나 널 걱정하는지 넌 모르겠지."

이런 말은 사실상 달콤한 폭력 아닌가요.

선생님, 다음 장면은 빨리빨리 넘어가도 되겠죠. 선생님도 부모님한테 들어서 다 아실 테니까요. 그래요, 부모님이 저를 전학시켜 버렸어요. 전학이 쉽고 효과적인 방법이라고 생각한 거죠. 여신과 제가 하루 더 접촉한다는 건, 두 분 마음이 하루 더 불편하다는 뜻이었어요. 또 하나 중요한 이유가 있었어요. 곧 3학년이 되는데, 제 성적이 엄청 신경 쓰였겠죠.

그렇게 부모님은 제 뜻과 상관없이 저를 전학시켰어요.

지금 생각해도 죽고 싶을 만큼 괴로워요.

그날, 6시 45분에 저는 교복을 입고 양말을 신고 가방을 다 챙겨서 침대에 앉아 있었어요. 시곗바늘이 6시 50분을 가리키자 일어나서 아래층으로 내려갔죠. 거실에 들어서자마자 불길한 예감에 휩싸였어요. 평소라면 그 시간에 거실에는 아빠 혼자만 있어요. 엄마는 동생들을 차로 학교에 데려다주거든요. 그런데 그날은 두 분이 같이 소파에 앉아 있더라고요. 저를 보는 순간, 두 분 얼굴에 동시에 복잡한 표정이 떠올랐어요.

"아빠, 가요."

저는 짐짓 침착하게 말했어요.

"오늘부터 너는 H중학교에 안 간다."

아빠가 말했어요.

"벌써 전학 수속을 마쳤어. 오늘부터 넌 Y중학교 학생이야."

엄마가 말했어요.

저는 촬영장을 잘못 찾아간 배우 같은 기분이었어요. 갑작스러운 장면, 낯선 플롯에 당황해서 어쩔 줄 몰랐죠. 한참 동안 저는 두 분을 멍하니 보고만 있었어요. 입안이 바싹 말라붙었고, 몇 번이나 입을 떼려 했지만 한 마디도 나오지 않았어요.

이성이 돌아오자마자 나온 첫 마디는 이거였어요.

"H중에 다닐 거예요."

"너는 이제 Y중 학생이야. H중에 가더라도 수위실에서 막을 거야."

엄마가 말했어요.

"너는 더 이상 H중 학생이 아니다."

아빠가 말했어요.

"그 여학생은 잊고, 새로운 학교에서 인생의 새로운 페이지를 펼쳐나가기로 하자."

두 분이 입을 모아 말했어요.

부모님을 물끄러미 보고 있자니, 두 분의 형상이 조금씩 찌그러지면서 두 괴물로 변해갔어요.

저는 돌아서서 제 방으로 달려 올라갔어요. 커터칼이 은은한 은빛을 내뿜으며 서랍에 가만히 누워 있더군요. 저는 커터칼을 집어들고 커튼, 베개, 침대 시트를 쫙쫙 그었어요. 제 눈에 보이는 천이란 천은 모조리 줄무늬를 그리며 갈기갈기 찢어졌죠. 그러다 마침내 커터칼이 제 손목에 떨어졌고, 저는 칼을 쥔 손에 살짝 힘을 주었어요. 핏방울이 튀는 순간, 아악! 너무 아팠어요! 저는 손을 움츠렸고 커터칼은 바닥에 떨어졌죠.

저는 죽는 게 두려운 겁쟁이였어요. 이런 제가 너무나 수치스러웠어요.

손목을 그어 의지를 드러내지도 못하는 저였던 거죠. 저는 펑펑 울었어요. 그리고 나서는 그냥 나약하고 비겁하게 살아가는 수밖에 없었죠…….

다음 날, 저는 Y중 교문 앞에 서서 눈물을 흘렸어요.

아빠가 제 어깨를 툭툭 치며 말했어요.

"우리 아들, 잘하고 있어. 입시를 앞두고 환경을 바꾸게 돼서 많이 힘들 거야. 그래도 넌 할 수 있어. 이거 하나만 기억해라. 가족은 절대 너를 배신하지 않아. 우린 항상 네 편이다."

저는 눈물이 그렁그렁한 채 아빠를 바라보았어요. 눈물 속에서 아빠는 왠지 좀 인간 같지 않은 모습이 되어 있었죠.

*

Y중으로 전학간 뒤로 여신하고는 완전히 연락이 끊겼어요.

엄마가 제 핸드폰 번호를 바꿔버려서 저는 새로운 번호를 알려주려고 여신에게 전화를 걸었어요. 백 번, 천 번을 걸어도 수화기에서는 음성사서함으로 연결된다는 말만 흘러나올 뿐이었죠.

부모님이 여신에게 대체 무슨 말을 한 건지, 여신은 더 이상 제 전화를 받지 않았어요.

저는 Y중의 유명인이 되었어요.

저는 모든 시험을 거부했어요. 시험지를 받자마자 책상에 엎드려 잠을 잤죠. 중3은 시험을 엄청 자주 보잖아요. 시험 기간이 가까워질수록 수업 시간에 자는 횟수도 점점 늘었어요. 그러니까 담임이 미친 듯이 화를 내며 반 아이들 앞에서 저에게 온갖 체벌을 가했어요. 벌을 세우고, 운동장을 돌게 하고, 쪼그려뛰기를 시키고, 심지어 등나무 줄기로 제 손바닥을 후려치기까지 했어요. 저는 감각이 없는 사람처럼 찍 소리 없이 무표정하게 그걸 다 감내했죠. 이런 소극적 저항에 담임은 넌더리를 냈고, 저에게 가하는 체벌도 점점 심해져 도를 넘어섰어요. 어느 날 담임은 아주 기세등등하게 교단에 오르더니 최신 벌칙을 선포했어요.

"차이한웨이는 구제불능이야. 오늘부터는 나도 신경 끄겠다. '근묵자흑 근주자적近墨者黑 近朱者赤'이라는 속담 다들 알지. 저런 녀석하고는 거리를 두는 게 최선이다!"

담임 말을 듣고 처음엔 심장이 쪼그라들었는데, 금세 적응이 되더라고요. 겁낼 것 없어, 이미 초등학교와 H중학교에서 비슷한 일을 경험했잖아, 이번에도 쉽게 익숙해질 거야. 이렇게 스스로를 위로했어요.

담임이 저한테 신경을 끄자 저는 잠을 자거나 만화를 보면서 아주 편안한 학교생활을 하게 됐죠.

엄마가 몇 번이나 눈시울을 붉히며 저에게 묻더군요.

"너 도대체 왜 이러니? 어떻게 하면 정상으로 돌아올 거야?"

"그 애랑 얘기하게 해줘요. 한 마디라도 좋아요. 제발요……."

이게 유일한 제 부탁이었어요.

그러면 엄마는 눈물을 싹 거두고 험악하게 소리쳤죠.

"어림없어!"

"그 애랑 얘기만 하게 해줘요. 그럼 공부할게요."

이런 비슷한 대화가 거듭되다가, 어느 날 엄마가 말없이 쪽지 한 장을 건넸어요.

여신의 글씨였어요.

'나 새로운 남자친구가 생겼어. 미안해. 네가 전학 가니까 너무 외로워서 함께할 누군가가 필요했어. 양심상 얼굴 보고는 차마 말을 못 하겠더라. 그냥 날 잊어. 그게 우리 둘 다한테 좋은 일이야.'

저는 쪽지를 움켜쥔 채 고개를 떨구고 울기 시작했어요. 그 뒤로 부모님이 기대했던 것처럼 다시 일어서기는커녕 더더욱 되는대로 살아갔죠. 기측도 적당히 답을 찍고 책상에 엎드려 잤어요. 다섯 과목 모두요. 그 쪽지를 받은 날부터 저는 제 인생이 어떻게 흘러가든 자포자기 상태였어요. 맘대로 해. 상관없어. 이게 제 입버릇이었어요.

합격자 발표날 아침, 컴퓨터로 결과를 조회하던 엄마는 몇 분 만에 모니터를 끄고 입을 꾹 다물었어요.

저는 아주 후진 고등학교에 들어갔죠.

이 얘기도 하고 넘어가야 속이 풀리겠네요. H중은 졸업여행을 중3 때 가는데 Y중은 중2 때 가더라고요.

초등학교 때의 저주가 이어져 저는 졸업여행을 안 갔어요.

선생님, 선생님은 저를 너무 한심하게 보실지도 모르겠네요. 겨우 그런 감정 때문에 밑바닥에서 허우적거릴 필요가 뭐가 있냐고요. 솔직히 말해도 되죠? 그렇게 생각하신다면 잘못이에요. 여신은 저에게 그저 감정적인 동반자만 되어준 게 아니었어요. 제가 여신을 사랑한 더 큰 이유는 여신이 가장 추한 제 모습을 보고도 기꺼이 받아줬기 때문이에요. 연애할 때는 보통 가장 멋진 모습을 보여주려고 머리를 쥐어짜지만, 여신과 저는 전혀 그렇지 않았어요. 저는 반 아이들이 모두 피하려 하는 쓰레기 같은 존재였고, 여신은 불쾌한 냄새를 물씬 풍기는 아이였죠. 우리는 그런 조건에서 서로의 손을 맞잡았다고요. 그런 제 감정보다 더 진실된 감정은 있을 수가 없어요.

*

네, 이제 좀 쉬어요. 먼저 선생님께 감사드려요. 제 얘기를 이렇게 참을성 있게 들어주셔서요. 이제 다음 상황은 선생님도 그런대로 익숙하실 거예요. 선생님도 등장하니까요. 고등학교에 들어가자 부모님은 나락까지 떨어진 제 성적을 올리려고 과외 선생님 두 분을 모셨어요. 선생님하고 옌顔 선생님이요. 두 분이 공통점이 있는데요, 말을 재밌게 하셔서 저도 모르게 친해지고 싶어지더라고요. 솔직히 말하면, 두 분이 오셔서 너무 감사했어요. 엄마와는 다르게 선생님들은 제 기나긴 얘기를 들어주느라 많은 시간을 쓰셨으니까요. 저는 원래 과외를 거부했는데, 요 몇 달은 오히려 일주일에 두 번씩 오시는 선생님들을 무척 기다리게 됐어요.

옌 선생님은 제가 지금 다니는 고등학교는 예전 생활권과는 거리가 멀어서 아무도 제 과거를 모른다고 하셨어요. 성적만 끌어올리면 초등학교 시절처럼 인기인으로 지낼 거라는 말에 저는 많이 설렜어요. 진짜 오랜 슬럼프였잖아요. 그런데 옌 선생님은 제가 초등학교 6학년 이전의 시간을 많이 그리워한다는 걸 알아차리셨죠.

선생님과 옌 선생님이 도와주신 덕에 반년 안에 성적이 확 올랐어요. 전교 등수는 180등에서 20등까지 극적으로 도약했고, 물리 시험에서는 전교 최고점을 두 번이나 맞았죠. 그러니까 학교 선생님도 엄청 친절하게 대해주고 쉬는 시간에 저에게 다가오는 아이도 갈수록 늘었어요. 저한테 물리를 가르쳐달라는 애들도 많아서 뿌듯했고요.

이제 저는 또다시 학교생활을 기대하게 됐지요.

그런데 늘 그래왔듯이, 제가 행복해지려고 애쓸 때 우리 부모님은 제 등 뒤에 도사린 채 제가 가진 모든 걸 호시탐탐 노리고 있었어요. 그리하여 제가 다시금 웃을 수 있는 그 순간, 두 분도 행동을 개시했어요.

*

저는 고1 영어 과목을 낙제했어요. 선생님이 맡고 계신 과목이요.

정기고사 세 번은 다 잘 봤다고 엄마한테 말했어요. 다만 설명을 안 한 게 있어요. 쪽지시험, 퀴즈, 과제는 하나도 안 했다는 거요. 왜 그랬냐고요? 게으르니까요. 구렁텅이에서 이제 막 기어 나온 아이한테 당장 정확하고 탄탄하게 인생을 설계하라는 건 무리라고요! 화내지 마세요. 제 말이 맞다는 거 선생님도 잘 아시잖아요.

선생님, 죄송해요. 엄마가 선생님을 들들 볶았죠. 그건 선생님 잘못이 아니라 제 잘못인데, 제가 그 부분을 엉터리로 해서 그런 건데 말이에요. 아무튼 엄마가 과외를 시킨 건, 그때부터는 선생님이 제 성적을 책임져야 한다는 뜻이었으니까요.

"선생님, 저희가 이렇게 돈을 써가며 선생님을 모신 이유는 우리 애를 잘 관리해달라는 뜻 아니겠어요! 그런데 어떻게 이런 구멍이 생겼을까요?"

"학교에서 뭘 하라는지도 아이한테 물어보셨어야죠. 너무 대충 아니에요!"

"역시 젊은 선생님이라 경험이 부족하네. 옌 선생님은 과외 경력이 십몇 년이라 이런 실수는 절대 안 하시는데."

엄마가 선생님을 책망하는 소리를 들으니 좀 찔렸어요. 분명 제 잘못인데 저는 안 혼내고 일주일에 기껏해야 여섯 시간 보는 과외 선생님 탓을 하다니요. 이게 바로 속죄양이란 거겠죠.

"아무래도 학교에 한번 다녀와야겠어."

두 괴물은 귓속말을 주고받으며 간섭할 계획을 세웠어요.

선생님, 그때 저는 선생님을 보면서 연민이 차올랐어요. 두 괴물이 선생님을 가만 놔둘 리 없으니까요.

"선생님도 같이 가시죠. 우리 애 영어 학습 상황은 선생님이 가장 잘 아실 테니까요."

상냥하게 미소 짓는 가면을 쓴 엄마가 이렇게 말했죠.

역시나…… 제 말대로였어요.

선생님, 안타깝게도 선생님은 선생님 반응을 못 보셨죠. 정말 잊을 수가 없어요. 선생님 얼굴에 이렇게 씌어 있었다니까요. '누구? 나?' '내가 왜 학교까지 따라가야 해?' '어떻게 거절해야 잘리지 않을까?'

하지만 선생님 입에서는 이런 말이 튀어나왔어요.

"알겠습니다. 저도 같이 가죠."

어른들은 진짜 가식적이에요. 아이가 크면 저절로 어른의 특징을 갖게 되는 거라는 사람도 있지만, 저는 그런 변명은 받아들일 수 없어요.

저는 제가 당신들 같은 생물이 되도록 내버려두지 않을 거예요.

*

영어 담당인 거鑛 선생님은 이미 알림을 받고 우리를 기다리고 계셨죠. 우리가 교사 휴게실에 들어서자 거 선생님은 소파에 앉아서 준엄한 얼굴로 우리를 쳐다보았어요. 거 선생님은 스스로에게도 엄격한 분이었어요. 부드러운 머리카락을 흐트러짐 없이 빗어넘긴 그 모습이 딱 어울리는 분이요.

"선생님, 설명을 좀 듣고 싶어서 찾아왔습니다. 우리 아이는 정기고사 세 번 모두 성적이 좋았잖아요. 저도 얘가 평소에 좀 게으르다는 건 인정합니다. 그렇지만 선생님, 융통성을 좀 발휘하셔야죠. 60점만 주셔도 충분한데 기어이 낙제를 시켜야 했나요?"

엄마 말에 거 선생님은 바로 대답을 하지 않았어요. 소파에서 일어나 뒤쪽 캐비닛으로 가서 엄청 두꺼운 파란색 서류철을 뽑아 들었죠. 그리고 '수행 성적'라는 제목이 적힌 부분에서 종이 한 장을 꺼냈어요.

"이건 반 전체의 수행 성적입니다. 쪽지시험을 여덟 번 보고 과제를 열 번 했죠."

거 선생님의 길고 가느다란 손가락이 눈에 확 띄는 빈 줄을 가리

컸어요.

"이건 차이한웨이의 수행 성적이고요. 보이시죠? 공백입니다. 아드님은 쪽지시험도 한 번도 안 보고 과제도 한 번도 안 냈어요. 다른 학생들 점수 좀 보시겠어요? 시험을 보고 과제를 제때 내기만 하면 저는 점수를 후하게 줍니다."

곁눈질로 보니까 다들 80점 이상이었고, 가장 낮은 점수도 75점이더라고요.

근엄하기만 한 분이 수행 성적을 이렇게 후하게 주다니, 저는 거 선생님을 좀 달리 보게 됐어요.

엄마는 종이를 받아들고 골똘히 들여다봤어요. 이맛살이 점점 찌푸려지더군요.

거 선생님은 비굴하지도 거만하지도 않은 투로 엄마에게 설명했어요.

"제가 일부러 한웨이를 힘들게 하려는 게 아니에요. 오히려 저는 학생들을 도우려 합니다. 고등학교 영어는 만만치 않아요. 시험 점수만으로는 아이들 자신감이 확 꺾이곤 하죠. 그래서 저는 수행으로 아이들 전체 점수를 올려보려고 애쓰고 있어요. 한웨이 어머님, 한웨이는 과제를 단 한 번도 안 냈어요. 본인이 기회를 차버리는데 제가 어떻게 돕겠어요?"

그러니까 엄마가 저를 휙 돌아보는데, 어깨뼈에서 뚜둑 소리가 나데요.

"영어 과제 왜 안 냈어?"

순간 교사 휴게실의 모든 시선이 저에게 쏠렸어요. 다른 선생님들은 바삐 일하는 척하면서 이쪽 소파에서 벌어지는 상황을 은밀히 지켜보고 있었죠. 당신 아이는 당신 소유물이 아니잖아요, 이런 눈초리로요. 저는 주인공이 됐는데…… 이렇게 말하니까 좀 이상하네요. 저는 시작부터 주인공이었으니까요. 아, 이렇게 바꾸죠. 주인공에게 드디어 스포트라이트가 쏟아지는 순간이 왔다고요.

아이고, 제가 좀 흥분해서 너무 나갔네요.

아무튼 저는 목청을 가다듬고 일부러 건들거리는 투로 내뱉었어요.

"나도 몰라요, 그냥 하기 싫었어요."

제 대답은 효과 만점이었어요. 엄마 얼굴이 일그러지면서 입술이 쉴 새 없이 떨리더군요. 다음 순간, 엄마는 그대로 울음을 터뜨렸죠. 그 많은 선생님 앞에서 손바닥으로 얼굴을 가린 채 엉엉 울었어요. 그런 엄마를 보며 제 얼굴도 일그러졌어요. 맙소사, 극적 효과가 부족해서 저러는 거야? 저렇게 그냥 울어버리면 어쩌라고.

저는 정신을 차리고 눈앞에 펼쳐지는 변화무쌍한 상황을 흥미롭게 지켜봤죠.

"거 선생님, 보시다시피 우리 애가 이렇게 주관이 뚜렷해요! '그냥 하기 싫었다'는데, 부모인 저희가 억지로 시킨다고 시험을 보고 과제를 하겠어요?"

엄마는 카메라를 장악한 채 그 놀라운 연기력을 계속 발휘했죠.

"우리 애한테는 부모 말이 전혀 안 통해요. 그러니까 선생님께서 한 번만 더 기회를 주실 수는 없을까요? 딱 2점 모자라잖아요. 선생님이 2점만 더 주시면 두 학기 평균이 60점을 넘길 수 있어요. 선생님, 제발 부탁드립니다……."

거 선생님은 얼굴이 새파랗게 질렸어요. 엄마의 이번 기습은 성공한 것처럼 보였어요.

선생님, 그때 선생님은 속으로는 나 몰라라 하는 제 태도가 꼴 보기 싫으셨죠. 두들겨 패고 싶으셨을 것 같은데요? 그런데 이렇게 생각하셔도 될 것 같아요. 이건 얼핏 보기엔 제 인생이지만, 실제로는 두 괴물이 빈틈없이 협력하며 조종하고 있다고요.

세월이 한참 흐르고 나면, 저도 제 인생에 관심이 생길까요?

쓸데없는 말이 많았네요.

거 선생님은 역시 20년 경력의 베테랑 선생님다웠어요. 엄마 연기에 속아 엄마 장단에 맞춰 춤추는 일은 없었죠. 반대로 거 선생님은 이내 마음을 가라앉히고, 엄마 손에 본인 손을 올리며 또박또박, 진지하게 설명했어요.

"성적은 이미 나갔습니다. 이젠 저도 변경할 권리가 없어요. 한웨이 어머님, 지금 어머님 심정은 충분히 이해합니다. 하지만 한웨이는 이미 열일곱 살이에요. 이제 곧 열여덟 살, 성인이 되겠죠. 법적으로 열여덟 살은 완전한 형사 책임을 지는 나이예요. 부모로서 이

제 아이가 성장하게끔 손을 놔주셔야 하지 않을까요?"

저는 거 선생님께 환호를 보낼 뻔했어요. 6학년 때 엄마에게 단숨에 격파된 풋내기 선생님과는 달리, 거 선생님은 엄마의 매서운 공세를 성공적으로 막아냈을 뿐만 아니라 멋지게 반격까지 해냈으니까요.

전세가 역전되고, 모든 시선이 다시 엄마에게 쏠렸어요. 엄마는 아무 말 없이 거 선생님을 똑바로 노려볼 뿐이었죠.

선생님, 거 선생님이 이길 거란 생각을 단 1초라도 하셨나요? 그건 있을 수 없는 일이에요.

자기 자식도 망가뜨리는 괴물인데, 이런 싸움에서 패배할 리 있겠어요?

"거 선생님, 선생님이 결혼도 안 하고 아이도 없다는 거 잘 압니다. 선생님께 아이가 생긴다면 그 아이를 어떻게 교육시킬지 무척 기대되네요. 성공한 아이를 키워낼 거라고 자신하시나요? 만약에 오늘, 선생님 아이가 이 자리에 서 있다면요? 그래도 지금처럼 한 아이의 미래와 인생을 망쳐놓겠다고 고집하실지 매우 궁금하군요."

굳이 주위를 둘러보지 않아도 충분히 짐작이 갔어요. 귀를 쫑긋 세우고 엿듣던 다른 선생님들을 비롯해 그 자리에 있는 모든 사람이 사색이 됐겠죠.

거 선생님은 손을 빼고 뒤로 물러섰어요. 거 선생님 눈시울이 금세 벌게졌어요. 입은 물고기가 뻐끔거리는 것처럼 헤벌어져 있었고요. 거 선생님께 1년을 배웠지만 이렇게 망연자실한 모습은 본 적이 없었어요.

옆에서 한참을 기다리던 아빠가 드디어 입을 열었죠.

"그만 가지. 이런 사람하고 얘기해봐야 아무 소용 없어."

아빠는 벌떡 일어나 거 선생님을 내려다보더니 인사도 없이 성큼성큼 나가버렸어요.

선생님, 그때 충격받아 얼어붙어 계시던 거 충분히 이해해요. 제가 수백 번 얘기했잖아요. 선생님 앞에서는 저를 무지 사랑하는 척, 아주 너그럽고 소탈한 부모인 척하지만, 그건 가면이고 껍데기라고요. 선생님도 처음엔 제 말을 안 믿고 오히려 저를 감사할 줄도 모르는 애라고 생각하셨죠. 백문이 불여일견이라는 말이 있죠? 그때 선생님까지 끌어들여 민망하긴 했지만, 그 두 사람의 실체를 직접 보게 된 건 선생님한테도 분명 값진 경험이었을 거예요.

*

거 선생님은 아이들이 존경하고 따르는 분이에요. 엄격하지만 거기엔 다 이유가 있고, 아이들도 그 뒤에 숨겨진 고민과 정성을 충분히 알거든요. 겉으로는 다들 투덜대도 어리광 섞인 불평이에요.

거 선생님과 엄마가 벌인 한판 승부는 며칠도 안 되어 학교에 쫙 퍼졌어요. 이건 곧 뇌진탕 사건의 복사판이었고, 저는 또다시 고립

되고 말았죠. 전날까지 저랑 웃고 떠들던 애들이 이제 아주 께름칙한 눈길을 보내더군요. 6학년 때랑 다른 점이라면, 고등학생이 되니까 따돌림 수법도 업그레이드됐다는 거죠. 면전에서 대놓고는 안해도 제 귀에 들려오는 소문이 있었어요. 우리 반 인싸가 페이스북에 '마마보이 차이한웨이'라는 그룹을 만들었다는 거였죠. 저는 그중 한 아이에게 뇌물을 주고 좀 보여달라고 했는데, 몇 분 만에 창을 닫아버렸어요. 오래 봤다간 심신의 건강을 해치겠더라고요.

털어놓고픈 불만이 가득하지만 빨리빨리 넘어갈게요. 안 그랬다간 중복이 너무 심해질 테니까요. '마마보이 차이한웨이'라는 그룹이 생기고 한 달쯤 지나니까 우리 반에서 제 자리가 사라져 있었어요. 다른 길을 찾아야 했죠. 저는 소위 '불량청소년'이라는 아이들과 가까워지기 시작했어요. 선생님은 평생 그런 애들은 몇 명 보지도 못하셨을 것 같네요. 전 과목 점수를 합쳐도 100점이 안 되는, 부모뿐 아니라 학교에서도 포기한 그런 애들이에요.

몇 주 만에 새로운 무리에서 제 자리가 확고하게 생겨났어요. 뭘로 해냈을까요? 맞아요, 돈이에요. 제가 큰아들이라서 그런지 부모님은 돈은 언제나 팍팍 주셨어요. 저는 애들한테 비싼 게임 장비, 정품 유니폼, 축구화를 빌려줬어요. 필요하다면 직접 돈도 빌려줬고요. 애들한테 둘러싸이자 저는 왕처럼 마음대로 오늘 은혜를 베풀 대상을 골랐죠. 씀씀이가 점점 커졌고 아빠 서랍에도 더 자주 손을 대게 됐어요. 필요하면 엄마 핸드백에도요. 그런데, 선생님, 비밀 지켜주셔야 돼요. 절 곤란하게 만들고 싶진 않으시죠?

무리 가운데 한 여자애가 저한테 엄청 들러붙었어요. 여신을 살짝 닮은 애라 그 애를 보면 달콤하고도 고통스러운 기억들이 자꾸 떠올랐죠. 저번에 교과서 사이에서 콘돔이 떨어진 적 있죠? 맞아요, 그 여자애랑 했어요. 그 애가 주도했다니까요. 금요일 마지막 두 시간은 동아리 활동인데, 우리는 입을 잘 맞춰 핑계를 대고는 직업반 꼭대기층에 있는 장애인 화장실로 숨어들었어요. 거기서 아주 실컷 했죠. 시험을 앞둔 주말엔, 부모님한테는 도서관에 가서 공부한다고 뻥을 치고 방 잡으러 달려간 적도 있고요.

신분증을 요구하는 모텔은 없다는 걸 친구한테 들어서 알고 있었어요. 그런데 그렇게 쉽게, 아무런 방해도 없이 모텔 침대에 앉아 있으니 조금은 실망스럽더라고요. 규칙을 어긴다는 짜릿함이 덜했고, 방을 잡은 것도 기대만큼 끝내주는 일은 아니었어요.

선생님, 지금 표정 너무 웃겨요. 그게 그렇게 안 믿기는 일이에요? 하긴, 선생님은 저랑 일고여덟 살 차이밖에 안 나고 쭉 1지망에 합격하셨죠. 그런 깨끗한 환경에서 자라면 머릿속에 이런 지저분한 생각이 들어갈 틈도 없겠네요.

*

지금 그 여자애 부모님은 저더러 사과하고 배상하라고 하고 있어요. 안 그러면 성적 자기결정권을 침해했다고 저를 고소할 거래요. 정말 어처구니가 없죠. 뜬금없이 성관계를 하게 된 것도 걔가 원해서였고, 저 혼자 즐긴 것도 아니었는데 말이에요. 하아, 제가 남자라는 이유만으로 걔네 부모님이 땡잡은 거죠.

선생님, 이제 그만두실 때가 됐어요. 부모님이 절 포기하려 하거든요.

엄마는 이제 지쳤다고 했어요. 저 때문에 충분히 괴롭다고요.

그러더니 엄마가 갑자기 벽에 머리를 들이박는 거예요. 그걸 보면서 완전 식겁했어요. 그게 대체 무슨 짓이냐고요. 사는 게 지긋지긋한 사람은 저인데, 왜 엄마가 한 발 앞서 그런 소리를 하죠?

부모님은 이참에 저를 외국으로 보낼 거래요. 거기서 개조시켜야겠대요.

선생님, 안녕히 가세요. 이런 식으로 작별인사를 드리게 돼서 유감이에요.

어머니의 이야기

선생님, 우리 아들이 선생님께 무슨 얘기를 했는지 모르겠네요. 그냥 잘 들어주시고, 마음에 담아두진 마세요. 애가 엄청 똑똑하고 거짓말도 잘하거든요. 그 애가 하는 얘기는 거의 다 개인적인 오해와 망상에서 비롯된 거예요. 그 애는 늘 온갖 수단을 써서 저를 악마화하죠. 저는 한웨이가 묘사하는 것처럼 그렇게 끔찍한 부모가 아니라는 걸 분명히 하고 싶네요.

이 지경이 되기까지, 도대체 언제 우리 큰아들을 잃게 된 건지 저는 도무지 알 수가 없어요.

제 설명을 듣고 나서 실마리를 좀 주시겠어요?

저하고 남편은 모두 시골 출신이에요. 가난한 시절을 겪었죠. 저는 큰딸이라 일찌감치 학업을 포기했어요. 도시로 나와 돈을 벌어 동생들 뒷바라지를 해야 했으니까요. 남편도 큰아들인데 저보다는 운이 좋았어요. 남편이 대학을 마칠 수 있게 온 가족이 남편한테 올인했거든요. 우리는 회사에서 알게 된 사이예요. 남편은 주임이고 저는 말단 직원이었죠. 남편이 격려해줘서 저는 오랫동안 손놓은 공부를 다시 시작했어요. 고등학교 졸업장을 받은 날 밤에 프러포즈를 받았어요. 저는 두말 않고 고개를 끄덕였죠.

제가 받은 교육이 어떤 건지 이야기해볼게요. 저는 살면서 겪는 모든 일을 의무로 여기라고 배웠어요. 권리니 뭐니 찾지 말고요. 돈을 벌어 가족을 부양하는 것이 의무, 때가 되면 결혼이라는 단계에 들어서는 것이 의무, 아이를 낳는 것이 의무, 부모가 늙어 돌아가실 때까지 보살피는 것이 의무, 아이를 위해 희생하고 헌신하는 것이 의무죠. 아이가 크면 늙어가는 부모에게 보답하는 것도 당연히 의

무고요.

솔직히 말하면, 저는 이런 의무의 본질에 의문을 품은 적이 없어요. 제가 왜 그런 답답한 규율을 따라야 하는지에도요. 그냥 받아들였죠. 심지어 받아들이는 과정에서 어느 정도 안전감을 느꼈어요. 믿음이라고도 할 수 있겠네요. 저는 저 자신도, 남편도, 사회의 다른 낯선 사람들도 주저 없이, 의심 없이 그 의무를 다하리라고 믿었어요.

그렇게만 된다면 세상은 안정된 질서를 따라 돌아가겠죠. 지금 세대는 다음 세대를 키우고, 다음 세대는 그다음 세대를 키우고…… 그런데 이제 와서 보니 그런 생각은 그냥 환상이었던 것 같네요.

제가 살아온 시절에는 사랑이란 말로 부부 사이를 표현할 수가 없었어요. 그보다는 '도의'와 '책임'이란 말이 적절했죠. 부부 관계는 파트너 관계나 비슷해요. 선생님도 저희 파트너라고 할 수 있고요. 가정도 회사를 경영하는 사고방식으로 꾸려나가는 거예요. 회사 내부에는 조직이 있어야 하고, 조직마다 적당한 사람이 있어야 해요. 이 회사의 발전과 전망을 외부에서는 어떤 식으로 평가할까요? 가족의 가장 중요한 자산을 보고 평가하겠죠, 그건 바로 자식 말이에요.

이 말에 의문을 제기하지 말아주세요. 남편과 저는 오랜 세월 사업 현장에서 산전수전 다 겪어왔어요. 경험이 저에게 말하더군요. 제아무리 성공한 기업도 나중에 가면 바통을 넘기는 어려운 문제에

직면한다고요. 결혼하고 남편은 시부모님의 지원을 받아 물류회사를 차렸고, 저는 5년 동안 세 아이를 낳았어요. 아이들을 부족함 없이 키우려고 남편은 불철주야 일했고, 저는 세 아이 교육을 포함한 모든 집안일을 책임졌어요. 아이들이 좀 크자 저는 보모를 구했어요. 그리고 바쁜 와중에도 짬을 내서 남편 회사의 재무를 관리했죠. 남편과 저는 공적으로나 사적으로나 떼려야 뗄 수 없는 파트너예요.

한웨이가 유치원에 다닐 때 남편과 함께 이사를 고민했어요. 아이들은 계속 자랄 텐데 원래 살던 집은 너무 좁았거든요. 그 무렵 남편 사업도 안정적인 궤도에 올랐고, 저희는 적지 않은 현금을 쥐고 있었어요.

수없이 집을 보러 다녔지만 고개를 끄덕일 만한 집은 좀처럼 없더군요. 이사를 미룰까 잠시 망설이는데, 부동산 중개업자가 마당이 딸린 고급 단독주택 자료를 건넸어요.

"이 집은 입지가 정말 좋습니다. 교육 및 문화 시설이 밀집되어 있고, 반경 5킬로미터 안에 PC방이나 유흥업소 같은 건 전혀 없는 조용한 동네죠. 명문 중학교가 있는 학군지에, 아이가 공부를 잘하면 인근 고등학교에 진학할 수 있어요. 자녀 교육을 중시하는 부부에게 딱 맞는 집이랍니다."

장삿속으로 하는 말인 줄 알면서도 제 가슴 깊은 곳에 무언가가 와닿더라고요. 뭐라 형용하기 힘든, 너무너무 신비로운 느낌이었어요. 투명해진 제 몸을 '아이'라는 존재가 통과해 지나갔어요. 저는 남편을 돌아보며 눈으로 말했죠. 바로 이 집이야!

선생님, 저희 집 정말 예쁘지 않나요? 2층 통유리창으로 내다보면 다른 집들 정원까지 쫙 보이는데 얼마나 아름다운지 몰라요. 그 중개인 말이 과장이 아니었어요. 확실히 고즈넉하고 평온해요. 집값이 싼 동네는 결코 아니다 보니 이웃 분들도 어느 정도 사회적 위치가 있고요. 맞은편에는 퇴직한 공무원 부부가 살고, 옆집 바깥양반은 외국은행 임원이에요. 이런 환경에서라면 아이들이 질 나쁜 친구랑 어울릴까 걱정할 필요도 없죠.

이런, 이야기가 옆길로 새버렸네요. 죄송해요.

네, 저희는 이 집을 샀어요. 보시다시피 2층은 거실과 작은 사무실이에요. 저희 부부와 막내 방은 3층에 있고, 한웨이와 둘째 방은 4층에 있어요. 5층은 원래 남편이 서예 연습하는 방으로 쓰려고 했어요. 남들은 남편에게 이런 취미가 있는지 잘 몰라요. 아무튼 인테리어 디자이너가 집에 왔는데, 웬일인지 남편이 좀 멍한 얼굴로 이렇게 말하더라고요.

"아이들 서재로 바꾸자."

그 순간 저는 감동의 눈물을 흘렸답니다. 제 남편도 저랑 똑같은 사람이었어요. 저희는 옛날 사람이에요. 아이들을 위해 기꺼이 희생하고 모든 걸 바치려 하는…….

선생님 같은 신세계 사람은 이해 못 할 거예요. 코웃음을 칠지도 모르겠네요. 선생님을 탓하는 건 아니에요. 하지만 요즘 사람들의 사고방식을 저는 도무지 받아들일 수가 없어요.

한웨이가 대여섯 살이 되자 저는 불안한 현상을 감지했어요. 사회 규율을 지키지 않는 사람이 점점 늘고 있었죠.

저는 그들을 신세계 사람이라고 불러요. 우리 같은 옛날 사람과 구별하느라고요.

신세계 사람은 갖가지 의무를 회피하려고 갖가지 방식을 쓰더군요. 결혼과 출산을 예로 들어볼까요. 그들 중에는 서른이 넘도록 결혼할 생각도 없는 사람이 많아요. 그저 결혼에 따르는 책임이 두려워 결혼을 피하거나, 아니면 결혼하고는 예상치 못한 어려움에 놀라서 쉽게 이혼해버리죠. 결혼은 했는데 자식에게 얽매이긴 싫다고 떠드는 사람도 많고요. 뭐라고 하더라? 딩크족 맞죠? 한마디로, 저는 보면 볼수록 그들이 못마땅했어요.

가장 어이없는 건, 그들이 사회 구성원으로서의 의무를 회피하는 건 그렇다 치고, 그걸 여기저기 떠들고 다닌다는 거예요. 겨우겨우 이해를 해보자면 도둑이 제 발 저려서 선수를 치려는 거겠죠. "결혼은 행복을 대표할 수 없다. 결혼하지 않는 것도 하나의 선택이다. 이혼 후에도 여성은 여전히 진정한 사랑을 추구할 권리가 있다." 심지어는 "가정에 중심을 두지 말라, 여성은 개인의 삶과 흥미를 키워야 한다" 같은 비뚤어진 논리도 적지 않아요.

대체 뭐죠? 그들이 입을 놀릴 때 뇌는 작동을 멈추는 걸까요?

남자는 밖에 나가 세상을 위해 힘쓰고, 여자는 가정을 따뜻하고 편안하게 꾸린다. 이건 아주 자연스러운 분업 아닌가요? 그렇게 '자기 자신'만 중요하다면 좀 더 용감하게 선언해야죠? 영원히 그렇게 살겠다고…… 예전에 유행하던 말이 있잖아요? 아이돌 드라마에도 나왔던 말인데. 패견敗犬*이던가? 맞아요, 패견이었어요. 매사에 그렇게 자기가 최우선이면 차라리 평생을 패배한 개로 살 것이지…… 너무 악랄하게 들려도 내 말을 취소하진 않겠어요.

몇 년 전 TV 토크쇼에서 짧은 치마를 입고 무릎을 통째로 드러낸 여자 연예인을 봤어요. 그리고 나와서는 시청자들에게 "이혼할 용기가 있어서 다행이었고, 지금은 행복하게 살고 있어요"라고 하는 걸 보고 제 마음은 차갑게 식어버렸어요. 어떻게 방송에 나와서 그런 말을 하게 놔둘 수 있죠? 아이들에게 나쁜 영향을 미칠까 걱정도 안 되나요? 저는 그 채널을 끊어버리고, 한웨이와 딸들에게 제 허락 없이는 절대 리모컨을 건드리지 말라고 경고했어요. 몇 년 동안 영어 교육 프로그램과 뉴스만 조금 보여줬을 뿐 만화는 금지했죠. 요즘 만화는 얼마나 간사한지, 폭력적이고 선정적인 장면들을 은밀히 심어놓더라고요.

한웨이가 초등학교에 입학하자 저는 최신 정보를 얻으려고 교통지도 엄마, 돌봄 엄마, 이야기 엄마를 자청했어요. 한웨이가 인기 있

---

* '패배한 개'라는 뜻으로 타이완에서 30대 이상의 비혼 여성을 지칭하는 말. 결혼이나 출산을 하지 않아 사회적 압박이나 편견을 느끼는 여성을 비하하는 표현이다.

는 아이가 되게끔 아이들이 좋아하는 간식도 수시로 넣었고요.

엄마로서 저는 그 어떤 엄마보다도 부지런하다고 자부해요.

하아, 이 정도 대비로는 부족했어요.

세상이 점점 더러워지고 있어요. 오염되지 않은 깨끗한 아이로 키우기가 얼마나 힘든지 몰라요. 신세계 사람들이 세균처럼 무섭게 번성하고 있어요. 우리 같은 옛날 사람 중에서도 구세계의 도덕을 버리고 스스로 타락해 신세계의 품에 뛰어드는 사람이 늘고 있고요. 슬프게도, 우리처럼 옳은 일을 택해 굳게 지키려는 선배들은 존중받지 못해요. 어디 그뿐인가요, 걸핏하면 '고루하다', '융통성 없다'는 조롱이나 당하죠.

저는 너무 불안해요. 이런 사회에 미래가 있을까요?

*

한웨이가 허리를 구부리고 죽어라 토하던 날, 제 마음은 갈가리 찢어졌어요. 제 아이가 조금도 잘못되지 않게끔 그동안 그토록 애써 왔는데, 반 아이들이 무심코 행동하고 담임 선생님이 자리를 비운 5분 동안 한웨이가 그렇게 크게 다치다니요. 저는 너무 두려웠어요. 세상의 질서는 제 예상보다 훨씬 더 크게 흔들리고 있었죠. 제가 아무리 제 아이를 보호해도 소용없었어요. 신세계 사람들과 그들이 대충대충 교육한 그들의 후손들에게 우리 구세계 사람들은 피해를 볼 수밖에 없는 상황이었으니까요.

선생님, 선생님도 제 고통을 느껴보시겠어요? 이런 기분이에요. 선생님이 정성껏 돌보는 어린 새싹이 있어요. 그런데 이웃 사람들이 자기네 꽃과 나무를 제대로 다듬지 않았어요. 그래서 태풍이 오면 옆집의 부러진 가지가 날아들어 선생님이 오랫동안 지켜온 새싹을 후려쳐 꺾어버려요.

아무튼 제가 시키는 대로 그 풋내기 담임은 어설프게 주소록을 뒤져 부모들에게 전화를 걸었어요. 그런데 3분의 2가 이러는 게 아니겠어요. "죄송합니다, 아직 회사에 있어요. 좀 이따 서둘러 가겠습니다!"

저는 몹시 분노했어요. 엄마가 돼서 가정에는 신경도 안 쓰고, 돈 몇 푼 벌겠다고 밖에 나가 스트레스 받다 보면 아이들에게 올바른 도덕관을 가르칠 기운이 남아 있겠어요? 그런 엄마가 집에 가서 영양가 있고 건강한 음식을 만들어주겠어요? 통신문에 서명하기 전에 아이가 적어놓은 세세한 일을 자세히 보기나 하겠어요?

그 어머니들이 부랴부랴 달려오자 저는 그들을 사납게 노려봤어요. 다들 여전히 어리둥절한 표정이더군요.

너무너무 괘씸했어요! 생각하면 할수록 화가 나네요.

그들이 아내와 어머니의 의무가 뭔지 생각이나 해봤을까요? 지금 사회는 커리어우먼을 격려하고, 여성의 경제적 독립을 인격적 독립과 바꾸자고 호소하죠. 그런 시각에 저는 눈이 뒤집힐 지경이에요. 제가 얘기했죠. 의무, 의무, 모든 사람은 사회에서 마땅히 해야 할 의무가 있어요. 남자의 의무는 직장에서 열심히 일해 가정에 안정적이고 풍족한 수입을 가져다주는 것, 여자의 의무는 모든 구성원이 행복해지는 가정을 만드는 것이죠. 단단히 조인 나사못처럼 저마다 자기 자리에 있으면 사회라는 기계는 아주 매끄럽게 돌아갈 거예요. 그런데 아까도 말했다시피 신세계 사람들은 의무에서 어떻게 벗어날까, 이런 생각뿐이에요. 자기 자신만 생각하면서 자유로워지겠다는 어머니들 때문에 자녀 교육에 공백이 생기는 거라고요. 그 공백의 무고한 피해자는, 불쌍한 제 아들이고요!

자격 없는 어머니들에게 있는 대로 비난을 퍼붓고 나니까 속이 아주 시원하더군요.

할 일을 끝낸 저는 하얗게 질린 한웨이를 데리고 나왔어요. 무슨 악몽에서 깨어난 것처럼 애가 많이 안 좋아 보이는데, 얼마나 안쓰럽던지요. 한웨이는 머리에 심한 충격을 받아서 한동안 쉬어야 했어요.

선생님, 한웨이가 변했어요. 낯선 아이가 되어버렸어요.

성적도 좋고 리더십도 있던 완벽한 아들은 온데간데없이 사라졌어요. 그 일이 있고 나서, 우리 집에 사는 그 아이는 책임을 회피하는 법을 배우고 말았죠. 한웨이가 처음으로 학교 가기 싫다고 말할 때, 저는 제 귀를 믿을 수가 없었어요. 좌절하고 달아나는 건 바로 신세계 사람의 기본 스타일이잖아요? 제 손으로 키운 훌륭한 아이가 언제부터 그런 물이 들었을까요?

한웨이가 이상해진 걸 남편에게는 알리지 않았어요. 한웨이는 제가 맡은 책임이니까요. 남편에게 푸념하면 아마 남편은 아무 말 않고 참을 거예요. 하지만 속마음은 다르겠죠. '아들은 당신 책임 아냐. 제대로 돌봐야지, 그게 뭐야?'

저는 단서가 없었어요 한웨이에게 물어봐도 대답을 안 해주니, 그 못돼 먹은 애들이 보복하는 거구나, 이런 짐작만 할 따름이었죠. 애들이 어떻게 그렇게 구제불능이죠? 반성은커녕 한웨이를 따돌려 죄책감을 덜려고 하다니요. 저는 그 애들이 불쌍했어요. 제대로 가르쳐줄 사람이 없는 아이란 고아나 다름없죠. 그 애들 부모는 신세계 사람이었어요. 신세계 사람들은 자식이 제멋대로 하는 행동을 바로잡아줘야 한다는 걸 까맣게 잊었어요.

그 풋내기 담임도 황당하긴 마찬가지예요. 경험이 풍부한 선생님이라면 이런 집단 따돌림을 가볍게 여길 리가 없어요. 그런데 그 여자는 그냥 아이들 앞에서 서로 아끼고 사이좋게 지내라고 다정하게 외치면 효과가 있을 거라고 생각한 걸까요?

괜찮아요, 한웨이는 곧 중학교에 가니까요. 그러면 이 불결한 곳에서 멀어질 수 있었어요.

한웨이 손을 잡고 중학교에 등록하러 가는 날, 제 얼굴에는 웃음이 가득했어요. 지역에서 진학률이 가장 높은 학교답게 교정은 활기차고 싱그러운 분위기가 넘쳐흘렀죠. 우리를 맞이하는 선생님들도 매우 정중했고요. 저는 통로를 지나다 걸음을 멈추고 게시판을 살펴봤어요. 상위권 성적 순위와 교외 경시대회 성과를 유심히 들여다봤는데 매우 만족스럽더군요.

"새 학교 맘에 들어?"

한웨이에게 물으니 한웨이는 고개를 살짝 끄덕였어요.

저는 한웨이의 손을 잡고 부드러운 눈으로 한웨이를 바라보며 말했죠.

"엄마랑 약속. 새 학교에서 열심히 하기!"

왜 그런지는 몰라도 한웨이의 손이 축축하고 차가웠어요. 너무 긴장해서 그런 거였겠죠!

한웨이도 중학교 생활을 많이 기대하고 있나 보다, 저는 긍정적으로 생각했어요.

＊

중학교에 가서도 한웨이는 뚜렷이 나아지는 기색이 없었어요. 여전히 학교 가는 게 신나지 않아 보였죠. 저는 초조한 마음을 억누르고 참을성 있게 기다렸어요. 어릴 때처럼 한웨이가 저에게 마음속 고민을 털어놓아주기를요.

둔감한 남편도 이런 말을 꺼냈어요.

"어째 우리 아들이 예전보다 어두워진 것 같지?"

제가 한웨이에게 주는 용돈은 두 딸에게 주는 용돈을 합친 것보다도 많았어요. 이렇게 차별하는 게 속으로는 불안했지만, 돈을 받은 한웨이는 바로 저에게 감격의 미소를 날리는 데다가 애교스럽게 엄마 엄마 하고 몇 번 불러주니, 또 딱히 잘못하는 것 같지는 않았어요.

한웨이는 저에게 하나뿐인 아들이에요. 그 애는 꼭 좋아져야 했어요.

몇 달 뒤, 어마어마한 핸드폰 요금 청구서가 날아왔어요. 제 마음속 비상벨이 요란하게 울렸어요. 제길, 세균이 또 침입했어. 이건 비상사태였어요. 남편에게 알리는 수밖에 없었죠. 다행히 남편은 심각성을 알아차렸고, 저를 탓하는 대신 둘이 함께 열심히 해결 방안을 상의했어요. 결국 가장 효율적인 방법을 택하기로 했죠. 저희는 아들이 샤워하는 동안 핸드폰을 가져와 채팅 내역과 문자 메시지를 확인했어요.

화면에 뜬 노골적인 글을 보고 저는 메스꺼워 토할 뻔했어요.

브래지어, 젖꼭지, 팬티, 빨아줄게.

이번에 한웨이를 오염시킨 것은 더욱 강력한 세균이었어요. 과민반응이라고는 하지 말아주세요. 선생님, 솔직히 말씀해주세요. 이런 외설적인 말이 고작 열네다섯 살짜리 여자애 입에서 나왔다고요. 선생님은 역겹지 않으세요?

아이의 성장은 단 한 번뿐이에요. 부모가 됐으면 책임을 져야죠.

남편이 즉시 담임 선생님에게 전화를 걸었어요. 담임이 몇 가지 키워드를 주더군요. 그 애 부모는 얼마 전에 이혼했고, 그 애는 지금 어머니와 어머니 남자친구와 한 집에서 지내며, 어머니 남자친구가 막노동으로 버는 돈에 기대 산다고요.

남편과 저는 휘둥그레진 눈으로 서로 얼굴만 쳐다볼 뿐이었죠. 이 여자애 엄마는 대체 뭐 하는 사람이야? 최소 서른은 넘었을 텐데 이렇게 막 살다니, 부끄럽지도 않나? 자기 딸이 뭘 보고 배우는지는 전혀 모른 채 남자를 끌어들여 태평하게 지내다니. 더 이상 생각할 필요도 없었어요, 그 끔찍하게 더러운 문자는 그 여자애가 한웨이를 꼬셨다는 확실한 증거였죠!

저희 아이들이 TV에서 어떤 정보를 얼마나 흡수하는지 제가 오랫동안 감독해왔다고 말씀드렸죠. 아이들을 위해 남편도 찰떡같이 협조하고 있었어요. 신문도 회사에서만 읽었죠. 저희 집에서 유일한 컴퓨터는 거실에 있어요. 누가 컴퓨터를 쓰는지, 컴퓨터로 뭘 하는지, 하나도 제 눈을 피할 수가 없어요. 제가 철저히 관리한 덕에 한웨이는 포르노를 접할 기회가 없었다고요. 그런데 어떻게 그런 저질스러운 문자를 보낼 수가 있죠? 그래요, 선생님이 한웨이를 가르치신 지도 1년이 넘었으니 한번 판단해보세요. 열서너 살짜리 아이가 외부인의 부추김 없이 주동적으로 그런 말을 할 수 있을까요? 그럴 리가요. 한웨이 의지로 나온 말일 리가 없어요. 그 애는 너무 순진해서 이렇게 발랑 까진 여자애를 어떻게 상대해야 할지 몰랐을 거예요.

남편과 곰곰이 생각해본 결과, 이 여자애는 호락호락한 애가 아니었어요. 십중팔구 한웨이가 부잣집 아들이라는 걸 알아차리고 갖은 수를 써서 빌붙으려는 거였죠. 그런데 그저 달콤한 말에 홀린 한웨이는 그 애의 진면목을 못 본 채 되레 그 애 편을 들지 뭐예요. 불쌍한 우리 아들, 제 잘못이었어요. 신세계에서 침입하는 게 너무 많았어요. 하지만 괜찮아요…… 아직 구해낼 기회가 있었으니까요.

한웨이를 전학시키자고 하니까 남편은 처음에는 망설였어요. 그래서 제가 이렇게 설득했죠.

"한웨이가 학교에서 지내는 시간이 하루에 여덟아홉 시간이야. 우리가 아무리 책임을 다해 소독하고 살균해도 한웨이는 여전히 학교에서 그 여자애랑 매일같이 붙어 있다는 걸 명심해. 우리가 고생고생하면서 키운 아이를 오염되게 놔둘래? 3학년에 올라가는데 전학 가려면 한웨이도 좀 힘들겠지만, 애가 지금 빗나가고 있어. 아빠로서 걱정도 안 돼?"

"당신 말이 맞아."

남편도 제 주장을 받아들였어요.

*

사실이 증명하다시피, 제가 틀렸습니다. 한웨이는 Y중에 가서도 착한 아이로 돌아오지 않았어요. 그 애가 시험 준비를 하게 하려면 저는 거의 무릎을 꿇고 간청해야 했죠. 한웨이는 그동안 쭉 시험을 잘 봤는데 Y중에 가더니 크고 작은 시험을 몽땅 거부했어요. 상위 5개 고교에 합격하기만 하면 최신형 스마트폰을 사준다고 해도, 한웨이는 필요없다면서 그 여자애와 다시 만나겠다는 말만 되풀이했어요.

저도 다급해졌어요. 기측이 100일 앞으로 다가왔는데, 한웨이가 이름없는 후진 고등학교에 가는 걸 두고 볼 수 없었어요. 남편도 저를 탓할 거고요. 저는 Y중 담임 선생님을 찾아가보기로 했어요. 그 여자애에 대한 한웨이의 집착을 단번에, 영원히 끊어버릴 방법을 찾아야 했죠. 담임 선생님이 한 가지 방법을 제안했어요. 여학생이 편지를 쓰게끔 하면 효과가 있을 거라면서, 편지에는 반드시 '이런 감정을 이어가고 싶지 않다'는 단호한 입장을 담게 하자는 것이었어요. 한웨이가 마음을 완전히 접어야만 모든 일이 달라질 여지가 있다는 얘기였죠. 담임 말에 따르면, 그 여자애는 처음엔 절대 안 쓰겠다고 했대요. 하지만 한웨이가 Y중에서 아웃사이더로 지낸다는 말을 듣자, 양심에 가책을 느꼈는지 조용히 자기 자리로 가서 편지를 썼다더군요.

저는 그 편지를 한웨이에게 건넸어요.

선생님, 상상도 못 하셨을 거예요. 그 편지를 읽고 한웨이는 죽을 만큼 서럽게 울었어요.

보고 있자니 너무 괴로웠어요. 내 아들이 이렇게 형편없이 설계

된 아이라니, 그런 거짓된 감정마저 진지하게 받아들이다니요.

저는 한웨이의 등을 쓸어주며 말했어요.

"아들, 사춘기 사랑은 믿을 수 없는 거야. 그것 봐, 그 여자애는 네가 없어지자마자 잽싸게 다른 사람으로 네 빈자리를 채웠잖아. 너도 얼른 정상 궤도로 돌아와서 잘 지내야지!"

*

저는 아들이 개과천선하기를 잔뜩 기대하고 있었어요.

그런데 이상하게도…… 제가 또 틀린 것 같았어요. 한웨이는 더 나빠졌어요. 제가 울면서 사정해도 그 애는 공부할 생각이 전혀 없었어요. 기측 날, 그 애는 전 과목 답안지를 후딱 제출했어요. 시험 장은 몹시 더웠지만 제 마음은 차디차게 얼어붙었죠. 한웨이는 이번 시험을 포기한 거였어요.

그 몇 달 동안 남편은 공장 상황을 살피느라 캄보디아에 머물고 있었죠. 밤에 남편과 통화할 때면 한웨이의 상태를 얘기할까 말까 망설여졌어요. 솔직히 말씀드리면, 입이 안 떨어졌어요. 장남인 한 웨이에게 남편은 특별한 기대를 걸고 있었거든요. 캄보디아에서 남 편이 마음 놓고 일하지 못할까 봐 걱정스러웠어요.

그렇게 한웨이가 기측을 볼 때까지 계속 미뤘는데, 남편이 전화 를 걸어 시험 결과를 묻더군요. 저는 나지막이 점수를 말했어요. 수화기 너머에서 숨이 막힐 정도로 기나긴 침묵이 흘렀어요. 마침내 남편이 답답하다는 듯 한마디 했어요.

"이상하네, 그 녀석 어릴 적엔 공부를 아주 잘했잖아?"

더는 견딜 수 없었어요. 저는 전화기를 부여잡고 통곡하기 시작했어요.

선생님, 한웨이가 선생님께 얘기한 적 있나요? 예전에 세 아이의 사주를 가지고 점을 보러 간 적이 있어요. 연예인, 정치인도 다 찾아오는 유명한 분이었는데, 점 한 번에 몇만 위안이라 저희는 거의 10만 위안을 냈죠.

그분은 가슴을 탕탕 두드리며 장담했어요. 한웨이는 타고나길 똘똘하고 뛰어난 아이라 붓을 드는 운명이라고요. 나중에 '관官' 자가 붙은 일을 할 가능성이 높다고 했죠. 저는 이 말을 의심한 적이 없어요. 한웨이는 확실히 똑똑한 아이였어요. 저는 고슴도치 엄마가 아니에요. 한웨이를 가르쳐본 선생님들은 하나같이 정말 가르치기 쉬운 아이라고 하셨어요. 다른 집 아이는 반나절 걸려 이해하는 개념을 한웨이는 이삼 분이면 깨친다고요. 그 얘기를 남편에게 전하니까 남편은 나중에 외국 유학을 보내자고, 돌아오면 사업을 물려주자고 했어요. 한때 이렇게 전도유망하던 아이가 삼류 고등학교에 들어간 거예요.

아·무·리·생·각·해·도·견·딜·수·가·없·었·어·요.

도대체 누구에게 문제가 있는 거죠? 한웨이일 리는 없어요. 그 애자질은 수많은 선생님이 인정하셨으니까요. 저일 리도 없어요. 제가 얼마나 정성껏 한웨이를 키웠다고요. 아이를 낳아만 놓고는 알아서 크게 내버려두는 무책임한 부모와는 다르다고요! 생각해보면 가슴 아플 따름이에요. 학교 환경은 제가 통제할 수 없는 유일한 것이었어요. 학교가 제 아이를 망쳐놓고 말았어요.

저는 더 이상 학교 선생님을 믿지 않아요. 그들은 하루 종일 건성으로 일을 하고, 학부모를 위해 봉사하려는 열정도 없어요. 그래서 과외교사를 구하기로 한 거예요. 중개업체에는 책임을 다하는 성실한 선생님을 제가 지정하겠다고 했고요. 돈만 받고 대충 하는 사람은 원치 않으니까요. 그렇게 해서 선생님과 옌 선생님을 모신 거죠. 두 분 다 여자분이라는 게 살짝 신경이 쓰였지만, 오래 보니까 마음이 놓이더라고요. 여자 선생님은 그래도 모성애라는 게 있어서 틈을 내어 아이 마음도 살피려 하더군요. 옌 선생님은 본인 아이도 다 키웠고, 청소년과 소통하는 법에 일가견이 있는 분이죠. 선생님은 갓 졸업한 젊은 분이라 세대 차이 없이 한웨이와 대화를 나눠주셨고요.
어쨌든 한웨이는 두 분과 함께하면서 하루하루 나아졌어요. 저하고도 얘기를 좀 더 하게 됐고, 성적도 예전 수준까지 올라갔죠. 제 착한 아들이 돌아왔어요. 역술인이 잘못 본 게 아니었어요. 한웨이는 정말 뛰어난 아이예요. 남편도 캄보디아 일을 잠시 내려놓고 타이완으로 돌아와 몇 달 쉬겠다고 해서 저는 너무 기뻤어요. 숨통이

트이는 기분이었어요.

하지만 즐거운 시간은 오래가지 못하는 법이죠. 학교에서 날아온 성적 통지서에 제 꿈은 산산조각 나버렸어요.

제가 과민반응을 보였다는 사람이 많더군요. 한웨이는 영어만 낙제한 건데 그게 무슨 하늘이 무너지는 일이냐고요.

이런 사고 논리가 단세포 생물과 뭐가 다르죠? 그들은 더 자세히 들여다볼 능력이 없어요. 오늘의 핵심을 말해볼게요. 한웨이는 시험은 다 잘 봤어요. 적어도 70점대였죠. 그런데 거 선생님이 한웨이의 수행 점수를 0점을 준 거예요.

0점이 무슨 뜻이죠? 아이를 전면적으로 부정하는 거잖아요.

거 선생님이 만든 규칙은 너무 독단적이었어요. 쪽지시험과 과제가 그렇게 잦으면 어떡해요? 학생들이 영어만 공부하는 줄 아나요? 한웨이는 쪽지시험도 안 보고 과제도 안 냈어요. 거기에 대해서는 저도 반박할 말이 없어요. 하지만…… 정기고사 성적은 상위권이잖아요. 그렇다면 한웨이가 영어에서 낙제할 애가 아니라는 사실을 증명하기엔 충분한 거 아닌가요?

거 선생님도 한웨이가 예전에 얼마나 반항적이었는지 모르지 않아요. 한웨이는 지금 단체생활 속으로 돌아가려 애쓰고 있고, 성적도 많이 올랐어요. 정서적으로 특수한 케이스라 일반적인 규칙은 그 애에게 맞지 않는다고요.

제가 왜 실망했냐면요, 지난 반년 동안 거 선생님께 종종 전화를 걸어 한웨이가 특수한 아이라고 강조해서 말씀드렸던 말이에요. 나아지고 좋아지고 있으니 선생님께서 더 많이 포용해달라고, 되도록이면 가혹한 책망 대신 격려를 부탁드린다고요. 거 선생님은 보통 몇 분쯤 적당히 대꾸하다 전화를 끊더군요. 한웨이가 쪽지시험을 거부하고 과제도 안 냈다는 얘기는 꺼내지도 않았어요. 그래 놓고 학기가 끝나자마자 낙제를 시키다니, 너무 악랄하잖아요?

선생님, 선생님도 그날 거 선생님 태도를 보셨죠. 오만한 선생님의 전형이었어요!

거 선생님이 그렇게 자신만만하게 항변하는 걸 보며 저는 쓰러질 뻔했어요. 그런 선생님이 아이들 본보기가 될 자격이 있나요? 너무 실망했어요. 거 선생님은 물론이고 학교에도 많이 실망했죠. 제가 알아본 바로는, 거 선생님은 명문대를 졸업하고 실력도 대단한 분이었어요. 교장 선생님 입에서 '영어 과목 1인자'라는 말이 나왔다니까요. 그게 얼마나 화려한 수식어예요? 하지만 그들은 한 가지를 간과했어요. 거 선생님은 결혼도 안 했고 아이도 없어요. 그런 사람이 부모 마음을 어찌 알겠어요.

아이들은 하루에 적어도 여덟 시간을 학교에 있어요. 인격 면에서 적지 않은 부분이 학교에서 완성되죠. 이렇듯 학교가 아이들에게 미치는 영향이 지대하다 보니, 이런 중책을 맡는 선생님도 아이를 키우는 사람인 것이 최선이라고 봅니다. 그러면 교육하면서 학부모와 공감하고 학부모가 원하는 바도 잘 파악할 테니 지나치게 몰상식

한 판단은 내리지 않겠죠.

거 선생님은 신세계 사람이에요. 제가 보기엔 교사라는 직업에 걸맞지 않는다고요.

한웨이는 재시험도 안 보겠다고 했어요. 저도 더는 도울 힘이 없었어요. 잔소리하기도 귀찮아졌고요. 제 언니가 이제 한웨이는 포기하고 딸들한테 신경 쓰라고 하더군요. 딸들은 아직 어리니 지금 개입해도 늦지 않다고요.

얼마 전에는 전화 한 통을 받았어요. 한웨이가 자기 딸과 잤다면서, 배상하지 않으면 우리를 고소하겠다지 뭐예요. 어마어마한 혐오감이 솟구치며 저는 한웨이 앞에서 자제력을 잃고 말았어요. 그 애를 벽에 밀쳐버리고픈 마음을 누르고 마구 소리쳤죠. 왜 자꾸 엄마를 절망에 빠뜨려? 공부 잘하고 착실한 아이가 되는 게 그렇게 힘들어? 엄마를 이렇게 나락에 떨어뜨리니까 기분 좋니?

손이 올라가기 직전, 저는 그래도 한웨이를 잃기 싫은 마음에 다 내려놓고 제 방으로 돌아갔어요.

*

선생님, 죄송합니다만 내일부터는 안 오셔도 돼요. 한웨이는 유학을 보내기로 했어요.

한웨이 고모가 결혼해서 미국에 있거든요. 열 살쯤 연상인 남편하고 캘리포니아에 사는데, 아이를 못 낳아서 자유롭지만 좀 무료하게 지내요. 한웨이가 너무 안쓰럽다면서 자진해서 그 애를 보살펴주겠다고 했어요.

저는 지금 한웨이를 안 보는 게 좋을 것 같아요. 그 애를 보기만 해도 짜증이 나고 온갖 감정이 치밀어요. 요 며칠 동안 집에 있는 사진을 정리했는데 차마 보기 힘든 사진이 있었어요. 초등학교 6학년 체육대회 날이었어요. 반 아이들에게 피자와 치킨을 사다 줬더니 아이들과 담임 선생님이 한웨이에게 저를 껴안으라고 부추겼죠. 찰칵 하는 순간에 저도 한웨이를 꼬옥 안아줬고요. 사진 속에서는 우리 둘 다 활짝 웃고 있었죠.

거 선생님의 이야기

지금 통화 괜찮으세요? 집에 계시다니 잘됐네요. 밖이 아니니 길게 얘기해도 되겠죠. 문자를 받고 저는 깜짝 놀랐어요. 원래는 문자로 답하려고 했는데, 밤새워 생각해보니 할 말이 너무 많아서 어디서부터 시작해야 할지 모르겠는 거예요. 그래서 그냥 전화로 얘기하는 게 훨씬 낫겠더라고요. 폐가 되지 않으면 좋겠네요.

본론으로 들어가기 전에 먼저 질문 하나 할게요. '에이스 선생

님', 차이한웨이가 댁 앞에서 정말 저를 이렇게 불렀나요? 진짜라고
요? 그렇군요. 알겠어요. 너무 의외네요. 저는 그 애가…… 아시겠
지만, 좀 저속한 별명을 붙였을 줄 알았거든요. 죄송해요. 교사를 오
래 하다 보면 학생들의 악한 면을 보게 돼요.

제 핸드폰 번호는 차이한웨이가 알려준 거죠? 슬프게도 요즘 교
사의 사생활은 공원에 놀러 온 학부모와 아이들이 짓밟는 잔디나 마
찬가지예요. 제가 처음 교직에 발을 들였을 때는 핸드폰이 없어서
학부모 전화를 피할 수 있었어요. 식사하러 나갔다고 하면 그만이니
까요. 그런데 핸드폰이 나오니까, 아이고, 이 발명품은 세상 사람들
에겐 복음이지만 저에겐 피할 수 없는 악몽이었죠. 핸드폰이 생기자
'교사에게 즉시 연락을 취하겠다'는 학부모의 집념이 어마어마하게
커졌어요. 이제 학부모 전화를 놓치면 불평이 뒤따라요. "선생님, 핸
드폰을 항상 보셔야죠!"

새로운 통신 소프트웨어가 잇따라 나오는데, 정말 끝이 없다니
까요.

교사의 노동시간은 외부에서 아는 것보다 훨씬 길어요. 교정을
떠나 어색한 정장을 벗고 엄숙한 가면을 벗어도, 도무지 '선생님'
배역을 내려놓을 수가 없어요. 까놓고 말하면…… 학부모들이 그러
게 놔두질 않죠.

학부모들이 가장 흔히 오해하는 일이 있어요. 부모에게는 아이
가 전부지만, 교사에게는 그렇지 않거든요. 대부분 교사에게 학생

은 업무의 일환이며, 그 과정에서 파생된 사제 간의 정은 부가가치
예요. 있으면 만족하고, 없다 해도 매도해선 안 되죠. 사제 간의 정
은 교육의 기본 요소가 아니에요. 그것 때문에 안 좋은 일이 벌어지
기도 했고요.

간단명료하게 말하면, 퇴근하고 나면 저는 '차이한웨이'라는 이
름은 전혀 듣고 싶지 않아요. 다른 학생들 이름도 마찬가지고요. 그
저 제 개인생활로 돌아가고 싶을 뿐이에요. 화장을 지우고, 전자레
인지에서 맛있는 도시락을 꺼내고, 온몸의 뼈마디를 소파에 맡기고
싶어요. 그 시간에는 학생이 어떻게 지내는지보다 한국 드라마를 몇
시간이나 해주는지에 더 관심이 있죠. 저는 퇴근했고, 퇴근하고 나
면 퇴근 후의 생활이 있다고요.

이런 고백이 학부모 귀에 들어가면 어떤 평가가 나올까요?

뻔하죠. 다들 이럴 거예요. "저 선생님은 너무 무심해."

그건 너무 오만한 생각이에요. 그들은 교사의 마음이 학생을 위
해 존재한다고 여기는 걸까요?

제가 지금 하는 얘기에 댁도 크게 공감하시죠? 우리 흉금을 터
놓고 솔직히 얘기해봐요. 아마 차이한웨이 과외교사 같은데…… 제
짐작이 맞죠? 그날 차이한웨이 어머님은 그 애 사촌누나가 자발적
으로 가르쳐주는 거라고 했지만요. 같은 교육계 종사자라 그런지,
저는 댁이 사촌누나가 아니라 과외교사구나 하는 생각이 바로 들더
라고요.

"차이한웨이 엄마가 명문대 출신 과외교사 두 명을 붙였대." 이건 반 아이들이 다 아는 일이었어요. 차이한웨이가 제 입으로 떠벌리고 다녔으니까요.

차이한웨이는 모순적인 아이예요.

교사의 직업윤리에 따르면 중립에 서야겠지만, 솔직히 저는 그 애를 별로 좋아하지 않아요. 싫어한다는 게 맞겠죠. 그 애는 자기가 아주 잘난 줄 알고 늘 고고한 척을 해요. 겉으로는 친구를 절실히 필요로 하는 것 같지만 속마음은 그렇지 않을 거예요. 차이한웨이 눈에 다른 애들은 다 자기 아래고 자기만큼 생각이 깊지도 않아요. 그 애는 그냥 어거지로 친구를 사귀는 거예요. 스스로를 억누르며 찌질한 애들과 어울리는 거죠. 성급하게 반박하지 말아주세요. 제가 이렇게 말하는 건 개인적인 억측이 아니라 다 근거가 있답니다.

차이한웨이를 맡은 첫 달, 저는 그 애가 반에서 겉돈다는 걸 알아챘어요. 그러자 교사의 사명감이 발동하더군요. 그래서 저랑 친한 애들 몇 명을 슬그머니 불러서 그 애에게 신경을 좀 써주라고 했죠.

며칠 뒤, 그 아이들은 생각지도 못한 결과물을 들고 왔어요. 한 아이가 이렇게 말하더군요.

"예전에는 차이한웨이가 불쌍했어요. 아무도 걔를 상대 안 하니까요. 제가 어렵사리 용기를 내서 걔한테 말을 붙였는데, 하아……몇 마디도 안 했는데 진저리가 나더라고요. 차이한웨이는 자기애가 어마어마해요. 계속 자기 얘기만 하고, 제가 말 좀 하려고 하면 죽어라 끊더라고요. 저를 완전히 무시하는 것 같았어요. 걔랑은 더 이상 얘기하고 싶지 않아요."

다른 아이들도 말을 보탰어요.

"차이한웨이는 6학년 때, 중학교 때 얘기를 하고 또 해요. 처음 들을 때는 걔가 되게 안됐거든요. 두 번, 세 번까지는 참고 듣는데…… 점점 못 참겠어요. 아무래도 걔는 자기가 비극 속의 영웅이라는 환상에 빠져 있는 것 같아요. 선생님 기대를 저버려서 죄송하지만, 저도 걔랑은 다시는 말하고 싶지 않아요."

"차이한웨이는 저를 기억 못 하나 봐요. 저는 걔랑 같은 초등학교를 다녔고 6학년 때는 바로 옆 반이었어요. 제 절친이 걔랑 같은 반이라서 걔에 대한 얘기를 많이 들었죠. 그때 걔가 애들이랑 놀다가 떠밀려서 벽에 부딪힌 일이 있었거든요. 그 일로 엄청 난리를 쳐서 6학년 중에는 걔를 모르는 애가 없었어요. 그저께 제가 걔랑 잠깐 얘기를 해봤는데, 소문난 것처럼 그렇게 폐쇄적인 애는 아닌데…… 아무튼 별로였어요. 자기가 5학년 때까지는 완전 인기인이었다는 말에 깜짝 놀랐다니까요? 그게 무슨 소리래요. 제가 알기론 걔가 초등학교 때 공부는 분명 잘했는데, 친구 사귀는 데는 완전 꽝이었거든요. 뇌를 거치지 않고 말을 해서 다른 애들을 화나게 했죠. 엄청 욕먹는 애였는데…… 도대체 어떤 면에서 자기가 인기인이었다고 확신하는지 모르겠어요."

아이들 반응을 듣고 저는 한참 동안 생각에 잠겼어요. 제가 너무

직관적이었던 거죠.

저는 차이한웨이의 문제가 그 애 엄마 때문인 줄 알았는데, 아무래도 저 역시 고정관념에 빠져 있었나 봐요.

제가 차이한웨이네 반을 맡게 되자 앞서 그 애한테 수학을 가르쳤던 예粟 선생님이 이런 충고를 해주셨어요. 적당히 몸 사리면서 현명하게 행동하라고요. 그 애 부모님이 전설적인 헬리콥터 부모라는 거예요. 예 선생님이 차이한웨이에게 수학을 가르칠 때, 그 애 어머니가 먼저 전화를 걸어 30분을 붙들고 늘어지더래요. 그래도 예 선생님이 양보하질 않으니 그 애 아버지까지 같이 다짜고짜 학교로 찾아왔고요. 예 선생님은 아직 수업 중이었는데, 두 사람이 교실 밖에서 양손으로 가슴을 부여잡고 기다리는 통에 식겁하셨대요. 그래서 어쩔 수 없이 차이한웨이 점수를 2점 올려 재시험을 안 보게끔 해줬다더군요.

저는 예 선생님과는 달라요. 쉽게 타협하는 사람이 아니에요. 첫 수업 때 아이들과 명확한 규칙을 정했어요. 쪽지시험을 제대로 보고 과제를 기한 내에 제출하면 억울한 점수를 받는 일은 없을 거라고요. 이런 룰을 선포하면서 저는 일부러 차이한웨이 쪽을 2초쯤 쳐다봤어요. 그 애도 저를 보고 있기에 저는 우리 사이에 알게 모르게 공감대가 형성된 줄 알았죠. 그 애도 순순히 따를 거라고 생각했어요.

정말정말 바보 같은 생각이었어요.

차이한웨이는 아침에 쪽지시험을 볼 때마다 결석했고, 과제도 하나도 안 냈어요. 학기 말이 가까워지자 저는 룰을 지키라는 암시를 여러 번 줬어요. 그 애 체면을 생각해 따로 조용히 얘기했죠.

그 애는 그저 히죽거리면서 건성으로 말했어요. 고칠게요. 다음 번 과제는 최선을 다할게요. 선생님이 너무 빡빡하신 거 아닌가요.

다른 아이에게 들은 말인데, 차이한웨이가 아침 자습 시간마다 화장실에 숨어서 포르노를 본다더군요. 그 애 어머니가 너무 엄격해서 집에서는 절대 못 본다고, 그래서 할 수 없이 자습 시간에 친구 것을 자기 핸드폰에 다운받아서 본다나요. 그 문제를 놓고 뭐라고 하진 않겠어요. 사춘기 남학생들은 많든 적든 성에 대해 호기심이 있다는 걸 잘 아니까요. 저는 그저 몹시 괴로웠어요. 차이한웨이가 쪽지시험을 안 보고 과제도 안 내는 건, 공개적으로 저를 완전히 무시하는 행동이었으니까요.

오랜 고민 끝에 결심했어요. 차이한웨이의 수행 점수는 0점을 줄 수밖에 없다고요.

제가 동료 선생님의 경고를 너무 과소평가한 거죠. 차이한웨이 어머니는 정말 제정신이 아니더군요. 세상에 그런 부모가 있을 줄은 정말 몰랐어요. 자식 성적을 위해 사람들 앞에서 아무렇지도 않게 울고불고…… 사람 감정을 자극하는 데 정말 능수능란하더라고요. 저에게 그런 저주를 뱉을 줄은 정말이지 상상도 못 했어요. 자식 성적이 그렇게까지 대단한 건가요? 교사의 존엄을 팽개치고 짓밟을 정도로?

그때 그쪽 얼굴도 하얗게 질렸더군요. 댁도 많이 놀랐죠, 그죠?

*

저는 교직을 떠날 거예요.

공식적인 이유는 고향에 돌아가 암에 걸린 어머니를 돌봐야 한다는 거지만, 실제 이유는 훨씬 단순해요. 저는 지쳤어요. 댁이 우리가 나눈 대화 내용을 차이한웨이 어머니에게 다 말할지도 모르지만, 겁나지 않아요. 교사 신분을 벗어던지고 나면 그 어머니는 저한테 학부모가 아니니까요. 그냥 히스테릭한 아줌마인테 무서울 게 뭐 있나요?

저도 부모님이 애지중지 키워주신 딸이에요. 부모님은 제 교육에도 아낌없이 투자하셨어요. 대입 연합고사에서 저는 법학과나 외국어학과에 합격할 수 있는 점수를 받았어요. 원서 쓰는 날 밤에 어머니는 법학과부터 쓰라고 간곡히 부탁하셨어요. 교사는 제 능력을 충분히 발휘하지 못하는 일이라고 생각하셨거든요. 하지만 자신만만했던 저는 어머니 의견은 무시하고 제 고집대로 했죠.

졸업하고 얼마 안 되어 저는 이 사립학교에 오게 됐어요. 저는 반아이들 지도에도 영어 수업에도 최선을 다했어요. 교장 선생님은 저를 보면 늘 만족스럽게 웃으며 이런 얘길 해주셨죠.

"거 선생님은 우리 학교를 상징하는 보물이십니다. 학생들 반응도 최고로 좋고 부모님들도 모두 선생님을 좋아하세요."

교장 선생님이 이렇게 저를 믿고 격려해주시니 저는 온 마음을 일에 쏟았죠. 그러느라 너무 지쳐서 연애할 에너지는 하나도 안 남았어요. 어머니가 소개팅을 잔뜩 주선해주셨지만, 학생 문제 때문에 상대방을 바람맞힌 경우가 수두룩했죠.

어느 날 저는 어머니께 말씀드렸어요. 더 이상 제 결혼에 신경 쓰지 마시라고요. 저는 아주 잘 지내고 있었어요. 책상 앞에는 학생들에게 받은 감사 카드가 가득 걸려 있었죠. 여름방학과 겨울방학마다 아이들은 철새처럼 저에게 돌아와 대학 생활의 소소한 이야기를 조잘조잘 말해줬어요.

저는 학생들을 제 아이들이라고 생각했어요.

지금은 너무나 후회하고 있죠.

십여 년간 몸담았던 교직을 떠나려니, 어쩔 수 없이 그간의 생활을 돌아보고픈 마음이 드네요. 우리 어머니 말씀이 절반은 맞았다고 해야겠군요. 맞는 부분은 제가 법대에 갔어야 한다는 거고, 틀린 부분은 제 능력을 과대평가한 거예요. 교사로서 저는, 지금 분위기로 보면 능력이 남아도는 게 아니라 오히려 100퍼센트 부적격이니까요.

교사라는 직업은 학생들을 잘 가르치고 성적을 올리기만 하면 되는 게 아니에요. 아이들 마음도 살피고 가정생활에도 관심을 기울여야 하며, 학부모와 학교가 원활히 소통하게끔 다리가 되어줘야 해요. 그중 하나만 잘못돼도 즉각 어마어마한 책임이 따르죠.

저출산이 야기한 부정적인 영향은 대개 세대 교체와 부양비扶養比라는 관점에서 출발하는데, 제가 보기엔 대단히 중요한 측면을 간과하고 있어요. 저출산은 자기중심적인 학생과 까다로운 학부모를 만들어내죠.

아이를 하나둘만 낳다 보니 부모는 가정의 모든 자원을 아이에게 쏟아 붓게 되죠. 너무 응석받이로 키워서 제멋대로인 아이를 만들어요. 이 말에 많은 학부모가 불쾌해하겠지만, 제 개인적인 견해로는 아이를 키우는 건 투자와 매우 비슷해요. 모든 달걀을 한 바구니에 담는다면 투자 손익에 대한 심리적 부담이 어마어마할 수밖에 없죠.

쉽게 말하면, 부모들이 아이를 최우선으로 두기 시작했어요.

이런 말은 너무 두루뭉술하니 실제 사례를 들어볼게요. 아이들 사이에 갈등이 생겼는데 합의에 이르지 못할 때 저희는 양쪽 부모님을 학교에 불러 설명을 합니다. 예전에 학부모는 오자마자 본인 아이의 조그만 머리를 내리누르면서 허리를 숙여 사과했어요.

"죄송합니다, 저희 아이 잘못이에요. 가정교육을 제대로 못 시켜서 문제를 일으켰네요. 대단히 죄송합니다."

저 개인적으로는 '시시비비를 따지기 전에 사과부터 하고 나서 이야기한다'는 이런 해결 방식을 매우 선호합니다. 그런데 안타깝게도 이런 방식은 지난 몇 년간 아이의 가치관에 혼란을 주고 자존감이 낮은 아이를 만든다는 비난을 받았죠.

그러자 어린이 보호를 출발점으로 삼아 신세대 부모들은 확연히 다른 모습으로 진화했어요.

"그 집 아이가 우리 아들을 망쳐놨잖아요! 우리 아들이 얼마나 착한 앤데, 어떻게 주동적으로 다른 아이를 괴롭힌단 말이에요?"

"내 아들이 당신 딸을 먼저 밀었다는 증거가 있어요? 당신 딸이 먼저 시비를 걸었을 수도 있죠!"

이렇게 팽팽히 맞서다가도, 때로는 양쪽이 한마음이 되어 잘못을 교사에게 돌려버리죠. 교사가 감독을 소홀히 해서 그런 거라고요.

학부모와 교사 사이에, 예전 같은 화목하고 돈독한 상호작용은 더 이상 존재하지 않아요.

예전에는 대부분 학부모가 교사에게 감사하는 마음을 품고 있었어요. 아이들을 잘 보살펴줘서 고맙다고요. 지금의 학부모에겐 이런 생각이 거의 없어요. 그들은 교사의 책임과 의무를 자꾸자꾸 늘리고, 교사가 추가로 하는 헌신을 당연시해요. 어쩌다 교사가 해이해져 통제력을 잃는다면, 줄줄이 이어지는 항의에 응할 준비를 해야 합니다. 아직 최악이 아니에요. 최악은 피고가 되어 법정에 서는 거죠.

원칙을 지키는 교사는 하나둘씩 사라져 멸종을 눈앞에 뒀는데, 학부모에게 지나치게 맞춰주고 잘 보이려 기를 쓰는 교사는 성공 가도를 달려요. 학부모가 시험이 필요하다고 하면 교사는 시험을 더 자주 보고, 보충자료가 너무 적다고 불평하면 자료를 뭉텅이로 인쇄하죠. 학생들이 흡수할 수 있느냐 없느냐는 따져보지도 않고요. 이런 생각을 하니 절로 서글퍼지네요. 교육을 받는 대상은 학생이에요. 이치대로라면 교사의 교수법은 학생에게 맞춰야 하는데, 학부모에게 맞추다니요.

학교 교육을 호텔 뷔페처럼 여기는 학부모가 자꾸만 늘어가요. 학교가 모든 요구를 들어줘야 한다는 거죠.

너무 우습지 않나요.

학교 교육은 급식과 같은 면이 있어요. 대부분 사람이 부담할 수 있는 가격에 맞추다 보니 매우 훌륭하진 않아도 그럭저럭 먹을 만해요. 먹기 싫은 학생은 따로 돈을 써서 매점에서 해결하는 거고요. 다시 말해, 학교 규칙이란 어느 아이에게 유리할 때도 있고 그렇지 않을 때도 있을 수밖에 없어요. 학교 교육이란 바로 이런 거예요. 고급 뷔페를 먹고 싶은 사람은 과외나 학원, 아니면 인원수가 적은 학급이나 더 비싼 맞춤형 사립학교를 찾아야죠.

그 부분은 제 영역이 아니니 말을 아끼기로 하고요.

아무튼 희한하네요. 댁은 차이한웨이의 과외교사죠. 저하고는 대립적인 위치라 할 수 있잖아요. 그런데 저도 모르게 댁에게 이렇게 걱정거리를 우르르 쏟아내고 있으니…… 그동안 쌓인 게 너무 많아서 이렇게라도 토해낼 수밖에 없었나 봐요.

*

차이한웨이 어머니 같은 학부모를 그렇게 오랫동안 겪다니, 정말 고생 많았어요. 솔직히 말할게요. 저는 댁이 좀 딱해요. 그런 학부모는 앞으로 늘면 늘었지 줄어들진 않을 테니까요.

차이한웨이 어머니는 늘 '모범 엄마'로 자처하며 아들을 위해 동분서주하는 좋은 엄마 이미지죠. 그런데 그게 정말 자기 아이를 사랑해서일까요? 이 부분에 대해 어떻게 생각할지 모르겠지만, 제 소소한 생각을 얘기해볼 테니 편히 들어주세요. 제 눈에 그 어머니는 너무 끔찍한 어머니예요. 자기 아들을 나락으로 떨어뜨리느라 심혈을 기울이고 있으니까요.

그 어머니는 시시때때로 전화를 걸어 저에게 훈계를 늘어놨죠. 자기 아이에게 관심이 너무 적다고 지적하면서, 제가 좀 더 호의를 보인다면 그 애도 끝내는 감동할 거라더군요.

그 어머니는 전혀 모르겠죠. 그렇게 전화로 저를 괴롭힐 때마다 저는 알게 모르게 그 애를 점점 미워하게 된다는 걸요. 마음속에 이런 환영이 수백만 번 떠올랐다니까요. 모든 학생 앞에서 차이한웨이에게 소리를 버럭 지르는 거죠. "네 엄마 입 좀 단속해줄래?"

아무래도 제가 좀 이상해진 것 같아요.

작년에 일본에서는 초중고 교사 600여 명이 정신질환으로 사직했다더군요. 산케이신문에서 이 기사를 보는데 마치 나 자신의 그림자를 보는 느낌이었어요. 매일 아침 알람을 끄고 침대에서 일어나 엉킨 머리카락을 빗질하면서 저는 이런 자문을 했죠. "얼마나 더 참 아야 해?" 솔직히 말하면, 요즘 저는 그 어머니 번호를 보는 것만으로도 너무 피곤했어요. 핸드폰을 벽에 내던지고 싶은 심정이었죠. 지금의 심신 상태는 교사 역할에 부적합하다는 걸, 제 양심이 저에게 알려주었어요.

맞다, 차이한웨이가 옆 반 여자애하고 성관계를 했단 얘기를 들었어요. 한 아이가 저에게 달려와 말해주더라고요. 여자애 쪽에서 친구들한테 막 자랑했대요. 둘이서 아주 여러 번을 했다면서요.

그 여자애는 겉보기엔 아주 얌전한 아이였어요. 그냥 공부만 싫어하는 줄 알았는데 그런 말을 하고 다닐 줄은 몰랐죠.

요즘 애들이 순진무구한 얼굴 밑에 도대체 어떤 생각을 감추고 있는지, 댁은 영원히 모를 거예요. 그 애들은 자기들이 희귀한 재산이라는 사실을 아주 잘 알아요. 힘든 척, 불쌍한 척하면서 부모에게 이것저것 마음대로 요구하죠. 차이한웨이가 딱 그런 아이 아닌가요? 입으로는 자기 부모를 끔찍하다고 하지만, 부모에게 손 벌릴 때는 조금도 망설이지 않죠.

*

손가락을 꼽아보니 제가 교사가 된 지도 거의 20년이 됐네요. 베테랑이라고 하긴 그래도, 적어도 이 업계의 생태가 어떤지 말할 자격은 충분히 있다고 생각해요. 교사라는 직업의 전망은, 거의 암흑이에요. 차이한웨이 어머니가 가장 무시무시한 사례일까요? 다른 교사들에게는 그럴지도 모르지만, 제가 보기에 그 어머니는 그냥저냥인 편이에요. 그 어머니보다 더 자격 미달인 부모도 많아요.

과외교사를 하면서도 그런 부모를 봤겠죠, 자기 아이를 둘둘 싸서 다른 사람 손에 넘겨버리는 부모요. 두 살이 되면 유아원에, 조금 더 크면 유치원에, 그다음엔 초등학교에 넘기는데 초등학교는 일찍 끝나잖아요? 그래도 당황하지 않아요. 돌봄교실이 있으니까요. 사춘기에 접어들면 아이가 여가 시간에 나쁜 짓을 할까 봐 학원에 보내고요. 이런 부모들은 자기 아이와 단둘이 있기가 겁나나 봐요. 아이의 시간을 조각조각 잘라서 갖가지 활동을 배치하고 각 활동마다 담당자를 붙이느라 급급하죠. 기본적으로 그들은 이런 입장이에요. 여름방학과 겨울방학에는 아이를 데리고 해외에 나가고, 아이 학비와 학원비를 정기적으로 내주고, 주머니 사정이 넉넉하다면 예체능 한두 가지를 더 시키면서 부모로서의 도리를 다한다고 하죠. 전에 어떤 학부모는 방과후수업 시간을 늘려달라고 학교에 제안하더군요. 너무너무 이상하지 않나요. 저는 이런 생각이 절로 들더라고요. 자기 아이와 같이 있는 게 얼마나 싫기에 저러는 거야?

예전에는 제가 좋은 선생님이 될 거라고 믿었어요. 하지만 결국은 완전히 소진된 채 끝나버렸네요. 그 많은 아이들 정서를 다 살피

기란 너무 힘들어요. 아무리 애를 써도 소홀해지는 아이 두어 명은 있기 마련이죠. 그리고, 아이 마음을 돌보는 일에서 주된 책임자는 과연 누구일까요? 저는 정자도 난자도 내놓은 사람이 아니에요. 그런데 대체 무슨 이유로 저한테 그렇게 많은 일을 강요하죠?

웃지 마세요…… 진지하게 하는 말이에요. 저에게는 입양 말고는 엄마가 될 수 있는 방법이 달리 없어요. 댁은 달라요. 댁은 아직 젊어요. 댁처럼 완벽한 교육을 받고 주관이 뚜렷한 신세대 여성이 엄마라는 신분으로 바뀌면 어떻게 될까, 생각해본 적 있어요? 정말로 거리를 유지하면서 교사의 방식에 개입하지 않을 수 있겠어요? 본인 책임을 남에게 떠넘기지 않을 건가요? 차이한웨이 어머니처럼 되지 않을 자신 있어요?

두 달 뒤면 저는 이 학교를 떠나요. '교사'라는 신분에서 달아나는 거죠. 적지 않은 학부모가 '무책임하다'고 비난하겠죠. 맡은 반을 고3까지 끌고 가는 책임을 다하지 않았으니까요.

하지만 처음으로 신경 쓰기 싫다는 마음이 들었어요. 책임감이 있든 없든, 저는 평범한 사람으로 돌아갈 거예요.

아홉 번째 집

우등생의 독백

"백 번쯤 실패했을 때,
나는 나에게 관대해지기로 마음먹었어.
언젠가는 엄마와 화해할 수 있겠지만
지금은 아니다. 이렇게 생각하기로."

이번 이야기의 주인공은 학생이 아니고, 5~6년간 깊이 사귄 내 친구다.

이 책을 반쯤 썼을 때, 지금 학생들 이야기를 쓰고 있다고 하면서 친구에게 불평하듯 말했다.

"너 때문에 내 생각이 좀 흔들렸어. 넌 어머니에게 강압적인 교육을 받고도 이렇게 뛰어난 사람이 됐잖아. 글을 쓰다 보면 네 생각이 종종 나면서 갈등이 생겨. 강압적인 교육도 역시 효과가 있는 걸까?"

친구는 입술에 손을 대고 좀 놀란 표정을 지을 뿐 즉답을 하지 않았다.

조금 뒤, 친구가 웃으며 말했다.

"어떻게 그런 오해를 하니? 지금 내가 이룬 게 어떻게 엄마 공이야? 이제야 말하는데, 우리 엄마가 더 부드럽고 유연한 방식으로 날 키웠다면 난 아마 지금보다 훨씬 잘됐을걸."

시원시원한 내 친구는 오랜 시간을 들여 세심하고 치밀하게 자신의 과거를 나에게 넘겼다.

친구의 인생에 들어선 나는 한 걸음 한 걸음 내딛을 때마다 놀라움을 금치 못했다. 끝까지 걸어가면 이야기도 얼추 완성될 것이다.

내가 써낸 글이 친구가 해준 이야기의 절반만큼이라도 섬세하고 치밀하면서 또 시원스럽기를.

*

세속적인 눈으로 보면 난 아주 성공한 아이였을 거야. 열다섯 살에는 1지망 고등학교에 진학했고, 수학 성적은 전교 3등 밖으로 밀려난 적이 없으며, 열여덟 살에는 타이완대학 인기 학과에 입학했지. 스무 살에는 유명한 대회에서 눈부신 성적을 거두어 경력이 더더욱 찬란해졌고, 외국 대학에 순조롭게 지원해 적지 않은 유명 대학에서 입학 허가를 받았으니까.

이런 과정이 언론의 흥미를 끌었는지 출국을 준비하는 여름방학에 몇몇 언론과 인터뷰를 하게 됐어. 엄마도 같이 했지. 며칠 뒤에 기사가 속속 나오기에 두근거리는 마음으로 읽어봤는데, 기자들이 날 얼마나 멋지게 묘사해놨는지 이 사람이 정말 나인지 의심스러울 지경이었어. 한편으로는 또 다른 묘한 장면도 떠오르더라. 지금 이 순간 어딘가에서 어느 어머니나 아버지가, 우리 엄마가 그랬던 것처럼 조심스레 기사를 오려내 참고할 만한 공부법에 형광펜을 긋고, 왼손 집게손가락으로는 내 사진을 가리키고 오른손으로는 아이의 부드러운 머리카락을 쓰다듬으며 이렇게 말하는 거야.

"이 언니를 본받아야 돼."

내가 그러지 마시라고 하면 그 부모님들은 어떤 반응을 보일까?

내가 하고 싶은 말은 이거야. 모든 사람은, 그러니까 모든 아이는 유일무이한 존재라는 것.

우리 엄마는 어려서부터 위인전을 열심히 읽었어. 아주 똑똑하고 성적도 우수했지. 엄마처럼 뛰어난 여성이라면 당연히 포부도 컸을 거야. 하지만 일과 결혼이라는 딜레마에 빠진 엄마는 사회의 기대에 순응해 후자를 택했어. 아빠 일을 우선한 엄마는 안정적이지만 도전적인 면은 거의 없는 일을 하기로 했고, 힘들게 딴 석사 학위는 별 쓸모가 없게 됐지. 엄마는 이런 선택을 후회한다는 말을 대놓고 하진 않았지만 은연중에 내비치곤 했어. 지나온 삶을 얘기할 때면 태반이 결혼해서 아이 낳기 전 얘기였거든. 어릴 때 난 엄청 성실하고 근면했어, 학생 때는 전교 10등 안에 꼬박꼬박 들었어, 다들 부러워하는 직업을 가졌어…… 이런 말을 할 때 엄마의 손은 어지러우면서도 화려하게 움직였고, 엄마의 말이 만들어내는 세상은 긴박하고 치밀하면서도 모험으로 가득 차 있었어.

그러다 아빠와 결혼한 다음 이야기부터는 엄마 태도가 확 차분해졌어. 좀 딱딱하고 재미도 없었지. 후반부에는 주인공이 느닷없이 나와 여동생으로 바뀌고 이야기도 우리 둘을 중심으로 맴돌았거든. 분명 엄마 이야기인데도 엄마는 되레 무대 뒤로 물러나 나와 동생이 활약하는 모습을 숨죽이고 지켜봤어. 엄마가 자신의 인생 무대에서 내려가고 나와 동생을 등장시킨 것, 어쩌면 이게 바로 모든 문제의 근원일지도 몰라.

*

이 이야기는 아무리 풀어도 다 풀 수 없는 수학 문제에서 시작돼.

부모가 자식을 가르칠 때, 출발점은 아주 간단해. 자식이 본인의 전철을 밟지 않기를 바라는 게 시작이지. 우리 엄마의 배경을 볼까. 엄마는 학창 시절에 전 과목을 잘했는데 유독 수학만큼은 내내 형편없는 점수를 받았어. 그래서 수학 성적을 올리려고 더 많은 시간을 들여 열심히 공부했지만 투자 대비 수익은 매우 낮았어. 연합고사에서 수학 한 과목 때문에 전체 평균이 대폭 떨어지는 바람에 아슬아슬하게 타이완대학에 불합격했지. 그건 엄마의 공부 인생에서 가장 큰 참패였어.

나중에 엄마는 대학에서 아빠를 만났고, 두 분이 함께 순조롭게 유학을 떠나 언어 관련 석사 학위를 받았어. 그래도 엄마는 연합고사 수학에서 실패한 경험을 잊을 수가 없었어. 그래서 큰딸인 내가 태어날 즈음부터 체계적인 학습 계획을 짜놓았지. 엄마의 출발점은 충분히 이해가 가. 엄마는 내가 보통 아이들보다 먼저 귀동냥으로라도 수학을 접하면 당연히 우수한 결과를 내리라고 봤어.

내가 아직 어려서 물건도 제대로 못 쥘 때부터 엄마는 나에게 간단한 덧셈 뺄셈 원리를 가르쳤어. 주위에서 흔히 보이는 종이꽃이나 사탕, 산책길에서 만나는 가로수나 작은 새 따위를 이용해서. 이런 생동감 넘치는 시작에 빠져든 나는 금세 원리를 이해했고, 유치원에 갈 때쯤엔 서너 자릿수 덧셈 뺄셈을 능숙하게 하게 됐어. 하지만 엄마는 이에 만족하지 않고 재빨리 난도를 높여 곱셈과 나눗셈에 들어갔지. 이제 생활 속에서는 교재를 찾기 힘들어졌어. 그러자 엄마는 책방에 가서 '재미있어' 보이는 수학 문제집을 사서 먼저 쫙 훑어보고, 괜찮은 문제를 뽑아 나에게 연습을 시켰어. 대여섯 살짜리한테는 좀 어려운 공부였지. 몇몇 부호를 헷갈리고 틀리는 문제도 점점 많아지자 엄마는 실망감을 숨기지 않았어. 반대로 정답을 많이 맞히면 엄마는 활짝 웃었고, 내 어깨를 두드리며 똑똑하다고 칭찬해줬어.

엄마의 이런 양극적 반응을 보며 나는 승부욕이 엄청 강하고 이해득실을 꼼꼼히 따지는 아이가 됐지. 변덕스러운 엄마와 지내느라 예민해지고 눈치도 잘 살피게 됐고. 다 크고 나서 보면 이런 성격이 좋다 나쁘다 딱 가르기 어렵지만, 열 살도 안 된 아이한테는 너무 부담스러웠다고 생각해.

초등학교에 입학하자 나는 연산에서 단연 두각을 드러냈어. 다른 아이들이 간단한 문제를 풀면서도 끙끙대는 모습을 보며 많이 의아했지. 그러다 내가 수학이라는 과목에서는 분명 남보다 많이 앞섰다는 걸 알게 됐어. 내 마음엔 모순과 갈등이 가득했어. 때로는 엄마가 시키는 공부가 너무 버거워 원망스럽고, 때로는 엄마의 선견 지명이 고맙더라고.

다른 과목 성적은 그리 뛰어나지 않았기에 내 성취감의 주요 원천은 수학이었어. 시간이 흐를수록 나는 수학이라는 과목을 진심으로 좋아하게 됐고, 더 수준 높은 문제를 스스로 골라 풀었어. 주동적으로 공부하는 나를 보며 엄마는 매우 흡족해했고, 수학에 대한 관여도 차츰 줄어들었지.

그렇다고 내 공부 계획이 느슨해졌다는 뜻은 아니야. 엄마는 나를 위해 두 번째 싸움터를 개척했지. 바로 영어였어.

엄마는 영어를 유창하게 구사하는 사람이야. 언어 감각을 타고난 데다가 미국에서 언어 관련 석사 학위까지 취득했지. 엄마는 영어와 수학 두 과목 성적이 최고라면 타이완의 교육 시스템에서는 순조로이 성공할 거라고 믿었어. 그래서 수학 문제 풀기 말고도 내가 날마다 해야 할 공부에 영어 단어 외우기, 영어 소설 읽기를 추가했어.

안타깝게도 나는 엄마의 언어 감각을 물려받지 못했어. 처음 단어 천 개는 그런대로 쉬워서 금방 외웠지만, 2천 개, 3천 개에 들어서자 조금 주춤한 상태가 됐어. 그런데 엄마가 거의 영어 전문가잖아. 기준도 당연히 더 엄격했지. 이제 수학은 걱정할 필요가 없으니 엄마는 내 영어 공부에 더 신경을 썼어. 나는 점점 초조해졌고, 그럴수록 자꾸 단어를 까먹고 말았지.

학년이 올라갈수록 '남의 장점을 본받으려는' 엄마의 마음도 덩

달아 커졌어. 공부 잘하는 아이가 주위에 나타나면 엄마는 부랴부랴 그 애 부모님에게 교육 방침을 묻고는 지체 없이 나에게 적용했어. 엄마가 신문이나 잡지를 뒤적이며 열심히 읽는 건 교육 관련 기사뿐이었어. 엄마는 수학, 영어 경시대회에서 고득점을 얻은 학생들에 관한 기사를 찾아 잘 오려놓고, 그들의 비결을 메모한 다음 나에게 꼼꼼히 읽어보라고 했어. 내가 다 읽은 걸 확인하면 엄마는 나에게 매우 신중하게 물었지.

"기사 읽어보니까 무슨 생각이 들어? 네가 단어 외우는 방식에서 뭐가 잘못된 건지 알아냈니?"

"이제 네가 푸는 수학 문제가 너무 적다는 거 알았지? 세상에는 너보다 열심히 공부하는 사람이 무지 많아!"

엄마는 다른 사람을 본보기 삼아 나를 격려하려 했어.

하지만 그때 내 귀엔 이런 얘기가 모두 똑같은 말로만 들렸어. 내가 부족하다는 말.

*

초등학교 4학년인가 5학년 때, 아주 전형적인 사건이 터졌어. 고모와 고모부가 일 때문에 한 달간 해외에 나가야 해서 그동안 사촌동생이 우리 집에서 지내게 된 거야. 사촌동생과 나는 서먹한 사이였지만 나이가 비슷하다 보니 금세 잘 어울려 놀았어. 그때 엄마는 내 수준을 확인하려고 영어 공인시험 문제집을 잔뜩 사다 놨지. 어느 날 퇴근해 돌아온 엄마가 문제집을 채점했는데, 내가 어려워하는 조동사 부분이었어. 나는 아주 기본적인 실수를 왕창했지. 낯빛이 어두워진 어머니는 TV를 보는 사촌동생을 불러 연필을 건네며 문제를 풀어보라고 했어.

사촌동생은 머뭇거리며 나를 힐끗 쳐다봤어. 하지만 엄마의 매서운 눈초리에 억지로 문제를 풀기 시작했어. 몇 분 뒤에 사촌동생이 답을 내놓았지. 사촌동생은 학원에서 영어를 공부했어.

사촌동생이 쓴 답을 훑어보며 엄마는 더더욱 안색이 나빠지더라. 엄마는 내 쪽을 돌아보더니 목소리를 높여 사촌동생 앞에서 나를 된통 혼냈어.

"이것 좀 봐. 동생은 너보다 한 살 어린데 너보다 훨씬 빨리 풀고 틀린 문제도 더 적잖아. 너, 문제 풀면서 엄마가 가르쳐준 문법을 제대로 생각하고 푸는 거니? 그냥 설렁설렁 푸는 거 아냐?"

사촌동생은 나를 외면한 채 양손으로 치마를 꽉 움켜쥐었어.

나는 고개를 떨구었어. 가슴속에 불쾌한 감정이 가득 차올랐어.

그 뒤로 우리 사이에는 깊은 틈이 생겨나고 말았어. 사촌동생이 같이 놀자고 해도 쌀쌀맞게 대했지. 이런 일이 되풀이되자 그 애도 낌새를 챘는지 돌아서서 TV 앞으로 가버렸고, 더는 나에게 말을 걸지 않았어. 나는 기분이 좋아질 줄 알았는데 반대더라. 오히려 나 자신이 더더욱 싫어지지 뭐야. 고모가 사촌동생을 데리러 오던 날, 현관에 서 있던 그 애는 돌아서서 조금 긴장한 듯 나에게 손을 내밀어 작별 인사를 건넸어.

그때 난 어떻게 반응했지? 기억도 안 나.

그 뒤로 사촌동생과 나는 비슷하게 공부를 잘했어. 쭉 1지망 학교에 합격했고, 대학을 졸업할 때는 두둑한 장학금을 받았어. 이게 무슨 뜻일까? 사촌동생과 나는 둘 다 뛰어난 아이라 서로 비교할 필요가 없었다는 뜻이야. 그런데 우리가 아주 어릴 때 엄마는 우리를 새장 하나에 가두고는 한 사람만 나갈 수 있다고 선언해버렸지. 사촌동생은 밖으로 나갔지만 나는 새장 속에 남아야 했고, 그 일은 나에게 깊은 상처를 남겼어. 거의 20년이 지났는데도 나는 그 장면을 생생히 묘사할 수 있어. 내가 엄마한테 야단맞고 있을 때, 사촌동생과 내 시선이 허공에서 잠깐 만났어.

그 애의 눈빛에는 동정이 어려 있었지.

*

초등학교를 졸업하고 중학교에 가자 나는 수학 중점반에 들어갔어. 성적에 따라 반을 갈랐다간 논란이 생길 수 있으니까 중점반이라고 부른 거였지. 아무튼 중점반에는 뛰어난 아이들이 많았기 때문에 내 등수는 초등학교 때보다 내려갔어. 내가 보잘것없다는 사실을 처음 깨닫게 됐지. 나는 좀 긴장했고 엄마도 마찬가지였어. 엄마는 등수에 대한 집착이 심해져서, 중요한 시험이든 쪽지시험이든 상관없이 내 가방에서 모든 영어와 수학 시험지를 꺼내서는 줄기차게 캐물었어. "반 평균은 몇 점이니?" "최고점은 몇 점이야?" "너보다 점수가 높은 애가 몇 명이야?" "이번에 왜 성적이 떨어졌는지 생각해봤어?"

인생이 사전이라고 치고 가장 좋아하는 단어 두 개를 고르라고 하면, 엄마는 틀림없이 '검토'와 '진보'를 고를 거야.

엄마는 아이에게 아름다운 청사진을 펼쳐 보이는 데 선수였어. 몇 살에 전국영어능력시험의 중고급 수준에 합격해야 하는지, 수학 경시대회에 나가려면 전교 몇 등을 해야 하는지, 어떤 명문 대학에 진학해야 하는지, 어떤 화려한 직업을 가져야 하는지…… 일일이 나열하기도 힘들 지경이야. 나를 그 방향으로 확실히 나아가게 만들기 위해 엄마는 내가 할 일 목록을 고안해냈어. 내 의견을 아예 막은 건 아니었지만, 난 엄마 생각을 바꾸는 데 성공한 적이 거의 없었지. 99퍼센트는 엄마가 제시한 아름다운 청사진에 홀려 그것이 나에게 가장 좋은 길이라고 믿었어.

이는 상황을 갈수록 복잡해지게 만든 원인이기도 했어. 나도 설득되어 엄마 말을 다 받아들였잖아. 당사자인 내가 발버둥 치는 기미가 전혀 없는데, 지켜보는 제3자가 괜히 나서서 엄마 계획의 합리성에 의문을 제기할 리가 없지.

엄밀히 말하면, 엄마가 자식들에게 순종만을 원한 건 아니야. 하지만 일단 우리가 순종하는 태도를 보이면 엄마 표정이 확 부드러워졌고, 동생과 나도 반항에 따르는 기나긴 잔소리와 타박을 피할수 있었지. 그러다 보니 오랜 세월 동안 우리 자매에게는 순종이 가장 현명한 선택이었어. 자꾸자꾸 부풀어 오르는 엄마의 아름다운 청사진을 보면서, 우리는 깊이 생각해보지도 않은 채 고개를 끄덕이며 좋다고 했어.

그러니까 엄마는 점점 본인이 다 옳은 줄 알게 됐어. 엄마가 세운 계획에서 어긋나는 모든 것은 불합리하고 아이에게 해로운 것이었지.

엄마는 호랑이 엄마의 강압적인 교육방식을 좋아하지 않았어. 그런 방식은 아이의 독립성과 자율성을 해친다고 여러 번 말했거든. 엄마는 의식이 깨어 있는 엄마가 되고 싶어 했어. 하지만 자기도 모르는 사이에 엄마 역시 호랑이 엄마 같은 길을 걷게 됐지.

단적인 사례를 들어볼게. 중학교 2학년 때 학교에서 '읽기와 쓰기' 캠프가 열렸거든. 나는 국어 실력은 내내 꽝이어서 읽기와 쓰기에는 아무런 열의가 없었지만, 친한 친구와 내가 관심을 둔 남학생이 모두 참가한다기에 저녁을 먹으면서 엄마에게 나도 참가하고 싶다고 했어.

내 말을 듣자 엄마는 인상을 쓰면서 단호히 말했어.

"너는 거기 참가할 필요가 없어. 국어가 뭐가 중요하니. 게다가 캠프에 가려면 사흘을 꼬박 써야 하잖아. 그 사흘 동안의 수학, 영어

진도는 어떡할 거니?"

나는 프로그램을 진행하는 선생님들이 얼마나 훌륭한지, 커리큘럼이 얼마나 흥미로운지 설명하며 엄마를 다시 설득해보려고 했어. 막바지에 이르자 내 말투는 거의 애원에 가까워졌지.

그런데 엄마는 나를 무시한 채 고개를 돌리고 아빠한테 말을 걸더라.

끝끝내 참가비를 못 받았어. 신청 마감날, 나는 신청서를 구겨서 쓰레기통에 버릴 수밖에 없었어.

*

고등학교에 가서도 비슷한 상황이 이어졌어. 내가 다니는 고등학교는 다들 학교에 남아서 야간자율학습을 하는 분위기였어. 고3이 되자 나도 수업 끝나고 학교에 남아 공부하고 싶어져서 엄마에게 말을 꺼냈지. 엄마는 제대로 생각도 안 해보고 대번에 안 된다면서 강경하게 말했어.

"하루 종일 교실에 앉아서 8교시 수업을 듣고 나면 이미 에너지가 고갈돼버려. 거기다 야간자율학습까지 하면 한 시간 동안 저녁 먹고 쉴 뿐 내내 긴장을 늦출 수 없잖아. 그렇게 이어서 공부하는 건 비효율적이야. 집에 와서 여유롭게 저녁 먹고, 30분쯤 자고 나서 공부하는 게 훨씬 나아."

"야자 하는 애들 엄청 많아요. 다 같이 공부하는 분위기도 좋단 말이에요."

"네 몸 상태는 고려 안 해? 내가 말했지, 야간자율학습은 너하곤 안 맞아. 게다가 그렇게 많이들 남아서 공부하는데 교관은 어쩌다 한 번씩 와서 들여다보는 게 전부 아냐. 그러면 당연히 집중력이 떨어지고 모여서 수다나 떨겠지. 집은 얼마나 조용하니. 게다가 네 집이잖아. 이렇게 좋은 공부 환경을 놔두고 대체 왜 딴 데서 하겠다는 건지, 엄마는 정말 모르겠다."

내가 뭔가 더 말하려고 하자 엄마는 딱 잘라 말했어.

"그만, 안 된다면 안 되는 줄 알아."

엄마 마음속에서 의사결정이란 이런 거였어. 일단 아이가 자기 의견을 밝혔다면 부모로서 '민주적'으로 결정한 셈이었지. 여기엔 한 가지 위험이 내포되어 있었어. 엄마는 아이 의견에 진지하게 귀 기울일 필요가 없다고 생각했거든.

엄마 말에는 틀린 부분이 있었어. 우리 집은 조용하지 않았어. 오히려 시끄러웠지.

내가 대학 입시를 준비하던 해에 부모님 사이가 싸늘하게 얼어붙어 버렸어. 동생 교육을 놓고 의견 차이가 있었거든. 저녁마다 나는 서재에서 불을 밝히고 야간 전투를 벌였는데, 두 분이 목소리를 낮춰가며 다투는 소리가 자꾸 들려오는 통에 도무지 집중할 수가 없었지.

그러던 어느 날, 두 분의 의견 충돌이 마무리됐어.

저녁 8시쯤 엄마가 밥 먹으러 오라기에 나는 공부하던 책을 내려놓고 식당으로 갔어. 그리고 팽팽한 분위기를 누그러뜨리려고 입을 열었어.

"요즘 전반적으로 성적이 올랐어요. 작문 연습에 시간을 좀 들이니까 국어 실력이 늘었거든요."

그 말에 엄마가 나를 힐끗 보더라. 이어 엄마의 특기인 냉소가 입가에 걸렸지.

"국어는 전혀 안 중요한 과목 아니니?"

엄마는 웃음 짓던 내 표정이 얼어붙는 건 알아채지 못했어. 나를 보지도 않고 말했거든.

엄마가 음식을 씹으면서 또 웅얼웅얼 말했어.

"시간 낭비는 그만하는 게 어때. 작문처럼 쉬운 걸 연습하느니 영작문을 검토하는 게 낫지. 너 영작 점수가 맨날 16점에 걸려 있잖아? 수학도 소홀히 하면 안 되고. 잊지 마, 넌 다른 애들하고 달라. 다른 애들은 70~80점이면 만족해도 너는 최소 90~95점은 받아야 해. 그래야 내가 너 어릴 때부터 가르친 게 헛수고가 안 되지."

엄마는 말할수록 기운이 나는 모양이었어. 그럴수록 내 몸속에 있는 한 가닥 실도 점점 팽팽하게 꼬여갔고.

엄마의 장광설이 20분? 어쩌면 30분 동안 이어지는 가운데, 그 실이 툭 하고 끊어졌어.

나는 벌떡 일어났어. 내 입에서 말이 줄줄이 앞다투어 쏟아져 나왔어.

"말 좀 가려서 하면 안 돼요? 큰일이든 작은 일이든, 엄마 마음에 조금이라도 거슬리면 꼭 입으로 끄집어내야 돼요? 작문 실력 늘었다고 칭찬하는 게 그렇게 어려워요? 그것까지 영작이랑 수학에 갖다 붙이다니, 엄마의 통제욕, 정말 무시무시하네요. 그러면서 다른 사람들에게는 엄청 열린 부모인 척하죠? 정말 그럴까요? 내가 보기엔 전혀 아닌데. 오히려 반장 어머니가 엄마보다 훨씬 열린 분이거든요. 반장이 어떤 의견을 말해도 그 애 어머니는 최대한 존중해준대요. 걔가 정말 부러워요. 진짜로 생각이 트인 엄마가 있으니까."

내 말은 엄마의 내면세계에 있는 이름 모를 단추 하나를 누르고 말았어. 엄마는 지금껏 본 적 없는 충격적인 표정을 지었어. 하지만 금세 냉정을 되찾고 침착하게 말했지.

"그럼 너, 애들이 말 안 들을 때 다른 부모들이 때리면서 훈육한다는 건 아니? 난 널 때린 적이 없어. 매사에 너한테 이치를 설명하려고 애썼고, 네 생각은 어떤지도 다 들어줬잖아. 내가 그렇게 네 공부에 신경을 써주는데 넌 고마운 줄도 모르는구나. 반장? 네가 그 애 상황을 실제로 얼마나 아는데? 그 부모는 교육은 아예 손놓고 있을지도 몰라. 제대로 알지도 못하면서 '아이를 존중한다'고 미화하는 거니? 어이가 없네?"

지금까지 엄마와 소통하던 습관대로라면, 이때쯤 나는 입을 다물고 몸부림을 포기했을 거야.

그런데 그날은 희한하게도 도저히 내 입이 통제가 안 되더라.

"안 때린다고 좋은 부모인 줄 알아요? 몸이나 얼굴에 멍 자국 같은 게 있어야 아이가 상처를 입은 건 줄 알아요? 엄마는 진짜 독선적이에요. 엄마가 하는 그 수많은 통제는 나한테 상처가 아닌 줄 알아요?"

"아무래도 맞아야 정신을 차리겠구나. 지금 네가 얼마나 복에 겨운지 전혀 모르고 있어."

엄마는 벌떡 일어나 부엌으로 갔어. 내 눈앞에 다시 나타난 엄마의 손에는 몽둥이가 들려 있었지.

못 본 지 한참이라 진작에 엄마가 내다버린 줄로만 알고 있던 몽둥이였어.

몽둥이가 나에게 날아오자 나는 손으로 막으면서 무의식적으로 엄마를 향해 손바닥을 휘둘렀어. 하지만 통제불능 상황이 되기 직전, 남아 있는 이성이 내 손을 움츠리게 한 덕에 엄마 얼굴에는 손톱만 살짝 스쳤어.

엄마는 그대로 얼어붙었어.

나도 얼어붙었고.

내 손을 내려다보는데, 꼭 딴 사람 손 같았어.

"네가 날 때리려고 하다니."

엄마는 볼을 어루만지며 믿을 수 없다는 표정으로 나를 노려봤어.

엄마를 보면서 내 마음속에는 한 가닥 죄책감이 피어올랐지만, 그와 더불어 해방감도 느껴졌어.

드디어 내가 반격을 한 거야. 후회는 없었어. 엄마와 내가 마침내 이 단계에 이르다니, 마음속이 아주 환해졌어.

엄마는 눈물을 흘리며 이렇게 내뱉었지.

"정말 실망이야."

이 모든 과정을 목격한 아빠가 나에게 불쑥 달려들더니, 엄마한테 사과하라며 내 뺨을 후려쳤어.

나는 조금도 놀라지 않았어. 그게 아빠 스타일이니까.

이제 우리 아빠 얘기에 지면을 좀 할애할게.

아빠는 아주 좋은 분이야. 진지하고 상냥하고 성실하고 효자에다 일도 열심히 하고…… 장점이 가득하다고 할 수 있지. 할머니 할아버지는 아들 칭찬을 아끼지 않았고, 아빠와 함께 일하는 사람들도 아빠를 기분 좋은 동료라고 평가했어. 하지만 아빠에게는 작은 결점이 하나 있었어. 아빠는 남의 감정을 받아주는 걸 몹시 싫어했어.

그런데 하필, 아빠는 똑똑하고 아름답지만 대단히 감정적인 여자와 결혼했지 뭐야.

엄마가 자기 연민에 빠질 때마다 아빠가 습관적으로 쓰는 책략은 방어였어. 아빠는 엄마가 원하는 걸 다 주면서 엄마의 불만을 누그러뜨렸어. 아빠가 우리 자매에게 가장 자주 하는 훈계는 무슨 대단한 도리가 아니었어. 바로 이거였지.

"아빠 없는 동안 엄마 말씀 잘 들어. 절대 화나게 하지 마라."

아빠의 묵인은 엄마 성질을 더더욱 키웠어. 아이 같은 면이 있는 엄마는 본인이 원하는 건 반드시 얻어내야 하는 사람이었어. 복종을 원하는데 내가 그걸 주지 않자, 아빠는 어쩔 수 없이 뛰쳐나와 내 뺨을 갈기면서 복종을 내놓으라고 한 거야.

가장 원만한 결말은 내가 눈치껏 엄마한테 사과하는 거였지만, 난 그러지 않았어. 내 방으로 가서 문을 쾅 닫아버렸지.

그날 이후로 엄마와 나는 꼭 필요한 말 말고는 대화를 안 했어. 두세 달쯤 그런 상황이 이어졌어.

중요한 시험을 일주일 앞두고 나는 자꾸만 열이 올랐다 내렸다 했고, 시험이 다가올수록 몸에 이런저런 이상이 생겼어. 시험을 사흘 앞둔 날에는 학교에서 실신할 뻔해서 학교 의사 선생님이 나를 응급실에 데려다주고는 엄마한테 병원으로 오라고 연락했어.

혈액 검사를 하니 백혈구 수치에 이상이 있었고, 이삼일간 반드시 안정을 취해야 하는 상태였어.

나중에 듣기로는, 의사 선생님 말을 듣자 엄마는 나를 와락 껴안고 울음을 터뜨렸다더라고.

시험 날, 엄마도 아빠와 나를 따라 지하주차장으로 내려오더니 조수석에 올라탔어.

엄마와 나 사이의 묵계에 따르면, 이건 엄마가 나에게 손을 내미는 거였지.

그런데 화해한 지 얼마 되지 않아 엄마는 또 옛날 버릇이 되살아났어. 내가 엄마 감정에 조금만 차갑게 반응해도 상처 주는 말을 내뱉는 거야.

"너처럼 이기적인 애는 지금껏 본 적이 없다." "네 친구들이 네 본색을 못 알아채길 바랄 뿐이야." "내가 관리 안 해줬으면, 네 실력으로 이렇게 훌륭한 성적을 받았을 것 같아?"

나는 또다시 잦은 악몽에 시달리게 됐어. 늘 똑같은 꿈이었어. 엄마와 다투다가 나는 또다시 엄마에게 주먹과 발을 뻗었어. 그러면 엄마는 절망에 빠진 얼굴로 나를 빤히 바라보았고, 나는 꿈속에서 끊임없이 엄마에게 사과를 했어.

깨어나면 내 얼굴은 눈물 범벅이 되어 있었어.

그러면 냉전의 시간이 절로 떠올랐어. 그때 나는 자유였는데.

*

이제 이야기의 두 번째 주인공 — 내 동생이 등장할 차례야.

내가 초등학교에 들어가자마자 빛나는 성과를 거두자, 엄마는 별생각 없이 동생에게도 나를 관리하던 방식과 똑같은 보충학습 계획을 짜주었어. 엄마는 낙관적이었어. 두 번째 아이도 성공한 아이로 복제할 수 있다고, 심지어 더 뛰어난 아이로 만들 수 있다고 굳게 믿었지.

동생과 나는 외모, 성격, 재능 모두 하늘과 땅 차이였는데 말이야.

동생은 명랑하고 활동적인 아이였고, 나는 내성적이고 얌전한 아이였어.

나는 수학 문제 하나를 풀어내기 위해 오후 내내 책상 앞에 앉아 있는 걸 참을 수 있었지만, 동생에게 그건 불가능한 일이었어. 동생은 신기하게 생긴 구름, 창밖의 새소리, 귀를 찌르는 나팔소리 같은 온갖 일에 너무 쉽게 정신을 뺏겼어. 펜을 건네받으면 동생은 수학 문제를 풀거나 영어 단어를 쓰는 게 아니라 그림을 그리는 아이였지. 나는 논리에 능하고, 동생은 사물의 아름다움에 집중하는 스타일이었어.

나는 이런 게 전혀 나쁘지 않다고 봐. 세상에는 나 같은 사람도 필요하고 동생 같은 사람도 필요하니까.

동생의 반응에 엄마는 철저히 실망했어.

그래, 실망. 엄마는 나에게 실망했고, 동생에게는 완전히 실망하고 말았어.

엄마는 동생의 '불성실'을 가혹한 말로 공격했어. 엄마가 숙제를 내주면 동생은 풀려고 하지 않고 처음부터 답지를 뒤적였어. 건성으로 한다는 걸 엄마가 알아챘는데도 동생은 희한한 고집을 부렸어. 점점 더 엉뚱한 핑계를 만들어 답지를 보는 행위를 정당화하고 합리화했지.

동생의 회피는 엄마의 분노를 강화시켰어. 엄마는 동생을 죽도록 때렸고, 동생은 엉엉 울었어. 하지만 다음번에도 동생은 답안을 베꼈고, 그러면 엄마는 또 눈이 퉁퉁 붓고 코에 시퍼런 멍이 들도록 동생을 두들겨 팼어. 비슷한 장면이 자꾸 연출되니 진짜 넌더리가 나더라.

나는 속으로 의아했어. 동생은 왜 엄마에게 솔직히 말하지 않을까? 엄마가 낸 숙제를 하기 싫다고.

그러던 어느 날, 엄마가 휘두르는 몽둥이 속에서 나는 동생 마음을 알아차렸어. 동생이 나와 똑같은 교육, 똑같은 훈계를 감수하는 건 나와 똑같은 마음에서였어. 엄마 마음을 아프게 하는 게 겁나서. 그래서 동생은 차라리 매를 맞을지언정 엄마에게 화살을 겨누려 하진 않았던 거야.

그걸 깨달은 순간에도 나는 가만히 서서 동생이 맞는 모습을 보고만 있었어. 아무 행동도 하지 않고.

괜히 나까지 휘말릴까 봐 나는 동생을 위해 나서지 못했어.

나는 아주 기본적인 이치를 잊고 있었어. 사람의 참을성에는 한계가 있다는 사실 말이야.

대학생이 되어 기숙사에 들어가면서 나는 가족과 멀어졌어. 내가 새롭고 찬란한 대학 생활에 푹 빠져 있는 동안, 동생은 극단적으로 변했어. 외모 가꾸는 데 많은 시간을 들였고 성적도 곤두박질쳤어.

끝내는 부모님 몰래 몇 번이나 수업을 빼먹었어. 새로 사귄 친구들을 따라 담을 넘어 알 수 없는 곳으로 갔지.

내 동생은 어려서부터 타고난 미인이었는데, 고등학생이 되니까 눈에 띄게 예뻐지고 몸매까지 S라인이 되어 쫓아다니는 남자애들이 엄청 많아졌어. 동생은 냉기와 열기가 분명히 갈리는 세상에서 살고 있었어. 집에서는 엄마의 조롱에 시달리는 비운의 캐릭터였지만, 밖에 나가면 숱한 관심을 받는 인기인이었지. 동생의 환심을 사려고 경쟁하는 남자애들이 한 무더기였어.

동생은 밖으로 나도는 시간이 갈수록 늘었어. 통제도 안 될 지경이었지.

엄마는 수시로 나에게 동생의 이상 징후를 보고했지만, 나는 지루하게 들으면서 어떻게 하면 전화를 빨리 끊을까만 궁리하고 있었어. 대학 생활이 무척이나 만족스러워서 이제 집안일에는 신경 쓰기 싫었거든.

3학년 때 나는 어느 대회에 나가서 아주 좋은 성과를 거뒀어. 성적이 발표되고 얼마 뒤에 엄마가 전화해서는 집에 한번 다녀가라고 하더라. 큰외삼촌이 축하하는 뜻으로 한턱내기로 했다면서.

식사 자리에서는 유쾌한 대화가 오갔어. 밝고 사랑스러운 귀염둥이 사촌동생이 어른들을 계속 깔깔 웃게 만들었지. 외숙모가 마흔 가까운 나이에 시험관 아기로 얻은 딸이라 끔찍이 사랑받으며 자란 아이였어.

분위기가 한창 무르익을 때, 삼촌이 나를 가리키더니 어린 사촌 동생과 눈을 맞추며 이렇게 말했어.

"이 언니는 타이완에서 가장 좋은 대학에 다니는데 대회에서도 또 그렇게 대단한 성적을 거뒀지 뭐냐. 너랑은 딴판이지? 너는 공부하라는 말만 들으면 죽을상이 되잖아."

그러자 사촌동생은 삼촌 손목을 잡아당기며 애교 섞인 목소리로 투덜거렸어.

"에잇, 성적 얘기 좀 그만해요. 짜증나요."

"얘를 정말 어쩌면 좋아."

외숙모가 쓴웃음을 지으며 말했지만 눈에서는 사랑이 뚝뚝 떨어졌지.

"괜찮아요, 성적이 가장 중요한 건 아니잖아요. 아이가 즐겁게 크는 것도 나쁘지 않죠."

엄마가 맞장구를 쳤어.

그러자 옆에 있던 동생이 비웃음을 날렸어. 다른 사람들이 못 들은 척할 수가 없을 만큼 큰 소리로.

나는 아빠를 곁눈질했어. 아빠는 아무 말 없이 고개를 숙인 채 부지런히 젓가락만 놀렸지.

엄마는 일어나서 사촌동생에게 국을 떠줬어. 표정이 좀 굳어 있더라.

어색한 분위기를 풀려고 외삼촌이 우스갯소리를 했어. 아빠와 나는 응원의 뜻으로 연거푸 헛웃음을 지었고.

불행히도 동생은 모두를 가만 놔둘 생각이 없었어.

동생은 그릇과 젓가락을 탁 내려놓더니 엄마를 똑바로 쳐다보며 말했어.

"평소엔 어느 집 아이가 성적이 형편없다, 너는 그 지경이 되면 절대 안 된다, 이런 말을 입에 달고 살잖아요? 지금 사촌동생 성적이 엉망이라는데 괜찮다니, 진심 아니죠?"

다들 음식을 씹던 입을 딱 멈추었지.

"입 다물어."

엄마는 화가 나서 두 눈이 벌게졌어.

동생은 입꼬리를 살짝 올리며 계속 말했어.

"내가 뭐 틀린 말 했나? 사실을 말했는데 왜 입을 다물어야 돼요? 내가 사촌동생 같은 성적을 받아 오면 받아들일 수 있어요? 내 인생이 끝장났다고 할 게 뻔하지. 지금처럼 담담하게 '성적이 가장 중요한 건 아니잖아' 이런 말을 할 수 있을까 몰라?"

그 순간 동생의 옆얼굴, 동생의 실루엣, 두 손을 흔드는 모양새는 엄마를 빼다 박은 모습이었어.

그 식사 자리가 어떻게 끝났는지는 잘 기억이 안 나.

깜짝 놀란 외삼촌네 식구들이 적당히 핑계를 대면서 황급히 계산을 하고 자리를 떴던가.

가시가 잔뜩 돋친 동생을 보니 낯설기도 하고 죄책감도 들었어.

나도 아빠와 똑같았어. 엄마 기분에 맞추느라 동생의 권리는 기꺼이 희생시켰어. 나는 늘 동생에게 제발 눈치 좀 챙기라고 했거든. 외모만 가꾸지 말고 공부를 더 열심히 하라고, 하루빨리 등수를 끌어올려 엄마를 좀 기분 좋게 해달라고 말이야.

더 고약한 심보는, 엄마가 동생에게 온 신경을 쏟는 틈에 나는 숨 돌리고 내가 좋아하는 일을 많이 할 수 있으니 다행이라고 생각했다는 거야.

축하 자리가 불쾌하게 끝나는 걸 보면서 가족에게 느끼는 무력감은 더욱 깊어졌어.

*

비행기를 타고 출국하던 날, 특별한 사건이 하나 있었어.

오후 비행기였지만 나는 아침 6시가 좀 넘자 바로 일어났어. 그리고 내 방을 둘러보며 십여 년 동안 있었던 소소한 일들을 돌이켜보았지.

그러다 책상에서 편지 봉투 하나를 발견했어. 봉투 안에 달력과 엄마가 쓴 편지 몇 장이 들어 있더라. 외국에 나가 있는 동안 엄마한테 편지 자주 하고 달력에 내가 편지 보낸 날과 편지 쓴 심경을 적으라고, 엄마도 자기 달력에 편지 받은 날과 읽은 심경을 적겠다는 거였어. 그러면 내가 귀국하는 날에 모녀끼리 몇 년간 소통한 흔적을 함께 추억할 수 있을 거라나.

마음이 확 무거워지면서 짙은 혐오감이 파도처럼 연거푸 밀려들었어.

어렵사리 우리의 거리를 벌려놓게 됐는데, 엄마는 여전히 자기가 무시할 수 없는 거대한 존재임을 일깨워줄 방법을 고안해낸 거지.

그때 엄마가 내 방에 들어왔어. 내 손에 들린 편지를 보더니 얼굴에 미소가 번지더라.

"어때? 엄마 아이디어 재밌지?"

이 말은 나를 어린 시절로 데려갔어.

엄마는 늘 내가 공부를 더 많이 하고 문제를 더 많이 풀기를 바랐어.

거부감을 줄이고 학습 의지를 북돋우려고 좀 더 재미난 방식을 시도하곤 했지.

영어를 예로 들어볼게.

단어 열 개를 외우고 그걸로 한 문장으로 만들어봐.

지금 외국 손님을 맞이한다고 상상하고, 손님을 웃길 수 있는 농담을 영어로 번역해보렴.

영어로 끝말잇기하자.

그러고 나면 엄마는 늘 이렇게 말했어. "어때, 엄마 아이디어 재밌지?"

물론 흥미로운 공부법이지만, 어린 나는 이미 한참 동안 지루한 공부를 한 터라 아무리 재미난 놀이라도 안 끌려. 놀려는 마음은 다 사라지고 그저 누워서 쉬고 싶을 뿐이라고.

그걸 눈치 못 챈 엄마는 혼자 신이 나서 '본인이 재밌다고 생각하는' 놀이를 지치지도 않고 자꾸자꾸 개발했어. 엄마가 실망할까 봐 난 억지로 정신 바짝 차리고 다 재미있는 척을 했고. 청소년 시절 내 연기는 오스카상을 겨룰 만큼 완벽한 경지에 이르렀다니까.

현실로 돌아온 나는 스스로에게 말했어. 난 이제 스물세 살이야. 더 이상 참을 필요 없어. 이어 차갑고 딱딱하고 거리감 있는 내 목소리가 들려왔지.

"하나도 재미없고 지겹기만 해요. 안 할 거예요. 이제 저를 통제할 생각 마세요."

그 순간 엄마 얼굴이 팍 시들어버렸어. 얼굴에서 금세 핏기가 가셨고, 엄마는 굳은 표정으로 고개를 끄덕이더니 조용히 돌아서서 방을 나갔어. 한마디도 하지 않고서. 이번에는 엄마도 과거의 패턴을 답습하지 않더라고. 울며불며 난리 치고, 히스테리를 부리고, 내 잘못을 꾸며내고, 본인이 가정을 위해 얼마나 헌신했는지 부풀려 설명하고…… 그러지 않은 채 그냥 이 무대에서 터벅터벅 내려가는데, 그 뒷모습이 얼마나 쓸쓸해 보였는지 몰라. 고함을 지르지도, 극적인 제스처로 괴로움을 하소연하지도 않으니까 오히려 엄마의 가장 진실한 면모가 보이지 뭐야. 엄마는 너무 외로웠어. 엄마는 자식들이 본인한테 더 신경 써주길, 우리와 더 친밀한 사이가 되길 바랐던 거야.

우리 엄마는 가정을 자신의 성과로 여긴 사람이야. 두 아이를 본인 인생에서 가장 빛나는 중심에 두고, 우리가 성공한 사람이 되어 사회에 공헌하기를 바라며 본인의 시간과 에너지를 송두리째 우리 자매에게 바쳤어.

이런 거대한 선의 속에서 비극은 아주 쉽게 탄생하지.

첫째, 엄마는 아내, 동료, 사회의 일원, 심지어 '자기 자신'이라는 신분을 모두 잊은 채 '엄마'라는 역할에만 과도하게 집착했어. 이 관계에서 엄마와 대화하는 배우는 동생과 나뿐이었고. 우리 반응이 본인 기대에 조금이라도 어긋나면 엄마는 기분이 착 가라앉았고, 이어 그 실망감을 우리에게 전가했지. 우리 자매의 하루하루가 즐거운지 괴로운지는 전적으로 엄마 기분에 달려 있었어.

둘째, '성공'에 대한 엄마의 인식이 너무나도 협소했어. 엄마가 정의하는 성공이란 학업과 직업에서 안정적이고 눈에 띄는 성과를 거두는 것이었어. 엄마에게 미적 감각, 인간관계, 생활 속의 소소하고 아름다운 일 같은 건 모두 부차적인 것이었고, 그런 데에 시간을 너무 많이 쓰는 건 인생을 낭비하는 거였어. 나는 그래도 좀 운이 좋았지. 다행히도 몸을 틀어서 그 좁디좁은 틈새를 지나갈 수 있었으니까. 하지만 내 동생은 많이 힘들었어. 엄마 기준에 들어맞지 않는 바람에 동생은 자신감이 산산조각 나버렸어.

엄마는 자식들을 교육하는 과정에서 우리에게 정말 무수한 상처를 입혔어. 물론 한 가지 사실마저 지울 수는 없어. 엄마는 우리를 '잘 가르치고' 싶어 했어. 누구보다도 열성적인 엄마였고, 교육 관련 책도 많이 읽었고, 남에게도 열심히 배웠지. 이것 하나만큼은 의심할 여지가 없어. 엄마가 우리를 사랑했다는 것.

다만 엄마는 우리를 사랑하는 법을 몰랐어. 동생과 나는 둘 다 엄마한테서 나온 자식이지만, 엄마와는 별개의 생명인데 말이야.

이렇게 멀리 돌고 나서야 나는 다른 관점으로 엄마를 보게 됐어. 오랫동안 나를 가뒀던 감옥 문이 열리고, 마침내 빛이 비쳐 들었지. 이런 목소리가 들려오는 것만 같았어. "오늘부터 넌 자유야."

원망을 품고 사는 건 매우 피곤한 일이야. 특히나 그 대상이 나를 낳아준 사람이라면 더더욱 괴로울 수밖에 없지.

*

지금도 나를 보는 사람들의 눈빛에는 선망과 흠모가 가득해. 그들에겐 우리 가정 아래 흐르는 어둠은 보이지 않고 아름답고 찬란한 겉모습만 보일 테니까. 엄마와 함께 모임에 나가면, 엄마 입에서든 잘 아는 친척 입에서든, 의식적이든 무의식적이든, 내 성적, 내가 받은 상, 외국 대학에 지원한 눈부신 성과 얘기가 흘러나와. 그러면 관객들은 두 눈을 빛내며 엄마에게 딸을 어떻게 가르쳤냐고 묻고, 엄마는 침착하고 여유롭게 자신의 비결을 들려주지.

"매일 수학 문제를 열 문제에서 열다섯 문제씩 풀게 했어."

"아침 일찍 일어나서 정신이 가장 맑을 때 30분 동안 영어 방송을 들으면 효과가 좋아!"

"아이 의사를 존중하는 게 중요해. 그다음 재밌는 방법을 고안하는 거야."

옆에서 다른 어머니들이 귀를 쫑긋 세우고 듣는 모습을 자세히 관찰하면서, 예전에 할아버지가 암에 걸리셨을 때가 떠올랐어. 그때 온 집안에 '항암' 열풍이 일었지. 누가 항암에 성공했다는 소식을 듣기만 하면 멀든 가깝든 온 식구가 달려가 그 방법을 무분별하게 받아들였어. 몇 달 동안 우리 집에는 온갖 건강 식단이 잔뜩 쌓여 있었어. 자칭 '항암에 성공했다'는 사람들이 알려준 거였지. 할아버지가 돌아가시고 몇 달 뒤에 나는 몰래 그 식단들을 가지고 의사를 찾아갔어. 식단을 본 의사는 아무 말도 하지 않고 고개를 절레절레 흔들며 한숨만 쉬었어. 할아버지는 이미 돌아가셨는데 더 말해봐야 무슨 의미가 있겠느냐는 태도였어.

다른 어머니들의 얼굴에 떠오른 데자뷔 같은 표정을 보며 나는 도무지 이해가 안 가더라. 다들 정말 아이의 생활 속에 '좋은 공부 습관' 한두 가지를 끼워놓으면 성적이 확 오른다고 믿는 걸까? 그런 방법을 실행하면서 아이의 성격이 어떤지, 재능은 뭔지 생각해봤을까? 무엇보다도, 아이의 뜻을 고려했을까?

마찬가지로 이런 생각도 슬그머니 들었어. 할아버지는 단조롭고 맛없는 건강식을 드시면서 행복하셨을까? 많은 경우에 우리는 우리가 사실상 무엇을 놓고 토론하는지도 모르고 있어. 한 사람? 한 가지 질병? 아니면 한 가지 교육 방식? 지금까지도 나는 할아버지의 몸을 잠식한 것이 암세포였는지, 아니면 수많은 민간요법이었는지 아리송해. 교육도 마찬가지야. 아이에게 정말로 타격을 주는 것은 성적 자체일까, 아니면 아이의 성적을 바라보는 부모의 평가와 시선일까?

우리 엄마가 나쁜 사람은 아니야. 엄마는 모든 아이에게 잠재력이 있다고, 부모의 역할은 아이의 잠재력을 최대한 발휘하게끔 이끄는 거라고 믿었어. 하지만 부모 역할이 지나치면 어떻게 될까, 그 결과는 생각해본 적이 없었지. 결국 아이는 스스로 공부하는 즐거움을 빼앗기고 말았는데 말이야.

앞서 말했듯이 엄마는 호랑이 엄마의 교육 방식에 부정적이었어. 아이에게 발언 기회를 주고 아이의 정서를 중시하는, 의식이 깬 부모가 되고 싶다고 했지. 내가 좀 크고서야 알아챈 건데, 엄마는 우리에게 발언 기회를 주긴 했지만 그걸 참고한 적은 거의 없어. 우리 기분에도 신경을 썼지만 본인 기분에 더 신경 쓰라고 우리에게 요구했고.

지금도 엄마는 본인이 민주적이고 열린 엄마인 줄 알아. 내가 거둔 성과가 본인의 교육 방식 덕분이라고 믿고 있어. 하지만 동생 얘기는 꺼내지 않지. 동생은 엄마가 지금까지도 풀지 못한 어려운 문제야.

이런 생각이 절로 드네. 우리가 어떤 교육 방식을 받아들이는 이유는 그 방식이 성공한 '한' 아이를 키워냈기 때문이야. 솔직히 말하면 그건 정말 터무니없는 생각이야. 아이의 장단점을 한 덩어리로 싸매버린 채 아이의 성과를 '부모의 교육과 관리' 덕으로 돌린다? 그건 아이의 특성을 무시할 뿐만 아니라 아이가 처한 환경도 고려하지 않는 거라고. 똑같은 교육법으로 세속적인 성공 사례를 만들 수도 있고, 한 아이의 천재성을 완전히 파괴할 수도 있어. 하지만 후자에는 아무도 관심을 보이지 않지. 다들 실패 사례는 보려 하지 않고 성공한 신화에만 귀를 쫑긋 세워.

내 동생은 아직도 극단적이고 냉소적이고 염세적인 태도로 '교육'이라는 것에 저항하고 있어.

그 애 성적이 나쁜 것도 아니었어. 하지만 엄마가 주는 좌절감이 너무 커서 동생은 어쩔 수 없이 공부를 포기하게 됐고, 바깥으로 눈을 돌려 성취감을 찾으려 하고 있지.

아이는 부모의 욕구나 상상을 담아내는 그릇이 아니야.

부모가 원하는 모습으로 멋대로 주물러도 되는 찰흙도 아니고.

좀 더 강경하게 말해보자면, 아이에게는 자신의 삶이 있어. 아이는 자기 자신의 것이지 부모나 다른 누구의 소유물이 아니야.

이게 바로 내가 부모자식 관계라는 학문 속에서 20여 년을 몸부림친 끝에 깨달은 몇 가지 이치야.

*

독자들은 엄마와 내가 화해하는 해피엔딩을 기다리고 있겠지.

나 역시 지난 몇 년간 이런 결과를 만들어내려 애써봤어. 그리고 기대하고 있어. 언젠가는 나도 엄마가 나에게 준 숱한 상처를 완전히 잊기를, 엄마가 어떻게 내 어두운 면을 만들어냈는지도 철저히 잊기를. 그리고 내가 다시 한번 엄마를 끌어안을 수 있기를.

하지만 쉽지 않아.

엄마와 함께 있다 보면 나는 지금도 무의식적으로 온몸이 뻣뻣해져. 엄마의 일거수일투족을 주의 깊게 관찰하고, 엄마 입에서 나올 말을 짐작하며 마음속으로 대비하지. 본가에도 거의 안 가. 어쩌다가서 문 앞에 서면, 돌아서서 가버리고 싶은 충동을 한참 동안 눌러야 해. 엄마 앞에서 나는 영원히 열등감 덩어리고, 엄마를 기쁘게 해주지 못할까 봐 두려운 어린아이야.

정말 다행히도, 나에게는 오랫동안 감정을 나눠온 반려자가 있어.

그는 참을성이 아주 많은 사람이야. 오랜 시간을 들여 내 성격의 결함을 다듬어주었고, 엄마의 교육 방식이 내 성격에 미친 악영향도 충분히 이해하고 있어. 엄마의 비난 때문에 열등감에 빠질 때마다 그는 나를 부드럽게 달래주고 나에게 찬사를 보내. 그렇게 신기한 마법을 부리듯 나를 어둠 속에서 걸어 나오게 해주지. 어쨌든 그는 내 안에서 상처받은 내면의 아이를 찾아내서 위로를 건네고 이렇게 일깨워줘. "넌 좋은 아이야."

그는 아이를 원하지만, 나는 너무 두려워.

나는 그에게 마음속의 두려움을 솔직하게 털어놨어. 내가 똑같은 비극을 복제하게 될까 봐 너무 걱정된다고. 머릿속에 이런 환상이 수십 번씩 떠올랐어. 어느 날, 내 아이가 내 앞에 서서 이렇게 말하는 거야. "엄마의 통제욕, 정말 끔찍해요."

상상만으로도 얼마나 괴로운지 몰라. 숨이 턱 막혀와.

엄마는 나에게 정말 너무너무 깊은 상처를 입혔어.

엄마와 수없이 화해를 시도했지만, 좋은 상황은 오래가지 못했어. 친밀한 관계를 회복하고 자주 보다 보면 저마다의 마음속에 과거의 불쾌한 장면들이 떠올랐고, 응어리가 고스란히 다시 맺히면서 도로 멀어지곤 했어.

이렇게 화해했다가 멀어지는 과정이 되풀이되는 건 고통스럽고도 아이러니한 일이었어. 급하게 싸매려 할수록 새로운 상처가 생겨났지.

백 번쯤 실패했을 때, 나는 나에게 관대해지기로 마음먹었어. 언젠가는 화해할 수 있겠지만 지금은 아니다. 이렇게 생각하기로.

엄마 비위를 맞추려 안달하는 비굴한 내 마음, 엄마가 투척한 부정적인 말들, 알 수 없는 분노와 감정, 엄마가 내게 준 온갖 상처……이런 것들을 나는 평생 못 잊을지도 몰라.

하지만 나는 거리를 둘 수 있어. 멀찍이 떨어져서 엄마에게 관심을 보이며 엄마가 좋아지기를 빌 수 있어.

그거면 충분해. 우리는 연극을 하는 게 아니라 삶을 살아가고 있으니까.

잃어버리지도,
잊어버리지도 말자

우리 사회가 '부모'와 '자식'을
너무 꽉 묶어두는 것은 아닐까?
괴물 같은 부모의 이면에는 사실 자신감이 없는,
실수를 두려워하는 사람이 숨어 있다.

지금 이 부분은 처음 구상했던 개요에서는 존재하지 않았다. 그러나 초안을 본 친구들 모두 한결같은 반응을 보였다. 너 자신의 이야기도 써야지. 그중 한 친구의 아름다운 표현이 내 마음 깊은 곳을 건드렸다.

"너도 네가 가르쳤던 아이들과 함께 무대에 서야 해. 그게 아이들에 대한 네 책임이고, 그래야 공평해. 아이들과 너는 한 무대에 있었으니까."

내 이야기를 풀어놓으려면 엄마 얘기부터 해야 한다. 그게 빠지면 불완전한 이야기가 된다. 엄마는 펑후澎湖* 출신으로 찢어지게 가난한 어부 집안에서 일곱 아이 가운데 장녀로 태어났다. '일곱 아이'와 '장녀'라는 두 가지 키워드만으로도 가족을 위해 희생하고 헌신해야 하는 운명이 충분히 설명될 것이다. 내 외할아버지인 엄마의 아버지는 예측할 수 없는 파도와 온종일 싸우는 전형적인 어부였다.

---

* 타이완 본섬에서 서쪽으로 50킬로미터쯤 떨어진 열도. 아흔 개가 넘는 크고 작은 섬들로 이루어져 있다.

어촌에서는 늘 이런 말이 들려왔다. "아무개가 어제 고기 잡으러 갔다가 돌아오질 못했어." 엄마는 우리에게 이런 얘기를 해줬다. 외할아버지는 그물을 수선할 때마다 자신의 용기도 수선했다고. 바다에도 나가지 않고 그물도 수선하지 않는 날이면, 파도도 없고 삶과 죽음의 경계도 없는 술의 나라에서 살았다고.

엄마는 공부를 너무너무 잘했다. 가난하고 불안정한 집안 형편 때문에 세 번이나 전학을 다니면서도 1등을 놓치는 법이 없었다. 초등학교를 졸업할 때가 되자 담임 선생님이 직접 외할아버지를 찾아와 엄마를 중학교에 보내달라고 간청했다. 외할아버지는 그 순진한 선생님에게 이렇게 말했다.

"저 애는 장녀요. 이제 일을 해서 돈을 벌어 와야지."

문 뒤에 숨어 있던 엄마는 소리 없이 눈물을 흘렸고, 집 근처 언덕으로 달려가 고함을 질렀다. 집으로 돌아오는 엄마의 얼굴은 무표정했다. 장녀가 짊어져야 할 책임을 받아들인 것이었다.

엄마의 첫 일터는 통조림 가공 공장이었다. 냉방이 너무 센 곳에서 추위에 떠느라 엄마는 제대로 크지 못했고 열일곱 살이 돼서야 초경이 왔다. 몇 달 뒤에 엄마는 몰래 야학에 등록해 동료에게 대리 근무를 부탁하고는 어둠 속을 더듬어 수업을 들으러 갔다. 하지만 몇 번 듣지도 못하고 외할아버지에게 들키고 말았고, 열심히 일하지 않는다고 된통 언어맞았다. 이때부터 엄마는 공부할 생각은 접고 죽어라 일만 했다.

열다섯 살에 엄마는 혼자 바다를 건너 가오슝高雄*으로 왔다. 펑후 사투리를 쓰는 아이에게 싸늘한 곳이었지만 엄마는 개의치 않았다. 낮에는 돈을 벌고 밤에는 친구에게 타이완 말을 배웠다. 그리고 몇 년 뒤에 펑후에 있는 고향 식구들을 차례차례 본섬으로 데려왔다. 타이완 말을 아름답고 '정확하게' 할 수 있게 되자 엄마는 글자를 공부하기 시작했다. 하루에 적어도 여덟아홉 시간을 일하고 집에 돌아와서는 식사를 하고 몸을 씻은 다음 희미한 촛불 아래서 신문을 집어 들었다. 왼쪽에는 사전을 펼쳐놓고 신문 속 글자를 한 글자씩 익혀나가다 보면 신문 여백은 새로 알게 된 글자들로 빼곡하게 채워졌다.

지금 엄마의 문해력은 고등교육을 받은 수준이다.

*

가족을 위해 쉼 없이 일하던 엄마는 나이가 차자 급하게 아빠와 결혼했다. 그런데 아빠는 결혼이란 것과는 전혀 안 맞는 사람이었다. 결혼을 하거나 부모가 되기에는 부적합한 사람이 있다는 것, 이 또한 내가 오랜 세월을 통해 얻은 깨달음이다. 하지만 이삼십 년 전만 해도 그렇게 깊이 생각하는 사람이 없었고, 아이를 낳기만 하면

---

*   타이완에서 두 번째로 큰 도시. 타이완섬 남서쪽 해안에 있다.

아이를 세상에 데려온 남녀가 자연스레 부모 역할을 해낼 줄 알았다. 사실 이는 참으로 순진한 환상인데 말이다.

엄마는 나를 뱃속에 품은 열 달 동안 '엄마'가 될 마음의 준비를 충분히 하고 있었다. 반면에 아빠는 지금까지도 '아빠'로서의 무게를 깨닫지 못한 듯하다. 내 기억 속에서 아빠는 나를 장난감처럼 사랑했다. 흥이 나면 나를 붙잡아놓고 몇 마디 건네다가, 흥이 다하면 뒷전으로 밀어놓고 멋대로 가버렸다. 4학년 때 일이다. 낮잠을 자고 일어난 아빠는 그날 기분이 괜찮은지 나를 불러 말을 걸었다. 첫 마디는 이러했다. 너 지금 2학년 몇 반이냐? 나는 눈을 부릅떴다. 가슴 가장 깊은 곳에 망치가 툭 떨어진 기분이었다. 나는 퉁명스레 대꾸했다. 지금 4학년이거든요.

아빠가 아이를 낳은 건 순전히 사회규범에 따른 것이었다. 남자 나이 서른에는 마땅히 아이가 있어야 한다는 생각에서 나와 남동생이 태어났다. 하지만 '아빠'라는 두 글자는 뼈대에 지나지 않는다는 것, 어떻게든 피와 살을 채우고 마음까지 불어넣어야 그 역할이 살아난다는 생각을 아빠는 끝끝내 하지 못했다. 그리하여 아빠는 내 인생에 존재하면서도 존재하지 않는다. 현장에는 왔지만 토론에는 영원히 참여하지 않는 그런 사람이랄까. 아빠는 그저 한가로이 팔짱을 낀 채 엄마가 우리를 깔끔하고 철든 아이로 가공해주기만을 기다리고 있었다. 그렇게 해야만 아빠는 다른 쪽에서 우리와 이야기를 나누고 함께 시간을 보낼 수 있었다.

엄마 말마따나, 아빠는 '결혼한 싱글'이라는 비유에 딱 들어맞는 사람이었다.

*

엄마는 홀어머니처럼 우리 남매의 온갖 뒷바라지를 도맡았고, 그 힘든 일을 아주 훌륭하게 해냈다.

엄마의 어린 시절은 너무나 짧았고 가방끈 역시 짧았지만, 결혼을 하자 돈벌이에만 급급할 필요가 없게 됐다. 여유가 생긴 엄마는 우리를 데리고 책방에 다니기 시작했다. 책방에 들어간 엄마는 책 한 권을 뽑아 들고 바로 집중했다. 엄마가 책에 빠져들면 적어도 30분은 지나야 정신이 돌아오기 때문에, 동생과 나는 어쩔 수 없이 망망한 책 바다에서 30분을 함께할 상대를 한두 권 골라야 했다.

우리가 처음에 고른 것은 그림이 많고 글밥은 거의 없는 그림책이었다. 서너 살짜리 꼬맹이였던 우리는 그림책을 같이 보며 온갖 엉뚱한 이야기를 열심히 나눴다. 이따금 엄마가 보던 책을 내려놓고 우리에게 다가와 손가락으로 글자를 짚어가며 한 단락쯤 읽어주기도 했다. 똑같은 글자를 다섯 번, 열 번, 그 이상을 보다 보면 어느 날 저도 모르게 그 글자를 깨치게 된다. 이 글자는 작을 소小, 이 글자는 큰 대大, 하면서 엄마가 손가락을 멈추고 진지하게 글자를 알려주는 일은 매우 드물었다. 엄마는 이야기만 해줄 뿐 아무것도 강요하지 않았고, 우리가 오늘 뭘 알게 됐는지 캐묻지도 않았다. 그저 우리를 위해 재미난 이야기를 들려주기만 했다.

때로는 책을 반밖에 못 봤는데 책방 문을 닫을 시간이 되었다. 그러면 동생과 나는 엄마에게 보던 책을 사달라고 졸라댔다. 곧바로 엄마의 마법이 시작되었다. 우리 손에서 책을 건네받은 엄마는 진귀한 물건을 감상하는 눈빛으로 자세히 훑어보았고, 잠시 생각에 잠겼다가 우리에게 진지하게 물었다.

"정말로 이 책을 집에 가져가고 싶어?"

동생과 내가 고개를 끄덕이면 엄마는 참을성 있게 다시 한번 물었다.

"진짜로 이 책을 집에 가져가고 싶어? 가져가면 정말 읽을 거야?"

이번에는 우리도 좀 망설여져서, 책을 도로 받아 들고 엄마를 흉내 내어 진귀한 물건을 감상하듯 꼼꼼히 살펴보았다. 그러다 그렇게 중요한 책은 아니라면서 포기하기도 하고, 끝까지 버티며 꼭 사달라고 부탁하기도 했다. 책값을 치른 엄마는 우리에게 조심스레 책을 건네며 이렇게 말했다.

"지식은 보물처럼 값진 거란다."

책을 손에 넣은 우리는 전쟁에서 이긴 기분이었다. 책은 우리의 전리품이었다.

지식은 보물처럼 값지다. 이는 내가 어릴 적에 우연히 깨달은 심오한 이치였다.

엄마는 이런 식으로 우리 남매의 독서 능력을 키워주었다. 책을 읽고 싶고 글자를 배우고 싶었던 엄마는 우리를 책방으로 이끌었다. 책을 들고 골똘히 읽는 엄마 모습은 더없이 우아해 보였다. 아이에게는 어른 흉내 내기를 좋아하는 단계가 있다. 그때 동생과 나는 엄마처럼 우아한 자세로 책을 읽고 싶었다. 독서가 인생에 얼마나 도움이 되는지, 그런 건 아무도 신경 쓰지 않았다. 엄마는 점점 더 책방을 자주 찾았고, 그럴수록 동생과 내가 들고 있는 책도 점점 두꺼워졌다.

한참이 지나서 '몸으로 가르치다'라는 말을 들었을 때, 엄마의 행동이 어떤 의미였는지 퍼뜩 깨달았다.

*

초등학교에 들어가자 1학년 국어는 나에게 너무 쉬웠다. 하루는 선생님이 5학년 국어 교과서를 교탁에 두고 왔다면서 나에게 교사 휴게실로 좀 가져다달라고 했다. 나는 교과서를 펼쳐 읽으면서 걸어갔고, 선생님 앞까지 왔는데도 손에서 놓고 싶지가 않았다. 그런 나를 보고 깜짝 놀란 선생님이 소리 내어 읽어보라기에 한 단락을 읽었다. 모르는 글자가 몇 개 있어서 건너뛰긴 했지만 어쨌든 다 읽었다.

그날 저녁, 선생님이 엄마에게 전화를 걸어 나중에 내가 월반 시험을 보면 어떻겠냐고 제안했지만 엄마는 완곡하게 거절했다. 고등학교에 와서야 그런 사연을 알게 된 나는 왜 월반을 안 시켜줬냐, 그랬으면 다른 아이들보다 앞서갈 수 있었는데 하면서 엄마를 원망했다. 그러자 엄마가 나를 꾸짖었다. 어린 시절이 얼마나 짧은지 몰라? 바보나 그 시절을 빨리 넘기려고 하는 거야.

이는 엄마의 마음 깊은 곳에 있는 아픈 상처이기도 했다. 엄마의 학창 시절은 너무나 짧았다. 초등학교 6년이란 시간은 엄마의 머릿속에 가득한 지식욕을 채워주기엔 너무나도 부족했다.

엄마는 취미나 특기에 대한 생각도 독특했다. 엄마가 나에게 물었다. 음악에 관심 있어? 내가 고개를 가로젓자 엄마가 다시 물었다. 그럼 영재수학은 어때? 나는 또 고개를 가로저었다. 그럼 뭐에 관심 있어? 엄마가 또 묻자 나는 이렇게 대답했다. 그림 그리기요. 그러자 엄마는 나를 미술학원에 보내줬고, 나는 들뜬 마음으로 그림을 배우러 가곤 했다. 그림은 내 특기가 되진 못했지만 스트레스를 푸는 통로가 되어주었다.

엄마는 성적 때문에 나를 칭찬한 적은 한 번도 없다. 오히려 평소 생활 태도를 가지고 호되게 꾸짖곤 했다. 초등학교 때 제멋대로에 비뚤어진 아이였던 나는 친구들과 선생님을 곧잘 무시했고, 이것 때문에 엄마한테 자주 벌을 받았다. 엄마는 화를 내며 이렇게 말했다.

"성적은 좋은데 품행이 안 좋은 건 정말 나쁜 거야. 머리 좋은 애가 나쁜 짓을 하면 더 끔찍해."

내가 시험지를 가져올 때마다 엄마는 점수는 보지도 않고 이렇게만 물었다.

"시험에 나온 개념은 다 파악했니?"

내가 고개를 끄덕이면 점수가 나빠도 엄마는 태연했고, 주저하는 기색이 보이면 아무리 점수가 높아도 기뻐하지 않았다. 엄마에게 시험이란 학습 상황을 점검하는 것이었기에 시험을 잘 보든 못 보든 모두 소중한 정보였다. 엄마는 시험의 목적은 아는 게 뭐고 모르는 게 뭔지 명확히 알아내는 거라고 생각했다. 문제를 많이 풀라고 강요하지도 않았다. 억지로 문제를 풀게 하면 나는 답을 베낄 테고, 그건 출제자의 노력도 내 시간도 낭비하는 일이라는 걸 엄마는 잘 알고 있었다.

*

이쯤에서 두 가지 에피소드를 얘기할까 한다. 중학교 3학년 때 우수반에 들어간 나는 어느 날 밤에 공부하다 그대로 잠이 들고 말았다. 아침에 일어나 보니 물리화학 공부를 못 끝낸 상태였고, 그런 채로 학교에 가니까 마음속에서 심한 갈등이 일었다. 옆자리 친구의 답을 베껴야 하나. 하지만 그동안 엄마가 했던 얘기를 떠올리면 차마 그럴 수가 없었다. 제대로 못 채운 내 시험지를 본 선생님은 답을 못 쓴 문제 다섯 개를 세어 다섯 대를 호되게 때렸다. 집에 오면서 보니 왼손이 퉁퉁 부어 있었다. 오른손은 글씨를 써야 하니 때리지 않는 것이 우수반의 암묵적인 규칙이었다. 시퍼렇게 멍이 든 내 왼손을 보고 엄마가 안쓰러워하며 이유를 물었다. 내가 사실대로 말하자 엄마도 당황스러운지 한숨만 쉴 뿐 할 말을 찾지 못했다. 엄마는 우수반의 분위기가 불만스러운 눈치였지만, 결국 입을 다무는 쪽을 택했다.

고등학교에 가서도 똑같은 일이 또 일어났다. 나는 공부하다 또 잠이 들었고, 깨어나 보니 수학 시험지 오답을 바로잡지 못한 상태였다. 어쩔 수 없이 수학 선생님과 상의해서 기한을 하루 늦췄다. 그때 나는 선생님께 이렇게 말했다.

"제때 제출하라고 하시면 저는 베껴서 낼 수밖에 없어요. 하지만 저는 선생님이 내주신 문제를 존중하기 때문에 그러고 싶지가 않아요."

수학 선생님은 내 말에 동의했고, 나는 이 일은 이렇게 넘어갔다고 생각했다.

6~7년 뒤에 수학 선생님께 연락을 드렸는데, 선생님이 내게 이런 얘기를 했다. 그때 우리가 했던 '상의'가 선생님에게 큰 영향을 끼쳤다는 것이었다. 그때 선생님은 명문 고등학교에서 교편을 잡은 첫해라서 불안하고 초조했다. 사실 처음에는 갈등했다고 한다. 나에게 그런 쉬운 길을 열어준다면 다른 학생들에게 불공평하지 않을까. 천만다행히 내가 과제를 제때 못 낸 건 그때 딱 한 번뿐이었다.

하지만 나의 전례로 말미암아 규칙의 의미가 퇴색하고 말았다. 학생들이 '제때 과제를 제출하는' 목표를 이루게 하려는 게 규칙인가? 아니면 학생 개개인의 상태를 참작해야 하나? 선생님 얘기에 나는 몹시 민망해졌다. 내 요구가 선생님에게 그토록 큰 심리적 부담을 안겼을 줄은 몰랐던 것이다. 그러면서 무척 감사한 마음이 들었다. 교육이란 사실 두 사람 사이의 일이지만, 한 학급 인원은 40명이 넘는다. 스승과 제자의 비율이 이토록 불균형한 와중에도 수학 선생님은 그걸 해내려고 애썼고, 결국 어느 순간 교육은 우리 두 사람 사이의 일이 되었다.

이는 결코 쉬운 일이 아니다.

'나는 교사, 너는 학생'이라는 틀 속에서, 선생님은 그 경계를 뛰어넘어 학생이 되고 내가 되어 나의 출발점을 이해했고, 다시 교사의 입장으로 돌아가서 내 결정을 허락했다. 이는 격을 떨어뜨리는 행동이라고 여기는 선생님이 많지만, 나는 수학 선생님의 그런 행동이 교육의 본질을 승화시켰다고 생각한다. 나에게 허심탄회하게 얘기해주신 수학 선생님께 깊이 감사드린다.

*

엄마는 특이하게도 '놀고' '풀어지는' 것을 아주 중요하게 여겼다. 나는 중학교 2~3학년 때 전략게임 스타크래프트를 매우 좋아해서 하루에 한두 시간씩은 했다. 여기서 오랜만에 아빠가 등장한다. 아빠는 내 키보드를 부숴버리더니 엄마를 돌아보며 소리를 질렀다. 지금 얘 등수가 10등 밖으로 밀려났다, 당신이 애를 방임해서 그렇다는 것이었다.

엄마는 본인 주장을 고수했다. 학교에서 하루 종일 공부하고 온 애가 집에서 한 시간쯤 쉬는 게 뭐가 나쁘냐는 것이었다.

하지만 엄마는 나중에 나에게 다음과 같은 약속을 받아냈다. 컴퓨터 게임을 해도 된다, 막지 않겠다, 다만 공부를 끝내고 놀아야 한다, 게임할 때는 마음껏 하되 공부할 때는 반드시 집중하고 게임 생각을 해선 안 된다.

타이완 학부모들은 대개 이런 불안을 품고 있다. 아이가 노는 시간은 너무 길고 책상 앞에 앉아 있는 시간은 너무 짧다는 것이다. 그들은 아이에게 공부하라는 격려만 할 뿐 공부 이외의 일은 권장하지 않는다. 그 결과는 어떨까. 아이가 공부할 때는 놀고 싶어서 정신이 산만해지고, 놀 때는 또 미처 못 끝낸 숙제나 제대로 못 한 시험 준비를 떠올리며 죄책감에 시달린다.

나는 아이들의 공부 계획이 너무 빡빡한 걸 보면 오락 시간을 좀 넣으라고 권한다. 그러면 아이들은 처음에는 이런 의문을 품는다. 공부를 잘하려면 책상 앞에 앉아 있는 시간을 늘려야지 줄일 이유가 어디 있느냐는 거다. 내가 끈질기게 권하면 아이들은 반신반의하며 짧은 탈출을 감행한다. 뭘 해도 괜찮다. 아무튼 책상 앞을 떠나 스스로에게 휴가를 준다. 그러고 나서 돌아오면 기분이 상쾌하고 기꺼이 공부할 마음이 든다.

'놀이'와 '공부'의 경계를 정하기란 매우 어렵다. 많은 학부모가 이 과업을 회피한 채 다른 교묘한 수단을 쓴다. 아이들이 노는 시간을 최소한으로 줄이는 것이다.

＊

자유와 존중을 강조하는 엄마의 방침 아래 내 배움의 길은 매우 순탄했다. 과외나 학원 없이 명문 고등학교에 합격했고, 3년 뒤에는 더없이 빛나는 성적을 거두었다. 그런데 안타깝게도, 대학 입시 성적이 너무 좋은 나머지 엄마는 처음으로 자신의 원칙을 포기하고 내 선택에 끼어들었다. 엄마는 내가 외국어학과가 아니라 법학과를 가기를 원했다. 법을 몰라 손해를 봤던 경험 때문에 엄마는 처음으로 미지의 것에 대한 두려움과 특정 직업에 대한 환상을 나에게 투영했고, 이는 우리 관계에서 가장 큰 상처가 되고 말았다.

나는 외국어학과에 진학하고 싶어서 열심히 공부했는데 생각하지도 않은 법학과에 가게 됐다. 첫해에 바로 후회했다. 공부가 너무나 괴로웠다. 수많은 고유명사, 여러 나라에서 온 수많은 형량 기준은 사건 바깥에 놓인 채 완전히 차단되어 도무지 안으로 진입하질 못했다.

수업이 끝나고 기숙사로 돌아와 의자에 털썩 앉을 때마다 눈앞이 캄캄해졌다. 법학과 성적이 나쁜 건 아니었지만, 법률 서적을 읽는 것은 너무나도 고통스러웠다. 반면에 역사, 여성주의, 서양 문학과 예술 같은 선택 과목은 무척 재미있었고 성적도 매우 훌륭했다.

나는 엄마에게 이렇게 말했다.

"이번 시합은, 있는 힘껏 달려 결승점에 도착해봤자라고요. 거기엔 아무것도 없을 테니까."

엄마는 몹시 후회했다. 그러면서 시간을 되돌릴 수 있다면 절대로 내 결정에 관여하지 않을 거라고 거듭 말했다.

엄마와 나 사이에 틈이 생겼다. '법학과'라는 세 글자는 내 앞에서 꺼내선 안 되는 저주의 주문이었다.

대학을 졸업한 나는 '변호사 시험에 응시하지 않겠다'는 결정을 내렸다. 나는 변호사라는 직업에 소속감을 느낄 수 없었다. 흑백의 가운 중에 내 몸에 맞는 사이즈는 없었다. 결정을 내리는 순간 이런 생각이 들었다. 내 인생은 끝났어. 100여 학점을 날렸어. 이제 남들에게 비웃음을 살 일만 남았어.

법대를 나와서 국가고시에 응시하지 않는다, 이는 이쪽 테두리 안에서는 명예롭지 않은 일이었다.

*

나는 고등학교 때부터 과외 아르바이트를 해왔는데, 운이 좋았는지 일이 끊이지 않았다. 가르치는 학생 하나하나마다 집안 분위기가 다 달랐고, 각 가정의 이면에는 저마다 다른 이야기가 있었다. 한 아이가 떠오른다. 매우 흥미로운 사례였지만 이야기로 써내지는 못한 일이다. 그 아이는 수업 시간마다 나를 붙잡고 자기가 그동안 공부하면서 얼마나 만신창이가 됐는지, 음악을 얼마나 좋아하는지 털어놓곤 했다. 나는 수업을 마치면 그 아이를 피아노 앞으로 데려가서 연주를 들려달라고 했다. 내 음악적 소양이 부족한 탓에 그 아이 실력이 얼마나 되는지는 판단할 수 없었지만, 피아노와 그 아이가 함께 만들어내는 분위기가 매우 조화롭다는 것만큼은 충분히 알 수 있었다.

열 번째 수업 날, 지하철역에서 문득 모든 게 잘못됐다는 생각이 들었다. 나는 역을 빠져나와 그 애 집으로 갔다. 그 애가 방에서 나를 기다리고 있었지만, 나는 거실로 가서 그 애 어머니에게 이렇게 말했다.

"어머님, 죄송하지만 그만 가르쳐야겠어요. ○○에게 진짜 필요한 것, ○○가 잘할 수 있는 것은 음악 공부라고 생각합니다."

그 어머니는 매우 침착했다. 오래지 않아 그녀가 입을 열었다.

"저도 알고 있었어요. 진작부터 음악을 가르쳤어야 했는데 공부로도 가능성이 있는지 시험해보고 싶었던 거죠. 그런데 수업을 몇 번 안 하고도 선생님이 이런 말씀을 하신다면 상황은 분명하네요.

남편을 설득해야겠어요."

그리고 그녀는 방으로 들어가 아이를 데리고 나왔고, 두 모자는 매우 조심스러운 태도로 나에게 작별을 고했다.

나는 그 어머니의 반응을 잊을 수가 없다. 그녀의 말 속에 담긴 아들을 향한 사랑을 나는 똑똑히 알아들었다. 그 아이는 외아들이었고 아버지는 중국에서 사업을 했다. 그 애에게 듣기로는, 아버지는 아들이 상경대에 들어가 나중에 사업을 하길 바란다고 했다.

*

대부분의 경우, 나는 부모들이 자신의 아이를 대하는 방식을 도무지 이해할 수 없었다. 앞서 몇 가지 이야기 속에서 나는 그 부모들이 몹시 '괴상'하다는 걸 인정했다. 가르치는 학생이 늘어날수록 기괴하리만치 비현실적인 광경도 점점 더 많이 보게 됐고, 그제야 우리 엄마를 돌아보며 엄마가 매우 '특이'하다는 걸 인정하게 됐다. 엄마 덕분에 나는 아이는 당연히 독립된 개체라고 여기며 살아왔지만, 알고 보니 내가 나고 자란 이 괴이한 땅에서 그건 평범한 상황이 아니었다. 이곳의 부모들은 아이를 소유물로 여기는 경향이 매우 강했다.

문득 교육의 본질이 뭘까 궁금해지면서 흥미가 생겨났다.

대학 시절에 했던 과외교사는 아르바이트 성격이 강했다. 학생,

학부모, 나 사이에 충돌이 생기면 나는 적극적으로 나서지 않았고 몇몇 경우에는 아예 일을 그만둬버렸다. '국가고시를 치르지 않는 다음 단계'를 생각하는 공백기에 나는 내가 잘하는 일, 즉 과외교사로 돌아가기로 마음먹었다. 아르바이트에서 직업이 되자 심경의 변화도 컸다. 3년간 나는 수업 능력을 향상시키려고도 애썼지만, 갈등이 어떻게 생겨나는지 유심히 관찰하고, 학생과 나눈 대화를 기록하고, 학부모와의 소통 방식을 점검하는 데에 더 많은 노력을 기울였다.

그러면서 대부분은 내가 어찌할 수 없는 상황이란 걸 알게 됐다.

내가 가르친 수많은 학생 가운데 왜 이 아이들을 골라 이야기를 쓴 거냐고 묻는 사람이 많다.

그건 그 아이들이 저마다 어떤 '전형'을 대표한다고 생각하기 때문이다.

차오예를 가르치면서는 집안 환경 때문에 친구들끼리 느끼는 경쟁심, 그리고 낮은 학력 탓에 힘들게 사는 부모가 오로지 자식들이 전도유망한 미래를 가질 '가능성'만을 위해 본인 인생을 올인하는 모습을 보게 됐다. 뤄와를 위해서 나는 적지 않은 ADHD 관련 자료를 찾아보았다. 다른 사람이라면 서둘러 떼어내려 하는 꼬리표가 어째서 뤄와 어머니에게는 안정제가 되었으며, 그 이면에는 어떤 일이 있었는지 알게 됐다.

안경이 어머니와 모리를 보면서는 다중적인 역할의 충돌을 생각하게 됐다. 아내, 어머니, 심지어 며느리라는 역할 속에서 갈등하고 타협하던 그들은 결국 무엇을 얻기 위해 무엇을 버렸으며 왜 그래야 했는지.

특히 인상 깊었던 사람은 모리다. 모리의 어머니 밍웨이는 사랑하는 사람을 능숙하게 다룰 줄 모르며, 밍웨이 자신이 가정에서 받은 상처는 딸 모리의 삶에서도 얼마간 되살아났다. 하지만 모리는 자신의 딸 샤오예에게 그런 상처가 재연되지 않게끔 새로운 길을 나섰다. 자식에 대한 부모의 사랑은 타고나는 거라고 흔히들 말하지만 내 생각은 다르다. 적어도 모리의 사례에서 나는 자신의 딸을 사랑하는 법을 차근차근 배워가는 한 어머니의 모습을 똑똑히 보았다.

한편 내가 별로 언급하고 싶지 않은 아이는 차이한웨이다. 그 아이는 매우 총명하지만 생각이 극단적이었다. 첫 달에 차이한웨이는 "죽고 싶어요" "우리 부모님은 악마예요"라는 말을 입에 달고 살았다. 나는 그 애에게 유난히 많은 에너지를 쏟으며 그 애 마음속에 오랫동안 쌓여온 한을 풀 방법을 궁리했다. 나는 그 애가 부모님과 화해하고 원망과 증오에서 벗어나야 한다고, 그리고 자신의 삶으로 돌아가 학교라는 공동체에서의 자기 처지를 직시해야 한다고 생각했다. 그러나 내가 그런 방향으로 나아가려 할 때, 그 애의 부모는 본인들의 생각을 포기하려 들지 않았다. "자식은 내 거고, 내 자식에게 가장 좋은 길은 내가 잘 압니다." 그리하여 서로 다른 생각이 거듭 충돌했고, 결국 나로서는 가장 감당하기 힘든 결과를 보게 됐다. 차이한웨이의 부모는 돈으로 화해하는 방법을 택했고, 그 애는 외국으로 보내졌으며, 문제가 해결되기는커녕 오히려 상황이 악화되었다.

가보옥, 나는 그 애의 고통을 반년 동안이나 지켜봐야 했다. 아들이 남자를 좋아한다는 건 그 애 어머니에게는 그저 두려움이었다. 그건 선천적인 두려움일까? 우리 사회가 다원적 사랑의 가능성을 받아들이는 곳이라 해도 그녀는 여전히 그렇게 두려워했을까?

여자친구와 헤어지게 된 진짜 이유에 대해 주로 회피하는 태도를 보이는 가보옥을 보며 이런 생각도 들었다. 여자친구는 그 반년 동안의 감정 때문에 상처받지 않았을까? 그 아이에게 상처를 준 사람은 누구였을까?

*

내 성장 경험 속에서 아버지는 보이지 않는다. 언젠가 내가 가정을 이룬다면, 그 가정에서 아버지는 경제적 역할뿐만 아니라 가정교육의 중요한 축이 되기를 기대한다. 나는 어머니만큼이나 자기 자식을 잘 아는 아버지 이야기도 무척이나 쓰고 싶다. 그런데 중국계 가정의 고정된 역할 때문일까. 안타깝게도 그렇게 많은 가정을 다니면서도 그런 아버지는 만나지 못했다. 대부분의 중장년 아버지는 가정교육을 어머니가 전담하는 일로 여겼다.

그런 아버지가 존재하기를, 그리고 점점 더 많아져서 언젠가 나도 만나게 되기를 바랄 뿐이다.

초고를 본 많은 사람이 이렇게 물었다. 그렇다면 네가 보기에 부모의 역할이란 어떤 거야?

한참을 생각한 끝에, 어쩌면 그건 뉴턴의 우주관과 비슷한 것이 아닐까 하는 졸견을 내놓는다. 뉴턴은 세상을 시계 같다고 생각했다. 장인이 조립을 마치고 태엽을 감으면 시계가 저절로 움직이기 시작한다. 즉 신은 창조를 마치면 무대 뒤로 물러나고, 그때부터는 인간이 이성에 기반해 세상을 돌아가게 할 수 있다.

모든 아이, 또는 모든 사람은 고유한 존재로서 고유한 특성을 지닌다. 그런데 너무 많은 부모가 아이에게 이런 고집을 부린다. 그들은 아이가 다른 사람의 행위를 모방하고, 유사한 성공 경험을 복제하고, 부모 자신의 눈으로 보는 이상적인 삶을 추구하고, 자신들이 젊은 시절에 이루지 못한 꿈을 성취하기를 바라며, 심지어 아이를 '제2의 나'로 만들려 한다. 그렇다면 한 생명이 탄생한 이유는 다른 생명의 뜻을 이루기 위해서인 셈이다.

아이 입장에서도 자신이 '어떤 목적을 이루기 위해' 태어난 거라면, 그건 너무나도 슬픈 일이다.

예전에 나보다 나이가 살짝 많은 친구에게 하소연을 한 적이 있다. 친구는 나를 위로하기는커녕 따끔하게 충고했다.

"법과를 선택한 게 네 어머니와도 관련은 있겠지. 하지만 가장 중요한 건 너 자신이야. 그때 네 목에 칼을 들이댄 사람은 아무도 없었을 텐데? 넌 선택의 여지가 있었어. 많지는 않았다고 해도 분명히 있었다고. 그런데 넌 발버둥 한번 안 쳐보고 포기했잖아. 이유가 뭐였을까? 우리는 모두 인생이 잘못될까 봐 두려워해. 하지만 인생이 잘못될 때 아무도 책임져주지 않을까 봐 두려운 마음이 더 클걸. 대학 4년을 공부해야 하는 그렇게 중요한 결정을 넌 어머니에게 미뤄버리곤 너 자신을 불쌍한 피해자로 만들었지. 그러면 나중에 일이 잘 안 풀릴 때의 불만을 모조리 어머니에게 쏟아낼 수 있으니까. 너도 두려웠던 거야. 외국어학과를 선택하고 나면 모든 걸 혼자 감당해야 할까 봐."

학부모들이 자주 하는 질문이 있다.

"아이가 부모 뜻대로 원서를 안 쓰면 어떻게 설득해야 하죠?"

지금까지는 이 문제에 정면으로 대응한 적이 없었다. 잘못 대답했다간 학부모에게 미움을 살 수 있으니까. 이제 나는 이 질문에 대답할 용기가 생겼다.

"부모님이 의견을 내서 아이에게 방향을 제시하고 아이와 토론할 수는 있지만, 최종 결정을 내리는 사람은 아이여야 합니다. 이건 이상적인 것도 아니고, 응석을 받아주거나 방임하는 것은 더더욱 아니에요. 이게 현실적인 거예요. 아이의 인생이니까요. 아이는 결정을 내린 다음 그 결정에 책임지는 법을 배워야 해요. 그런데 부모님이 굳이 대신 결정을 내려준다면, 그건 지나친 사랑이죠. 아이는 끝내

자기 인생을 책임지는 법을 배우지 못할 테니까요. 교통사고가 나면 우리는 무조건 운전대를 잡은 사람에게 책임을 묻지, 차주에게 따지진 않잖아요. 그건 아이 인생이에요. 그런데 부모님이 운전대를 잡고 있다가 나중에 사고가 나면요? 아이는 본인이 아니라 부모님에게 책임을 물으라 하겠죠."

*

그때 나는 스물다섯 살, 대학을 졸업하고 3년이 지나 수많은 가정에 발을 들였을 때였다. 그것은 마치 여행과도 같았다. 길을 따라 펼쳐지는 갖가지 삶의 풍경은 내 사고의 자양분이 되어주었다. 이 책을 일단락 짓자 나는 내가 걸어온 학업의 길을 다시 한번 돌아보았고, 아울러 좀 더 민감한 문제도 생각하게 됐다. 그것은 바로 엄마와의 관계를 어떻게 회복해야 하는가였다.

법학과에서 4년을 공부하면서 나는 엄마와 많이 멀어졌다. 내 마음속에 너무 많은 악의가 뒤엉켜 있었다. "엄마도 결국은 내 인생을 통제하려 했어요. 깨어 있고 민주적인 엄마인 척하더니, 다 거짓이었어요. 내가 왜 이렇게 힘들게 공부했다고 생각해요? 아무 관심도 없는 학과에 들어가려고 그랬겠어요?"

엄마가 여러 번 사과했지만 나는 들은 척도 하지 않았다.

이야기 속 캐릭터를 정리하고 어머니 한 분 한 분의 숨겨진 고충을 곱씹다 보니, 우리 엄마의 축소판이 보였다. 엄마는 나를 사랑했다. 법학과에 가라고 한 것은 명성을 위해서가 아니었다. 내가 명문고와 명문대에 합격했을 때 엄마가 남들에게 먼저 내 학교 얘기를 꺼낸 적은 한 번도 없었다. 이는 엄마가 나를 낳아 키우며 명성이라는 두 글자는 염두에 두지 않았다는 뜻이다. 엄마는 그저 자신이 어린 시절에 겪었던 가난에 대한 두려움을 내게 투영했을 뿐이었다. 세상 사람들이 변호사가 돈 잘 버는 직업이라고 하니까, 엄마는 단지 딸이 가난하게 살까 걱정스러워 나에게 그 방향으로 가라고 한 것이었다. 하지만 내가 법학 공부를 하면서 괴로워하는 모습을 보자 엄마는 눈물을 흘리며 진심으로 사과했다.

불현듯 참회하고픈 마음이 솟구쳤다.

우리 엄마는 엄마라는 역할을 너무나 잘해냈다. 그런데도 나는 엄마에게 원망의 말을 던졌고, 대부분 지나친 말이었다.

*

끝자락에 이르러서야 드디어 과외교사라는 직업에 대한 내 생각을 말할 수 있게 됐다. 내 첫 번째 학생에게 무척 고맙다. 우리는 겨우 두 살 차이였고, 그 애가 겪고 있는 일은 나도 불과 얼마 전에 겪은 일이었다. 수업을 마치고 나면 그 애는 언제나 나를 붙잡아놓고 걱정거리를 털어놓았다. 어떤 것은 가볍고, 어떤 것은 무거웠으며,

어떤 것은 부모님에게는 말할 수 없는 문제였다. 처음에는 불편했다. 내가 그런 시름을 왜 들어줘야 하는지 몰랐고, 스승과 제자의 경계를 넘는 것도 두려웠다.

네가 틀렸다고, 모름지기 스승은 권위를 세워야 한다고 충고하는 선배도 많았다. 스승이란 따뜻하면서도 엄격해야 하며, 학생들이 스승을 두려워하게 만들어야 한다는 것이었다. 나는 답답했다. 나보다 더 파릇한 생명을 마주할 때, 왜 그 생명이 나를 두려워해야 한단 말인가?

그래서 나는 남몰래 실험을 해보았다. 아이들과 상하 관계가 아니라 동등한 입장이 되는 것이었다. 나는 아이들의 하소연을 들으며 아이들의 좌절감을 함께 느꼈다. 어떤 문제는 너무 까다로워서 나도 의견을 제시할 수 없었지만, 아이들이 그 문제에 혼자 대처하고 있는 건 아니라는 사실을 알게 하려 애썼다. 신기하게도 그러고 나면 다음 수업에서 아이들은 내 설명에 더욱 귀를 기울였고, 아이들도 나에게 신경 쓰는 상호협력 관계가 되었다. 이렇게 서로를 배려하게 되면 아이들은 보다 자발적이고 주동적으로 움직였고, 자연스레 성적도 올라갔다.

하지만 괜히 남의 자식을 그르칠까 불안한 마음에 한동안은 이런 '전형적이지 않은' 상호작용 방식을 잃어버리기도 했다. 그러다 최근에 미국 의사 빅토리아 스위트가 쓴 『슬로 메디신Slow Medicine』이라는 책을 읽었다. 저자는 중세시대 수도원에 기원을 둔 라구나 혼다 병원(미국의 마지막 빈민구제시설이었다)에서 완전히 새로운 의료 행위, 즉 환자를 '인간적으로' 대접하는 법을 배운다. 내가 좋아하는 에피소드 한 가지를 소개하겠다. 환자 옆에 앉아 뜨개질하기를 좋아하는 수간호사가 있었다. 어느 날 병원이 감사를 받게 됐는데, 이 간호사는 본업에 충실하지 않고 근무 시간을 이용해 개인적인 취미 생활을 한다는 질책을 받았다. 하지만 감사 나온 사람들은 이 간호사가 환자에게 입히려고 스웨터를 뜬다는 사실에는 주의를 기울이지 않았다. 저자는 이렇게 보기에는 비효율적인 의료 행위가 어쩌면 가장 효율적인 의료 행위일지도 모른다는 특별한 관점을 제시한다. 몸이나 마음이 극심한 고통에 시달릴 때, 누군가가 내 곁에 앉아서 조용히 뜨개질을 하고 있다. 진통제나 항생제를 주는 대신 그저 앉아만 있다가, 며칠 뒤 그 사람이 나에게 작은 이불을 선물한다면?

그때 나는 깨달았다. 학생의 걱정거리에 귀를 기울이는 것은 매우 비효율적으로 보이지만 가장 효율적인 교육 행위일 수도 있다는 사실을 말이다. 교육이란 교육을 행하는 모든 시간에 학문적 지식만 채워 넣어야 하는 것이 아니다. 다른 일도, 이를테면 학생의 고민거리 같은 것도 이야기할 가치가 있다.

몇 년 동안 아이들을 가르치면서 나는 아이들이 '공부에 집중 못하는' 이면에는 많은 시름이 감춰져 있다는 사실을 알게 됐다. 학교에서 괴롭힘을 당했거나, 친한 친구와 사이가 틀어졌거나, 선생님의 태도가 싸늘하게 느껴지거나…… 하지만 변명으로 여겨질까 봐 아이들은 이런 얘기를 꺼내지 못한다.

이런 아이들에게 삼각함수, 고문 30편 또는 가정법 문법이 중요할까, 아니면 내일 학교에 가면 몸매 때문에 또 놀림받는다는 사실이 중요할까?

두 시간 수업을 하면서 나는 적어도 15분씩 시간을 초과했는데, 이 15분은 아이를 위한 시간이었다. 큰일이든 사소한 일이든 아이의 근황을 들어주었다. 그 15분 동안 나는 선생님이 아니고, 아이는 학생이 아니었다. 나는 열심히 귀를 기울였고, 아이가 말하기 싫어하면 굳이 강요하지 않았다. 그런데 후자의 경우는 매우 드물었다. 모든 사람은 누군가 내 말에 귀 기울여주기를 기다리고 있다. 상대방의 이야기를 경청하고 존중할 때에야 나 또한 거꾸로 내 말을 경청하고 존중해달라고 요구할 수 있다.

이는 가르치고 배우는 관계뿐만 아니라 모든 인간관계에 적용되는 이치다.

＊

가정은 사회의 기본 단위다. 문이 닫히면 남들은 볼 수 없는 공간에서 가족 구성원이 서로를 대하는 방식은 구성원의 사고방식에 영향을 끼친다. 문을 열고 밖으로 나간 구성원은 문 안에서와 비슷한 논리로 사회의 다른 구성원들과 상호작용하게 되고, 그들이 또 다른 구성원들과 상호작용하고…… 고리가 서로 맞물려 연쇄작용을 일으키며 결국은 핵분열처럼 엄청난 에너지를 만들어낸다.

그렇다고 모든 문제를 부모 탓으로만 볼 수는 없다. 내가 이런 이야기를 쓴 이유는 부모의 잘잘못을 가리려는 것도, 모든 난맥상을 부모에게만 돌리려는 것도 아니다. 그동안 나는 부모가 느끼는 무력감을 많이 목격했다. 교육에 관한 너무 많은 의견 속에서 그들은 결정을 내리기 힘들어했고, 사방에서 '더 적극적인' 부모가 되라는 압력을 받고 있었다.

오늘날 타이완에서는 성공적이고 완벽한 아이를 키우도록 부모를 격려하는 목소리가 높은데, 이로 말미암아 부모는 자신의 아이를 억압하는 길로 들어설 수 있다. 또한 아이의 성공과 실패는 전적으로 부모가 어떻게 교육하느냐에 달려 있다는 목소리도 있는데, 이 때문에 극단적인 방법으로 자녀를 통제하는 부모가 탄생할 수도 있다. 흔히 말하길 '아이는 독립된 개체'라지만, 때때로 나는 이런 생각이 든다. 부모는 부모 자신을 독립된 개체라고 말할 수 있을까? 우리 사회가 '부모'와 '자식'을 너무 꽉 묶어두는 것은 아닐까? 괴물 같은 부모의 이면에는 사실 자신감이 없는, 실수를 두려워하는 사람이 숨어 있다.

이런 이야기들이 존재하는 이유는 우리가 초심으로 돌아가기를, 마음을 가라앉히고 아이들을 이 세상에 데려올 때 처음 먹었던 그 마음을 잘 생각해보기를 바라기 때문이다. 「이어지지 않는 끈」에서 모리가 한 말처럼, 처음에 우리는 그저 아이가 건강하고 즐겁기만을 바란다. 그런데 마지막에 이르면 우리의 기대가 무한정 확장되어 아이에게 상처를 주고 만다. 일찍이 우리에겐 아이의 부드러운 손바닥을 어루만지는 것만으로도 만족하던 때가 있었건만, 어느샌가 처음에 아이를 바라보던 마음을 잃고 말았다.

우리는 이제 똑같은 상처를 복제하지 않을 수 있다.

이 이야기들을 읽고 나서 한 친구가 진지하게 말했다.

"예전에는, 나는 늘 공부를 잘했고 이렇게 학벌이 좋은데 내 아이가 날 안 닮았다면 너무 창피할 것 같았어. 지금은 아니야. 그저 아이가 즐겁기만 바랄 뿐이야."

이 말을 듣자 내 눈에서 눈물이 반짝였다, 정말로.

네 아이는 네 아이가 아니다

1판 1쇄   2025년 6월 10일

지은이   우샤오러
옮긴이   조은
편집   김효진
교열   이수정
디자인   최주호
펴낸곳   마르코폴로
등록   제2021-000005호
주소   세종시 다솜1로9
이메일   laissez@gmail.com
페이스북 www.facebook.com/marco.polo.livre

ISBN   979-11-92667-86-7 03820